Adi Hübel / Tod in Ulm

Adi Hübel

Tod in Ulm

1. Auflage 2011

Umschlagfoto Carola Störk, Ulm
© Copyright dieser Ausgabe by
  Gerhard Hess Verlag, 88427 Bad Schussenried
  Gesamtherstellung Gerhard Hess Verlag
  www.gerhard-hess-verlag.de

ISBN 978-3-87336-379-3

Adi Hübel

Tod in Ulm

Gerhard Hess Verlag

Personen und Handlung sind frei erfunden.
Ähnlichkeiten mit lebenden oder toten Personen
sind rein zufällig und nicht beabsichtigt.

1

Der Himmel war grau und wolkenverhangen als Kiki Wunder an diesem Morgen einen ersten Blick aus dem Fenster warf. Noch regnete es nicht, aber es deutete alles darauf hin, dass ihr wieder ein Tag im grauen Nebelkleid bevorstand. „Ulm ist ein Nebelloch", hatten die Kollegen sie schon in den ersten Tagen ihres Amtsantritts gewarnt.
Dabei konnte sie sich nicht beklagen. Noch vorgestern strahlte die Sonne so intensiv, wie man es sich von der Maisonne nur wünschen konnte. Allerdings war es da gar nicht Mai gewesen, sondern der letzte Apriltag, erinnerte sie sich, während sie sich unter die Dusche stellte. Haare waren heute auch dran. Ihren wirren Lockenschopf musste sie zwar nicht allzu oft waschen, aber sie mochte es, wenn die feinen Gespinste um ihr Gesicht wehten. Zum Schwitzen würde sie heute wohl kaum kommen. Schon gestern war kein Grund gewesen, sich Gedanken um Achselschweiß oder Sonnencreme zu machen.
Das war ein erster Mai! Keinesfalls wie aus dem Bilderbuch, eher wie aus dem Putzeimer gezogen. Nichts hatte geleuchtet, nichts gewärmt, alles war klamm und diesig gewesen. Sie hatte nach Fliederbüschen Ausschau gehalten, als sie frühmorgens mit dem Rad Richtung Stadtmitte gedüst war. Aber nirgends auch nur eine Spur von lila! Selbst die Tulpen in den Vorgärten hatten verschämt die Köpfe verschlossen und ihre Farben bedeckt gehalten. Dann hatte es auch noch angefangen zu tröpfeln.

Schon während des Demonstrationszuges oder sollte sie besser Aufzuges sagen, wie manche ihrer Kollegen es nannten, war sie pitschnass geworden. Weshalb musste sie auch hier Dienst tun. Mehrere Kolleginnen und Kollegen von der Schutzpolizei waren nach Berlin abgeordnet worden, um dort Krawalle zu verhindern. Also musste hier einspringen, was Beine hatte.

So hatte sie sich ihren ersten großen Einsatz am neuen Dienstort nicht vorgestellt. Schließlich war sie Kriminalassistentin, zwar noch zur Anstellung, aber nicht mehr lange. Sie fand, dass es nicht ihre Aufgabe war, friedliche Demonstranten zu observieren. Lieber wäre sie mitgezogen durch die Straßen. Eigentlich hätte auch sie wirklich genug Anlass hin und wieder zu demonstrieren, zum Beispiel für weniger Arbeitseinsatz und bessere Bezahlung, aber vor allem auch gegen diese braune Brut, die immer unverschämter und offener ihre menschenverachtenden Ansichten zum Besten gab.
Solche Aktionen waren ihr keineswegs fremd. Berlin war in dieser Hinsicht ein gutes Pflaster gewesen. Während ihrer Schulzeit und auch danach, hatte sie sich oft die Mahnungen ihrer Mutter anhören müssen, wenn sie wieder einmal, mit den anderen, zu Demos aufgebrochen war: „Pass auf dich auf! Dräng dich nicht in die vorderen Reihen! Ruf an, wenn etwas nicht in Ordnung ist! Denk daran, die Nazis sind gewalttätig!"
Dabei war Mama, oder Siria, wie sie von klein an ihre Mutter nannte, auch kein Kind von Traurigkeit.

Meist war sie bei den Demos selbst dabei und sie hatten des Öfteren für hinterher einen Treffpunkt ausgemacht. Dann waren sie gemeinsam mit Freunden noch im Biergarten am Schweriner Eck gesessen. Dort wurde die Demo dann noch einmal von allen Seiten begutachtet. Die Gespräche drehten sich um den Polizeieinsatz, den Verfassungsschutz, um die Chaoten, die sich wieder einmal nicht hatten bremsen lassen und um den möglichen Erfolg ihrer Forderungen.

In all den Jahren ihrer Kindheit und Jugend, waren die oft schlimmen Verhältnisse dieser Republik in aller Deutlichkeit an Kiki vorbeigezogen und hatten ihr Gefühl für Gerechtigkeit auf eine harte Probe gestellt. Irgendwann war ihr bewusst geworden, dass diese Art von Protest sich verlief wie glucksendes Wasser im Gully. Immer wieder gab es Demonstrationen und Kundgebungen gegen die Art und Weise, wie die Politiker ihre Großprojekte durchdrückten, doch nach einigen Medienberichten, blieb dann alles beim Alten. Natürlich wusste sie um die langfristige Wirkung eines heftigen Protesthagels, aber genau besehen, ließ sich kaum eine Änderung der Verhältnisse erkennen. Im Gegenteil, vieles wurde bei genauem Hinsehen noch schlimmer. Die Armut und die sichtbar Armen nahmen zu, die Umwelt verkam fast unbemerkt zu einer Müllkippe, die Meere wurden verölt und leer gefischt, die Nazis hatten die Oberhand.

„Ach", musste sie jetzt denken, während sie sich abrubbelte, „so schlimm ist es nun auch wieder nicht und ich tu immerhin meinen Teil dazu, dass das Verbrechen, in welcher Form auch immer, nicht überhandnimmt. Und vor allem, dass die Täter nicht ungestraft davonkommen."

Damals, nach dem Abitur, als sich für sie die Frage der Berufswahl stellte, hatte sie für sich zwei Wege gesehen. Entweder wollte sie in die große Politik, oder sie würde bei der Polizei für Gerechtigkeit eintreten. Das anfängliche Politikstudium war ihr schnell zu trocken geworden und sie hatte sich für den Polizeidienst entschieden. Das war dann allerdings eine harte Schule gewesen.
Während Kiki die Haare föhnte, nahm sie entfernt das Schrillen des Telefons wahr. Sie nahm nicht ab. Sollte der Anrufer doch denken, sie sei schon aus dem Haus und unterwegs. Wenn es dienstlich war, würde sie die Angelegenheit in spätestens einer halben Stunde erfahren und für private Gespräche hatte sie im Moment wirklich keine Zeit.
Sie musste los.
Als sie jetzt in die warme Hose schlüpfte und den Pullover überzog, kamen ihr die ersten, ziemlich schrecklichen Jahre in Uniform in den Sinn. Damals hatte sie jeden Tag die ungeliebte grüne Kleidung tragen müssen. Grundausbildung nannte man das. Ja, die letzten Jahre waren kein Honigschlecken gewesen, aber nun war sie da angelangt, wo sie ziemlich bald schon ihren Platz gesehen hatte, bei der aktiven Verbrechensbekämpfung, bei der Kriminalpolizei und seit zwei Monaten lebte sie nun hier in Ulm.

Dass sie sich gerade diese Stadt ausgesucht hatte, hatte durchaus seinen Grund. Endlich war sie dem ständigen Hinterherspionieren ihres Exfreundes Wolf entkommen. Man sollte es nicht glauben, aber auch eine Polizistin war nicht vor einem Stalker sicher. Sie hatte sich immer wieder die Frage gestellt: Umzug oder nicht und sich dann doch für diesen Ortswechsel entschieden.

Mit schnellen Schritten verließ sie die Wohnung, zog sich die Kapuze über den Kopf und schob das Fahrrad ins Freie. Frau Zummermann im ersten Stock, schlief hoffentlich noch den Schlaf der Ungerechten, wie Kiki es bei sich nannte. „Ja, wenn alle ihre Räder in den Flur stellen würden, wie würde das denn aussehen", war ihr ständiges Lamento. Und das auch noch in Schwäbisch. „Du meine Güte, wer sollte das auf Anhieb verstehen!"
Kiki hatte sich Einiges von ihrem Kollegen Manfred Knopf, von allen nur Manni genannt, übersetzen lassen.
Sie schwang sich aufs Rad und trat los. Nein, das Rad musste in den Flur, da konnte Frau Zummermann sagen, was sie wollte. Sie mochte sich nicht schon wieder ein Rad stehlen lassen. In Berlin hatte sie drei Stück auf diese Weise verloren. Nur eines hatte sie wieder bekommen. Das war ein glücklicher Zufall gewesen, wie man ihn nicht oft erlebte.
Am Tag nach dem Diebstahl war sie Brötchen holen gegangen. Und gerade als sie aus der Bäckerei kam, sie hatte noch kaum ein paar Schritte gemacht, hatte sie doch tatsächlich einen dunkelhaarigen, jungen

Mann auf ihrem Rad erwischt. „Das ist mein Rad", hatte sie gerufen und war schnell hinter ihm her gespurtet. Sie hatte ihn am Gepäckträger erwischt und festgehalten. Dann hatte sie versucht, ihm deutlich zu machen, dass das ihr Fahrrad war, auf dem er es sich bequem gemacht hatte. Er verstand nur wenig Deutsch oder tat zumindest so. „Hören Sie, das ist mein Fahrrad, es ist mir gestern gestohlen worden", hatte sie ihm immer wieder versucht zu erklären, „Es ist mein Rad und ich will es wieder haben."
Doch der junge Mann dachte nicht daran, es herauszurücken. Er hielt es mit beiden Händen fest und sie hielt es fest und so zogen sie von zwei Seiten daran, bis die von Passanten gerufene Streife eintraf. Wäre er doch losgespurtet, hatte Kiki damals gedacht. Er hätte ihr doch ihr Rad einfach wieder geben können und alles wäre in Ordnung gewesen. Aber nein, er musste mit auf die Wache, war Asylbewerber und in Berlin nicht aufenthaltsberechtigt. Er hatte ihr wirklich leid getan, aber was sollte sie machen. Sie brauchte das Rad täglich und ihre Mutter war sowieso schon sauer auf sie gewesen, weil sie es nicht ordentlich gesichert hatte. Und Fahrräder sollte man auch nicht einfach so klauen. Die waren in Berlin ein nicht zu unterschätzendes Verkehrsmittel, sie wurden einfach gebraucht.
Na, das konnte ihr hier in dieser schwäbischen Stadt wohl kaum passieren. Aber Vorsicht war immer geboten. Geschickt umrundete sie etliche tiefe Löcher im Belag und jagte die Wörthstraße entlang, Richtung Innenstadt. Ihr telefonino, wie sie ihr Handy bei sich manchmal ganz italienisch nannte, fing an zu klingeln.

„Ich bin doch schon da", rief sie unwillkürlich laut aus und jagt am Ehinger Tor in die Unterführung hinein, bog am Kinopalast Xinedome unter heftigem Klingeln links ab, überquerte die Glöcklerstraße und an der kleinen Blau entlang, mit den noch schlafenden Enten, ging es unter flottem Treten den Lautenberg empor.
Bevor sie das Rad anschloss, fischte sie jetzt doch ihr Handy aus der Jackentasche. Auch im Hof des Neuen Baus, wie das imposante Gebäude genannt wurde, in dem das Polizeipräsidium untergebracht war, war man womöglich vor Dieben nicht sicher. Das unaufhörliche Bimmeln machte sie nervös und ihr „Ja!" klang nicht gerade sehr freundlich.

„Wo bist Du denn?" Ihr Kollege Manni war am Apparat.

„Rate mal", rief sie, „wo ich wohl sein könnte. Und um dir etwas Hilfestellung zu geben, ich bin ganz nahe bei dir."

„Ich finde das gar nicht lustig", beschwerte er sich, „erstens bist Du zu spät dran und zweitens haben wir einen Mordfall."

„Was heißt das denn, wir haben einen Mordfall? Hier? Wo?"
Kiki war völlig überrascht. Ein Mord, hier in Ulm, am frühen Maimorgen. Gut, er hatte nicht strahlend angefangen, dieser Maimorgen, aber sollte er deshalb so weitergehen?
Dann aber regte sich in ihr das Berufsinteresse.

„Sprichst Du wirklich von einem Mordfall oder willst Du mich auf den Arm nehmen", fragte sie etwas misstrauisch bei Manni nach.

„Komm doch erst mal hoch", rief er aufgeregt „und zwar schnell. Alle hier warten schon auf dich. Wir wollen anfangen."

Ein Mord! Während Kiki die Treppe hoch raste, riss sie sich schon die Jacke von den Schultern und zog den Pullover über den Kopf.
Im Besprechungsraum sahen alle Anwesenden auf, als sie wie ein Wirbelwind durch die Türe und auf den freien Stuhl fegte, den entweder Kollege Manni rechts oder Kollege Federle links für sie frei gehalten hatte.
„Ausgerechnet diese beiden!", schoss es ihr durch den Kopf.
Schnell zog sie ihren Block und einen Stift aus der Tasche und sah sich dann etwas betreten um.
„Schön, dass Sie auch schon da sind", hörte sie die ironische Stimme ihres Chefs, „dann können wir ja anfangen. Ich bitte in Zukunft um etwas mehr Pünktlichkeit."

Kiki verkniff sich jegliche Richtigstellung. Das leidige Erröten, das sie während ihrer Pubertät geplagt hatte, hatte sie inzwischen erfreulicherweise abgelegt. Und was hätte sie auch erwidern sollen?! Etwa: „Ich konnte doch hier in dieser Stadt an einem frühen Maimorgen nicht mit einem Mord rechnen", oder „Der Tote ist doch sowieso schon tot, da kommt es auf ein paar Minuten auch nicht mehr an."
„Seien Sie nicht dauernd so flapsig und driften Sie nicht immer ab in ihren Gedanken und Handlungen", hörte sie ihre frühere Ausbilderin, Frau Dr. Jakobs, mahnen.

Sollte es sich vielleicht um eine Tote, um ein weibliches Opfer handeln? Meistens waren es ja doch Frauen, die den gewalttätigen Männern unterlegen waren. Doch ob Mann oder Frau, sie rief sich in Erinnerung, dass es in ihrem Job nicht um die Toten, sondern um die Lebenden ging, um Täter, Mörder, Verbrecher, um die Angehörigen, um Freundinnen und Kollegen der Ermordeten.
Laut und deutlich verdrängte da die energische Stimme des Einsatzleiters ihre Überlegungen:

„Es handelt sich bei dem Toten um eine männliche Leiche" hörte sie ihn sagen und dann berichtete er die Einzelheiten, die oft so überdeutlich die Situation beleuchteten, in der sich Gewaltverbrechen meist ereigneten.

Aufmerksam verfolgte Kiki die genaueren Ausführungen zum Todesfall. Kinder hatten die Leiche entdeckt. Nackt und völlig unbekleidet hatte sie im Wasser getrieben. Früh am Morgen waren zwei Jungen auf den Schulweg an dem kleinen Bach entlanggegangen, der einen Teil des Stadtteiles Söflingen durchfloss.

„Da wohne ich ja, den Bach kenne ich", rutschte es Kiki heraus. Gott sei Dank hatte es nur Manni gehört, der neben ihr saß. „Das muss für die Kinder ja schrecklich gewesen sein", zischte sie Manni zu.

„Der nackte Mann oder das männliche Geschlecht oder was", flüsterte er grinsend zurück. Was glaubst Du, was die alles schon gesehen haben, im Abendprogramm, auf RTL, Monster und sonstige Frauen."

„Du hast auch nur eines im Kopf", murmelte sie ärgerlich „und zwar das, was andere zwischen den Beinen haben."

Dieser Manni! Er kam ihr vor wie ein kleiner Terrier, der immer mal wieder nach einem Hosenbein schnappt und wie verrückt daran herumzerrt. Das Hosenbein war in diesem Falle wohl sie. Er war fast einen Kopf kleiner als Kiki und drahtig von Kopf bis Fuß. Mit Schnauzbart natürlich, das wirkte ja so männlich! Manni ließ wirklich keine Gelegenheit aus, um sie zu reizen und leider sprang sie immer mal wieder auf seine doofen Sprüche an. Jedes Mal nahm sie sich vor, sie einfach zu ignorieren, aber es gelang ihr nur selten. Nicht dass sie besonders prüde gewesen wäre, die Kripo Berlin war da wirklich ein heftiges Pflaster gewesen. Kiki konnte auch über einen deftigen Witz lachen, nur, es musste tatsächlich Witz oder Humor dabei sein. Zoten und rassistische Bemerkungen hatte sie dicke und wehrte sich immer wieder dagegen.

Allerdings, bei Mord mochte sie flapsige Bemerkungen nicht so gerne hören. Dazu fand sie die Tatsache, dass ein Mensch gewaltsam das Leben verloren hatte, viel zu ernst. Und außerdem konnte sie sich ziemlich gut in die Beteiligten einfühlen.

Sie konnte sich den Schrecken vorstellen, der die Kinder beim Anblick eines leblosen, im Wasser treibenden Körpers erfasst haben musste.

Viel war es nicht, was in der kurzen Zeit, seit Auffinden der Leiche erfasst worden war. Konnte wohl auch nicht sein. Kiki blickte verstohlen auf ihre Uhr.

Zehn Uhr fünfzehn, da war schon das wenige, das sie wussten, recht ordentlich.

Jetzt hieß es sich sputen, um die näheren Umstände zu erforschen und vor allem, die Identität des Toten in Erfahrung zu bringen.

In diesem Moment kam auch ihr Chef, Heiner Roth, auf diese Idee. Sie wurde dazu eingeteilt, die Kinder über ihren Fund, den Fundort und die genaue Zeit zu befragen. Es könnte ja sein, meinte Roth, die beiden kannten den Toten doch oder hatten ihn wenigstens schon einmal in ihrer Umgebung gesehen, obwohl sie das zunächst verneint hatten. Als der Chef ihr den Auftrag erteilte und ihr auch gleichzeitig den Partner nannte, wäre sie am liebsten wieder laut schreiend aus dem Zimmer gerannt. Ausgerechnet Friets Federle, dieser widerliche Affe, musste ihr zugeteilt werden. Das konnte doch nicht wahr sein. Irgendwie hatte Kiki das Gefühl, dass ihr Chef ihre Animosität diesem Kollegen gegenüber ahnte und die ablehnende Haltung gegen Federle durch eine möglichst enge und häufige Zusammenarbeit aus der Welt schaffen wollte. Im Augenblick konnte sie nichts anderes machen als zustimmend zu nicken, das heißt, es blieb ihr einfach nichts anderes übrig, sie machte gute Miene zum bösen Spiel. Mit schmalen Lippen konnte sie sich jedoch ein gestöhntes

„Nicht schon wieder", nicht verkneifen.

Manni der ihre Reaktion bemerkt hatte, grinste unverschämter als je zuvor.

„Na, da finden ja zwei Liebende zusammen", meinte er mit einem süffisanten Lächeln. Kiki meinte fast, ein wenig Neid aus seiner Stimme zu hören.

Vielleicht wäre Manni ja gerne mit ihr gemeinsam unterwegs gewesen. War er etwa neidisch auf Federle, diesen Lackaffen? Sie riss sich zusammen und entgegnete mit einem ebenso süßlichen Lächeln:

„Ja, so ist das nun mal im Leben, wer hat, der hat."

Du meine Güte, ausgerechnet mit diesem Federle sollte sie ermitteln, mit diesem arroganten Schönling. Der brauchte morgens sicher Stunden bis er seine Männlichkeit ins rechte Licht gerückt hatte. Immer tadellos gekleidet, immer topmodisch, als wären sie ein Versicherungsunternehmen. Sie konnte ihn, obwohl sie noch nicht oft mit ihm zusammen gearbeitet hatte, auf den Tod nicht ausstehen. Dazu kam, dass auch das Verstehen von Federles Schwäbisch nicht immer einfach für sie war. Dabei wusste sie genau, dass er auch anders konnte. So lange lebte er noch nicht in Ulm, sie hatte sich erkundigt. Aufgewachsen war er hier auf jeden Fall nicht. Aber er sprach absichtlich in breitestem Dialekt, wenn er mit ihr zu tun hatte und freute sich diebisch, wenn sie nachfragen musste. Woher er seine schwäbischen Sprachkenntnisse hatte, war ihr bis heute unklar.
Die Zusammenarbeit zu verweigern war nun einmal nicht möglich. Es blieb nichts anderes übrig, als zähneknirschend zuzustimmen.

Dass sie als eine der zwei Frauen des Dezernats für die Kinder zuständig sein sollte, ärgerte sie obendrein. Hatten denn nur Frauen ein Händchen für Kinder? Erst mussten sie sie kriegen, windeln und so weiter und dann waren sie ihr Leben lang für sie zuständig.

Da musste sie nur an Siria, ihre Mutter, denken. Von ihrem Erzeuger war ja in der Hinsicht nichts zu erwarten gewesen. Zuerst schöne Sprüche klopfen, bis man die Frauen im Bett hatte und dann, wenn es ernst wurde sich dünne machen. Paul, ihr biologischer Vater, hatte sich schon ein halbes Jahr nach ihrer Geburt eine neue, kinderlose Partnerin angelacht und Siria konnte sehen, wie sie zurechtkam.

Das war wohl ein paar Jahre ziemlich hart für sie gewesen. Ein kleines Kind versorgen, arbeiten gehen und sich nach einem neuen Partner umschauen. Wenigstens das hatte relativ bald geklappt. Kind war ja heute kein Hindernis mehr. Die meisten schleppten ja selbst schon eines oder gar mehrere mit in die nächste Beziehung.

So war Kiki ganz rasch zu einem Bruder gekommen. Das war anfangs nicht gerade leicht für sie gewesen. Nicht mehr alle Aufmerksamkeit der Mutter zu genießen. Aber das hatte sich dann doch gegeben. Man konnte ja nicht seine ganze Kindheit und Jugend mit Eifersüchteleien und Unglücklichsein verplempern.

Trotzdem dachte sie nicht gerne an den Beginn ihres geschwisterlichen Daseins zurück. Noah hieß der Bruder, der ihr so überraschend beschert worden war. Er war zwei Jahre jünger als Kiki und so etwas von schwarzhaarig und dunkelhäutig, dass es kaum zu glauben war. Einen wirren, dichten Lockenkopf hatte er damals, der zu Kikis rotem Schopf einen interessanten Kontrast bildete.

Und Noah hieß er! Wie konnte man ein kleines Kind nur Noah nennen! Im Laufe der Zeit lernte Kiki, was es mit diesem Noah auf sich hatte: Es sollte ein Name aus der Bibel sein. Ein Schiff, riesengroß, gebaut von einem gewissen Noah, einem alten Mann mit einem langen Bart, ein heftiger Regenguss, der nicht aufhören wollte und sämtliche Tiere der Erde auf diesem schwimmenden Untersatz und dann ging es los, das Abenteuer auf dem Wasser. So lange, bis eine Taube einen Zweig mitbrachte. Woher der gekommen war, war nicht überliefert. Das war eine schöne, aber nicht sehr glaubhafte Geschichte, die ihr da präsentiert wurde.

Jedenfalls hatte ihr Bruder bis heute noch keine Schreinerlehre angefangen. Das mit der Arche war wohl das Wunschdenken seiner Mutter gewesen. Natürlich hatte Kiki sie kennen gelernt, Noahs Mutter, das blieb ja in solchen Patchworkfamilien nicht aus. Sie mochte sie nicht, diese falsche Mutter, die ihren Sohn einfach so dem Vater überließ. Wenn das Siria auch getan hätte, hätte sie die letzten Jahre bei Paul verbringen müssen und diese Aussicht war ihr nicht angenehm.
Paul war alles andere als ein Bilderbuchvater. Siria nahm ihn trotz allem immer wieder in Schutz. Er sei eben abgestürzt. Bei ihm habe vieles nicht geklappt. Vor allem mit seinen Beziehungen sei es immer schwierig gewesen. Nicht alle Schicksale seien so glatt, wie ihres. Er lebte in einem Bauwagen irgendwo in Pankow und Kiki hatte lange gebraucht, um sein Aussteigerdasein zu akzeptieren.

Da war es gut, dass sie zwei Väter hatte. Christof, der neue, und Siria hatten sogar geheiratet, als sie merkten, dass es mit ihnen klappte. Das hatte Kiki einige Sicherheit gegeben. Und die beiden waren immer noch zusammen.

Jetzt war sie also auch bei diesen Ermittlungen für die Kinder zuständig.
Wenn sie ehrlich sein sollte, hatte sie sich schon öfter über die unsensible Herangehensweise bei der Vernehmung von Kindern durch männliche Kollegen aufgeregt.
Er hatte ja Recht, ihr Vorgesetzter, Frauen waren tatsächlich sensibler und einfühlsamer und auch geduldiger, das war ein Plus, auf das Kiki stolz war. Meistens bekamen sie auch mehr zu hören als die männlichen Kollegen. Sie hoffte auch in diesem Fall auf einen Erfolg. Vielleicht hatten die Jungen ja sogar den Täter oder die Täterin gesehen.
Also, zusammengepackt und los ging es!
„Herr Federle", rief sie beim allgemeinen Aufbruch nach vorne, „gehen wir?"
Ich lasse mir jetzt einfach nichts anmerken, nahm sie sich vor.

Und Federle ließ nicht auf sich warten. Die Lederjacke, natürlich schwarz, hatte er lässig im Daumen eingehängt und über seine Schulter geworfen. Mit seinen schwarzen, halblangen Haaren, war er wirklich ein Bild von einem Mann. Chic und irgendwie elegant in seinen engen Jeans, kam er mit einem aufgesetzten Siegerlächeln auf Kiki zu.

„Bis er seinen Mund aufmacht, ist er ja wirklich in Ordnung." Fast hätte sie es laut gesagt.

„Na dann, viel Vergnügen, euch beiden", bemühte sich Manni, die Situation noch zu verschärfen.

„Dir kratze ich die Augen aus, wenn Du nicht augenblicklich still bist", knurrte Kiki ihn an.
Mit der erschrockenen Feststellung:

„Eine Wildkatze ist ja ein Schmusetier gegen dich", ließ Manni sie stehen und ging auf seine Partnerin Suse zu.
Aufmerksam lächelnd hatte Friets Federle den kleinen Wortwechsel verfolgt.

„Also, dann ganga mer", ließ er sich jetzt schmunzelnd hören und ging vor ihr zur Türe. Wie nicht anders zu erwarten, hielt er sie mit großer Geste auf und wartete bis sie nach kurzem Zögern mit vorgerecktem Kinn und einem vernichtenden Blick auf ihn, durch die Türe gefegt war. Dieses großspurige, so gentlemanlike aussehende Gehabe Federles war der zweite Grund, warum sie nicht mit ihm arbeiten mochte.
Er hielt ihr die Eingangstüren auf, er öffnete ihr die Autotüre, er stellte sie vor, nicht umgekehrt. Du meine Güte, das in Zeiten von Frauenemanzipation und weiblicher Selbständigkeit. Er glaubte wohl, mit solchen übertriebenen Altherrengesten von anno dazumal bei ihr landen zu können. Zugegeben, direkte Versuche hatte er noch nicht unternommen. Das würde sie ihm auch nicht geraten haben. Diesem Schnösel!
Wie oft hatte sie sich jetzt schon mit ihm deswegen auseinandergesetzt. Sie wollte nicht wie ein dämliches Frauchen behandelt werden. Sie wollte keine

aufgehaltenen Türflügel, keine schräg nach oben gezogenen Jackenärmel, keine untergeschobenen Stühle. Sie war Kollegin und wollte als solche behandelt werden.

Irgendwie schaffte es dieser Kerl immer wieder, sie auflaufen zu lassen. Irgendwie wusste er genau, wann sie es auf keine Konfrontation ankommen lassen würde. Jetzt zum Beispiel. Vor versammelter Mannschaft konnte sie doch nicht wieder davon anfangen und er wusste das.

„Widerling", knurrte sie vor sich hin.

„Wie bitte", kam es von hinten, „habet Sie was gsagt?"

„Nicht dass ich wüsste. Wenn ich damit anfangen würde, Ihnen etwas zu sagen, würde es Ihnen bestimmt nicht gefallen", konnte sie sich nicht verkneifen zurückzurufen, während sie die Stufen hinunter eilte.

Mit ihm musste sie jetzt also in den Dienstwagen steigen und würde womöglich während der ganzen Ermittlungen mit ihm zusammen gespannt bleiben. Das konnte heiter werden.

„Könnten wir nicht die Räder nehmen?" hörte sie ihn hinter sich im Hof fragen. „Sie fahren doch auch gerne mit dem Rad."

Ach da schau an, er konnte also auch anders, als immer nur dieses schwer verständliche Genuschel von sich zu geben.

„Ach, Sie können Radfahren? Ich dachte, sie sind so ein Motorradfreak. Aber von mir aus gerne. Ist ja nicht weit nach Söflingen und den Weg kenne ich."

Natürlich hatte er ein Sportrad und einen Radhelm vom Feinsten. Herr Federle hatte anscheinend immer alles vom Feinsten. Was der bei der Kripo verloren hatte, wollte sie auch mal wissen. So wie der aussah, würde er doch besser in die Vorstandsetagen von Daimler oder EADS passen. Aber nein, er war bei der Kripo und musste sie nerven, so oft es nur ging.
Jetzt hielt er sich allerdings brav hinter ihr. Das gefiel ihr einerseits, andererseits fühlte sie sich von ihm dadurch beobachtet und gehetzt. Fuhr sie zu schnell, würde er sicher denken, sie rase, fuhr sie zu langsam, war sie wahrscheinlich eine Schnecke für ihn. Aber sie wollte alles andere als eine Schnecke sein und so jagte sie über die Gehsteige und Radwege und bedauerte sehr, kein Blaulicht zur Verfügung zu haben. Sollte er nur sehen, ob er mitkam bei diesem Tempo. Aber er kam mit, war ja klar!

In Söflingen angekommen, wusste sie anfangs nicht so recht wohin. Natürlich kannte sie sich in ihrem Wohngebiet schon etwas aus. In verschiedenen Geschäften hatte sie schon eingekauft und festgestellt, dass sie, um den täglichen Bedarf zu decken, hier alles fand, was nötig war.
Vor allem die vielen Bäckereien hatten es ihr angetan. Da gab es ja an jeder Ecke eine. So gehäuft kamen sie in ihrem Berlin wirklich nicht vor. Nachdem ihr der Kollege Manni ein Gebäck, namens Seelen, dringend ans Herz gelegt hatte, hatte sie diese Ulmer Spezialität schon in allen Bäckereien ausprobiert.

„Manni", hatte sie vor zwei Wochen anerkennend zu ihm gesagt, „Du hast nicht zu viel versprochen,

diese Seelen mit Butter darauf sind wirklich ein Gedicht."
Sie waren sozusagen ein himmlisches Gebäck, allerdings um vieles handfester, als ihr Name dies versprochen hatte.

In den Klosterhof sollten sie sich begeben, hatte es im Büro geheißen. Dort sei der Tote an einem Wehr hängen geblieben. Diesen Klosterhof kannte Kiki mittlerweile ziemlich gut. Sie durchquerte ihn immer dann, wenn sie ihr Radtraining Richtung Blaustein absolvierte. Durch den Hof, die Blau überquert, an der Klosterkirche und dem großen Spielplatz vorbei, schon war sie im Grünen. Sie konnte sich nicht genug wundern, wie schnell das hier ging: Aus dem Haus, aufs Rad und schon in der Landschaft. Das war einfach klasse!

Aber heute sollte sie den Kosterhof nicht nur durchqueren. Der Tote war hier gefunden worden und sie sollten ermitteln. Tatsächlich war jetzt der freie Zugang durch den Torbogen abgesperrt und sie konnten sich nur durch ihre Ausweise Zutritt verschaffen.
Hinter ihnen hatte sich eine Menge Leute angesammelt. Die meisten standen um die italienische Eisdiele herum.

„Wie kann ma bloß bei dem Wettr a Eis schlecka?" Herr Federle schüttelte sich auffällig. Ihn schien ein solches, diametral zu den herrschenden Kältegraden an den Tag gelegtes Verhalten, etwas zu irritieren.

„Das sollte wohl nicht unbedingt unser Problem sein, wir sollen uns um wichtigere Dinge kümmern."

Damit ließ Kiki ihn stehen, um mit den Kollegen Kontakt aufzunehmen.

Sie sollten die beiden Kinder vernehmen, die den Toten im Wasser entdeckt hatten. Es war jetzt genau 10.20 Uhr, Kiki stellte es verwundert fest. Was in drei Stunden seit ihrem Erwachen so alles passieren konnte. Unglaublich!

Die Kinder waren sicher nicht zur Schule gegangen, nach ihrer grausigen Entdeckung. Sie fanden die beiden schließlich in dem historischen Gebäude, das den Platz flankierte. Eine Außenstelle des Rathauses war hier untergebracht, ein Minirathaus sozusagen, die Bürgerdienste für den Stadtteil Söflingen. Kiki kannte die Räumlichkeiten, sie hatte sich hier vor zwei Monaten umgemeldet. Über eine alte, schön gepflegte Holztreppe stiegen sie in den ersten Stock. Hier hatte die Polizei ein vorläufiges Vernehmungszimmer eingerichtet. Eine Kollegin bat sie herein.

Zwei Kinder, beide etwa zehn Jahre alt, saßen, etwas blass, doch mit wachen, interessierten Gesichtern, auf den Stühlen und warteten darauf, was wohl als Nächstes passieren würde. Jetzt musste behutsam vorgegangen werden.

Kiki wollte sich einen Stuhl heranziehen, um sich zu den Kindern zu setzen, doch der Herr Kollege hatte schon zwei Sitzgelegenheiten angeschleppt.

„Danke, vielen herzlichen Dank", presste Kiki hervor. „Sei nicht so zickig, er meint es nur gut", dachte sie dann und schenkte diesem so aufmerksamen Kavalier doch einmal ein knappes Lächeln.

Dann stellte sie sich und den Kollegen erst einmal vor. Bei der Nennung der beiden Namen schmunzelten die Kinder. Frau Wunder und Herr Federle, na, was es da zu Lachen gab, blieb Kiki verborgen. Vielleicht war es auch nur ein Verlegenheitslächeln, etwas Entspannung nach so viel Aufregung tat sicher gut. Sie notierte die Namen der Kinder, ihr Alter, die Adressen und wo sie zur Schule gingen.

Die beiden Schüler gingen in die dritte Klasse der Meinloh-Grundschule, die hier im Klosterhof ihr Schulgebäude hatte. Rafael war neun Jahre alt, schmal und wesentlich kleiner als der andere Junge. Mathias schien robuster zu sein. Trotz seiner zehn Jahre war er schon ziemlich groß und ein gewisser Hang zu Süßigkeiten und Chips war nicht zu übersehen.
Beide waren aufgeweckte Jungen und hatten keine Schwierigkeiten, das abenteuerliche Erlebnis zu berichten. Während des Erzählens merkte man allerdings, dass ihnen der Schrecken doch ziemlich in die Knochen gefahren war. Sie waren blass und wirkten etwas verstört als sie vom Aussehen dessen berichteten, was da im sonst so schön sprudelnden Wasser getrieben hatte. Einen Arm hatten sie zuerst gesehen, dann ein Bein und dann Haare, die sich im Strudel bewegten. Sie hatten es erst nicht glauben können, dass es sich um einen echten Menschen handeln sollte. Erst hatten sie an einen Schwimmer gedacht, dann aber bald gemerkt, dass der Mann ja keine Luft mehr holte und immer mit dem Gesicht im Wasser blieb. Woran sie denn gemerkt hätten, dass es sich

um einen Mann handelte, fragte Herr Federle, der sich bisher sehr zurückgehalten hatte.

„Der hatte kurze Haare und war groß und sah halt aus wie ein Mann von hinten", berichtete Mathias.

Sie hätten sogar gerufen, ob der Mann Hilfe bräuchte, meinte Rafael. Nachdem er sich nicht gerührt hatte und sich immer weiter so nackt im Kreis gedreht hatte, seien sie zurückgelaufen zu Mathias' Mutter in die Glockengasse.

„Die ist gerade aus dem Hof gefahren, mit dem Rad, und wollte zur Arbeit. Die hat uns zuerst gar nicht geglaubt. Dann ist sie aber mit uns mitgekommen und hat sich den Mann angeschaut."

Sie sei ganz erschrocken gewesen, als sie den Mann gesehen habe und hätte sie beide vom Geländer weggezogen.

„Und was passierte dann? Und wo ist deine Mutter jetzt?", wollte Kiki wissen.

„Ich glaube, die ist bei der Arbeit. Da muss die doch jeden Tag hin. Sie hat gesagt, sie ruft die Polizei an und wir sollen zur Schule gehen. Weil wir aber sehen wollten, was mit dem Mann passiert, sind wir dort stehen geblieben. Dann ist ganz schnell die Polizei gekommen, mit Blinklicht und so und dann mussten wir weg vom Wehr und hierher."

„Der Mann ist doch tot oder?" getraute sich Rafael schüchtern und mit leiser Stimme zu fragen. Die Sache hatte ihn doch mehr mitgenommen, als man zunächst vermuten konnte.

„Ja", stimmte Kiki ihm mit verständnisvoller Stimme zu.

„Er ist wohl ertrunken. Mehr wissen wir auch noch nicht", musste Herr Federle seinen Senf noch dazu geben.

Bei der weiteren Befragung stellte sich heraus, dass die beiden Jungen außer einigen Schulfreunden und dem Fahrer eines Lieferwagens beim Bioladen niemanden sonst gesehen hatten, vor allem nicht beim Wehr oder auf dem übrigen Areal. Sie konnten sich an keine weitere Person erinnern, die ihnen begegnet war. Sie waren auch schon ziemlich spät dran gewesen, so dass die meisten Schülerinnen und Schüler wohl schon in den Klassenzimmern gewesen seien.

Kiki und Federle notierten sich die Angaben der jungen Zeugen und brachten sie dann in ihre Klasse. Sie nach Hause zu bringen ging nicht, da niemand dort sei, auch bei Rafael nicht, wie sie sagten und ganz alleine wollten sie die beiden nicht lassen. Sollten sie doch einmal die Helden im Schulgeschehen sein. Sie informierten die Klassenlehrerin Frau Bungert, die sehr verständnisvoll reagierte und ein Auge auf die beiden haben würde.

Kiki erinnerte sich, wie sie einmal einen Taschendieb in einem Kaufhaus beobachtet hatte. Sie war damals etwa zwölf Jahre alt gewesen. Der Mann hatte den Geldbeutel einer alten Frau aus dem Einkaufskorb genommen und eingesteckt. Die Frau hatte nichts bemerkt und Kiki hatte das ziemlich gemein gefunden. Sie erzählte es der Verkäuferin an der Kasse.

Der Dieb war daraufhin gefasst worden und Kiki hatte von der Frau so viel Geld geschenkt bekommen, dass sie sich am nächsten Tag im Freibad mehrere Portionen Eis leisten konnte. Sie hatte das Erlebnis in der Klasse erzählt und war die Heldin des Tages. Die beiden Kinder würden mit ihrer Wasserleiche sicher auch nicht hinter dem Berg halten und bis ins kleinste Detail berichten, was sie gesehen hatten. Aber ob heute oder an einem der nächsten Tage, war egal. Sie würden die Helden sein. Wenigstens für kurze Zeit.

Die Kinder waren also vorerst versorgt und Kiki machte sich mit Federle auf den Weg in die Glockengasse. Vielleicht war Frau Künzle, die Mutter eine der beiden Schüler, nach ihrem Anruf doch zu Hause geblieben. Leider hatten sie kein Glück, sie mussten in die Stadt zurückfahren und fanden die Zeugin in der Süßwarenabteilung des Kaufhofs. Daher also die Körperfülle des Sohnes, vermutete Kiki. Frau Künzle hatte sie schon erwartet und ging bereitwillig mit in den Personalraum. Sie hatte den Angaben der beiden Kinder allerdings nichts hinzuzufügen. Außer der im Wasser treibenden Leiche, hatte auch sie nichts Ungewöhnliches bemerkt oder gar jemanden gesehen.
Sie arbeitete halbtags, wollte aber heute ganz pünktlich nach Hause gehen, um ihren Sohn in seinem Schock nicht alleine zu lassen.

„Ich glaube, ihr Mathias hat das ganz gut verkraftet", ließ Federle einmal wieder seine Meinung hören.

„Ja klar", dachte Kiki, „Dieser Ferderle mal wieder mit seiner Küchen-Psychologie. Für ihn sind Männer eben Helden, die kann nichts aus der Bahn werfen, schon gar nicht eine Wasserleiche. Hätte mich interessiert, was er gesagt hätte, wenn zwei Schülerinnen den Fund gemeldet hätten."

Die beiden Ermittler verabschiedeten sich mit dem Hinweis, dass dieser ersten Vernehmung sicher noch eine weitere folgen würde und schwangen sich wieder aufs Rad. Da die nächste Dienstbesprechung auf vierzehn Uhr dreißig angesetzt war, wollten sie noch einmal in den Klosterhof radeln und sehen, was sich dort getan hatte.
Der smarte Friets fuhr jetzt zügig vor ihr. Er nahm die etwas nähere Strecke nach Söflingen, am Finanzamt vorbei, den Radweg Richtung Westplatz. Allerdings ging es hier eine viel befahrene Straße entlang und an den vielen Ausfahrten musste man öfter abbremsen.
Als Federle so vor ihr fuhr, konnte Kiki ihm eine gewisse Anerkennung nicht versagen. Mit seinen breiten Schultern und seinem muskulösen Körper bewegte er sich sicher und elegant auf seinem Rad. Es machte Spaß, ihm zuzusehen.

„Kiki, lass das", ermahnte sie sich selbst, „lass deine Hormone stecken. Der Letzte war schon so ein Reinfall! Schau einfach nicht hin!"

Inzwischen war es Mittag geworden. Von der Turmuhr der Christuskirche schlug es ein Uhr, als sie in die Söflinger Straße einbogen.
Kiki spürte ein heftiges Grummeln im Magen. Das bisschen Frühstückstee war wohl aufgebraucht. Kollege Federle schien es ähnlich zu gehen.

„Wir könnten uns doch noch ein wenig umhören, hier in Söflingen, wer der Tote sein könnte", schlug er an der nächsten roten Ampel vor. Er schaute Kiki treuherzig an.

„S ischd Mittag, i han Honger, ganga mer doch mitanander zom Essa. Was moinet se?"

„Da vorne an der Ecke hat vor kurzem ein kleiner italienischer Imbiss eröffnet", stimmte Kiki zu, „es gibt echt italienische Küche, wie bei Mama, oder wir könnten uns auch ein leckeres Panini machen lassen."

„Ach, Sie meinet des La mangia, an des hab i jetzt net denkt. Do gang i au gera na, abr des machet mir a anders mol. I hab heut Luscht auf was Schwäbisches. Am beschta ganget mir ens Kreuz, do sitzt ma net so weit ausanandr. I lad Sie ei."

Was sollte jetzt das schon wieder? „Des machen wir ein andermal" und „man sitzt nicht so weit auseinander." Wollte der etwa dicht bei ihr sitzen? Wieso das denn?

Kiki war kurz irritiert und wusste nicht so recht, was sie antworten sollte.

„Na gut", stimmte sie dann zu, „umhören kann nicht schaden und Hunger habe ich auch. Bedingung ist, ich bezahle selbst und sie reden mit mir so, dass ich Sie verstehen kann."

„Einverstanden." Federle strahlte sie an und schwang sich aufs Rad. Anscheinend kannte er sich hier in Söflingen auch ganz gut aus.

2

In der Gaststube des Gasthofes zum Kreuz, welche die beiden kurz darauf betraten, herrschte reger Betrieb.

„Na, ob wir da noch einen Platz finden?" Kiki wollte schon wieder rückwärts gehen.

Draußen im Hof waren ja einige Bierbänke und Biertische aufgestellt. Aber heute, bei dieser Maikälte, saß hier kein Mensch und auch Kiki wollte in diesem unwirtlichen Terrain, grau asphaltiert und mit wenigen mageren Büschen, auf keinen Fall essen. Dann schon lieber hier drinnen und von mir aus „auch nicht so weit auseinander", was immer das heißen mochte. Sie reckte den Hals und suchte nach einem freien Tisch.

„Do henda wird glei ebbes frei", gab ihnen die Bedienung Bescheid, „dia hend scho zahlt, sie miased halt no a bissele warta." Das „bissele warta" lohnte sich schneller als erwartet.

Sie setzten sich inmitten der Gaststube an den frei gewordenen Tisch. Federle schien sich öfter hier aufzuhalten, denn die freundliche Bedienung mit Notizblock und Stift begrüßte ihn vertraulich mit Namen.

„So, jetzedle, was hättet mir denn heut gern, Herr Federle?"

„Wia emmer", ließ sich Federle vernehmen, „s gleiche wia emmer, au zum trenka."

„Ond Ihra Freindin, s gleiche wia Sie?

Das war die Höhe! Freundin!! Federle lachte laut auf und stellte Kiki als neue Kollegin und gleichzeitig neue Bewohnerin Söflingens vor.

„Das finde ich eher nicht zum Lachen", konnte Kiki sich nicht verkneifen.

„Ach kommet se, das kann doch die Isolde nicht wissen, dass Sie mir am liebsten den Hals umdrehen würden", versuchte Federle die Situation zu entschärfen.

„Des wär abr schad om den", stellte die Bedienung fest und nahm schmunzelnd Kikis Bestellung auf.

Im Nu stand das Essen vor ihnen. Kiki hatte sich mit der schwäbischen Küche noch nicht so anfreunden können und ein Wiener Schnitzel mit Pommes bestellt. Federle gab sich ganz heimisch und stöhnte vor Wonne, als er seinen Berg Kartoffelsalat mit den zwei weißen, leicht angebräunten Würsten verspeiste. Kiki wartete nur darauf, dass er auch noch zu Schmatzen anfing. Sicher, das Essen war gut, aber wie man gleich in so ein Wohlbehagen verfallen konnte, bei einem Kartoffelgericht und diesen weißen Brätlingen, diesen ‚Nackerten', wie Federle sie nannte, war ihr doch etwas sehr fremd. Zudem waren diese Würste völlig ohne Gewürze angerichtet. Eine kleine Lache brauner Brühe schwamm im Teller und schien Herrn Federle den ultimativen Kick zu verschaffen.

Wehmütig musste Kiki an die köstlichen Currywürste denken, die sie in den Pausen mit den Kollegen in Berlin verzehrt hatte. Currywurst und Pommes. Das war eines ihrer Lieblingsgerichte gewesen.

Bei Gelegenheit wollte sie sich bei Manni nach den hiesigen Verhältnissen erkundigen. Sie selbst hatte bei ihren Spaziergängen durch Ulm den Eindruck gewonnen, dass es in der Innenstadt kaum einen Imbiss gab. Die vielen Schickimicki-Restaurants waren ja schön und gut, um hin und wieder gepflegt Essen zu gehen, aber eine Wurstbude oder ein Kiosk für den schmalen Geldbeutel, könnte es in dieser aufgeräumten Stadt doch auch geben. Sie jedenfalls hatte noch keinen Stehimbiss gesehen. Na ja, war halt doch Provinz. Ihre Mutter hatte sie ja gewarnt.

Von Umhören war hier im Kreuz übrigens keine Rede mehr.

„Aha, der Herr Kollege wollte wohl nur etwas zwischen die Zähne bekommen", konnte Kiki sich nicht verkneifen.

„Nachher, später, wenn ich hier fertig bin, dann wollen wir mal sehen. Sie können ja jetzt schon die Ohren spitzen, wenn sie so dienstbeflissen sind", grunzte Federle aus vollem Mund.

Die Ohren spitzen war gut, bei dem Lärm hier und bei diesem Dialekt. Kiki merkte allerdings, dass die Gäste an den anderen Tischen sich durchaus über den Todesfall und über die Leiche in der Blau unterhielten. Das schien sich ja schnell herumgesprochen zu haben.
Da gab es wieder die Neugierigen und die Neunmalklugen, die alles besser wussten, alles schon geahnt hatten und mehr wussten, als alle Polizisten zusammen.

Kiki konnte auch bei größter Aufmerksamkeit aus den Gesprächsfetzen keine Andeutung auf die Identität des Toten heraushören. Niemand schien in diesem Stadtteil vermisst zu werden, niemand berichtete von Streitereien oder größeren Zerwürfnissen. An keinem der Tische wurde eine konkrete Vermutung geäußert. Da war es gut, dass die meisten nur eine begrenzte Mittagspause hatten und der Gastraum sich bald leerte.

Auch sie beide hatten aufgegessen. Kiki wunderte sich wieder einmal über sich selbst. Ein ganzes, großes Schnitzel, die Pommes und der kleine Salat, alles weggeputzt. Sie schien in diesem Schwabenland einen ganz gesunden Appetit zu entwickeln. Wenn sie so weiter aß, dann Gute Nacht Figur!

Jetzt fand auch die Bedienung Zeit, sich bei Federle Informationen zu beschaffen. Das heißt, sie versuchte es. Das schien hier in die umgekehrte Richtung zu laufen. Viel konnten sie sowieso noch nicht sagen und das Wenige wusste die neugierige Isolde selbst schon aus anderen Quellen. Nur, was wusste sie außerdem noch?

Federle verwickelte sie in ein intensives Gespräch. Natürlich bekam so eine langjährige Bedienung in einem viel besuchten Gasthof einiges mit, was sich in der Gemeinde beziehungsweise im Stadtteil so tat. Aber in diesem Falle hatte auch sie keine Ahnung, ob der Tote ein Söflinger sein könnte oder doch nur ein Durchgereister.

Die letztere Variante wäre ihr lieber gewesen, das ließ sie allerdings durchblicken. Wer wollte schon einen toten Söflinger haben!? Nein, sie konnte sich überhaupt nicht denken, wer das sein könnte. Und wer den Mord begangen haben könnte, schon zweimal nicht. Söflinger waren doch keine Mörder! Fast schien es, als fühlte sich Isolde in ihrer Ehre gekränkt und durch eine so „gruslige, aber auch widerwärtige Tat", wie sie den Mord selbst schaudernd bezeichnete, geradezu beleidigt.

Kiki ließ Federle das Gespräch ohne Unterbrechung führen. Sie hätte schon gerne das eine oder andere dazwischen gefragt, aber sie ließ es lieber. Das hatte natürlich seinen guten Grund. Die beiden unterhielten sich in astreinem Schwäbisch und Kiki beschränkte sich darauf, zuzuhören und die Wörter zu entschlüsseln, die sie nicht gleich verstand.
Nachdem das Gespräch wenig Neues gebracht hatte, zahlten sie und verabschiedeten sich. Federle bat noch darum, ihn bei Neuigkeiten doch auf der Dienststelle anzurufen.
„Und jetzt, was machen wir jetzt, fahren wir noch in den Klosterhof oder gleich in den Neuen Bau, zurück zur Dienststelle?"
Kiki schlug zwei Dinge vor: Zunächst wollte sie in der italienischen Eisdiele einen kurzen Espresso nehmen und außerdem, fand sie, sollten sie vor der Besprechung unbedingt noch den Tatort besichtigen.
Nach dem Kaffee radelten sie, dieses Mal durch den schmalen Durchgang am kleinen Hutgeschäft vorbei, Richtung Klosterhof zum Wehr an der Blau.
Die schmale, gewundene Hauptstraße, die sie überqueren, war jetzt um die Mittagszeit ungewöhnlich leer. Normalerweise konnten sich die Söflingerinnen,

die die tägliche Einkaufsarbeit erledigen mussten, vor Autos nicht retten. Was sich durch diese Straße den Tag über alles hindurchzwängte! Es war kaum auszuhalten. Die Stadtverwaltung hatte es anscheinend noch nicht geschafft, hier Abhilfe zu schaffen. Aber auch der örtliche Vorstadtverein, der doch, wie Kiki gehört hatte, zwei Stadträte und eine Rätin im Ulmer Gemeinderat stellte, war offensichtlich wenig interessiert, das Problem anzugehen. Die Klagen waren angeblich vielfältig und häufig und verhallten doch ungehört. Selbst Frau Zummermann, die nun nicht gerade im direkten Kern wohnte, regte sich immer mal wieder darüber auf:

„Zum Mond kann man fliegen, aber eine vernünftige Lösung des Verkehrsproblems hier in Söflingen, die scheint auch auf dem Mond begraben zu sein und wie es aussieht für alle Zeiten."

Das einzig Gute war, dass eine Ampel immer wieder für wenige Minuten den Verkehrsfluss unterbrach. Und natürlich die Mittagspause, die hatte es in sich. Kiki hatte es anfangs nicht glauben wollen, die Geschäfte machten Mittagsruhe. Von dreizehn Uhr bis vierzehn Uhr dreißig blieben die Türen verschlossen. Einzig der Bioladen hatte geöffnet.

Aber die Söflingerinnen waren es wohl schon gewohnt, um die Mittagszeit zu Hause zu sein. Vielleicht hatten sie gekocht und aßen jetzt alle: Mütter mit Schulkindern und Väter, die zum Mittagessen nach Hause kamen, Handwerker, die ihre Schraubendreher hatten fallen lassen, Rentner und Büro-

damen aus dem Bürgerzentrum. Es dampfte und schmatzte wohl an allen Esstischen. Da war es gut, selbst satt zu sein und nicht mit hungrigem Magen an die vollen Schüsseln zu denken.
Jedenfalls herrschte jetzt, um kurz vor zwei Uhr, ziemliche Ruhe. Lediglich die Linie 1 verkehrte mit schöner Regelmäßigkeit.

„Wie schön wäre das, könnte es immer so sein", hatte Kiki schon manches Mal gedacht, wenn sie sich auf ihrem Rad durch die Autoschlange gewunden hatte.
Dabei waren es beileibe nicht nur die Bewohner Söflingens, die die Straße verstopften. Viele Berufstätige aus dem nahen Umland strömten frühmorgens in diesen Stadtteil, parkten hier in den Nebenstraßen kostengünstig, ganz ohne Gebühren und setzten sich an der Endhaltestelle der Linie 1 in die Straßenbahn Richtung Innenstadt. Warum sonst in der ganzen Stadt Zahlzwang für parkende PKWs herrschte und nur hier nicht, blieb unerklärlich. Frau Zummermann regte sich über jedes fremde Fahrzeug in ihrer Straße auf.

Aber diese Straßenbahn hier, die war so einmalig, dass Kiki sich nicht genug wundern konnte. Eine einzige Straßenbahn, also eine einzige Spur, leistete sich diese mittlere Großstadt, wenn man sie denn so nennen wollte. Das war sicher ziemlich einmalig in Europa. Kiki zumindest wusste von keiner Stadt, die so eine Minitram betrieb. Eigentlich wollten die Gemeinderäte, vor allem die Mehrheit der CDU, diese Linie 1 auch noch abschaffen. Dazu hatte es dann vor Jahren einen heftig umstrittenen Bürgerentscheid gegeben, worauf die Trambahn zur Freude der Söflinger Fahrgäste weiterhin fuhr. Vor kurzem wurde dann sogar eine ziemlich umfangreiche Verlängerung der Route in Betrieb genommen.

Erfreulicherweise führte die Tram fast direkt von Kikis Haustüre bis in einen weit entfernten Stadtteil, namens Böfingen. Von Söflingen nach Böfingen. Anfangs hatte Kiki die beiden Namen verwechselt. Sie konnte am Verkehrsknotenpunkt Ehinger Tor in letzter Minute noch aus der Tram stürzen, bevor sie in die falsche Richtung davonbrauste.

Inzwischen war ihr klar geworden, dass diese beiden Stadtteile wohl kaum zu vergleichen waren. Eine Leiche hätte man wohl eher in Böfingen, dem Problemviertel, erwartet. Na ja, Problemviertel war möglicherweise etwas zu viel gesagt. Es war halt ein Stadtteil, der einerseits viele alteingesessene Bewohnerinnen beherbergte, andererseits aber auch von einer großen Gruppe Auslanddeutscher aus Russland bewohnt wurde. Mit den Jugendlichen, die hier wohnten, hatte Kiki schon einige Male zu tun gehabt. Außerdem lag dieser Stadtteil etwas abseits, auf einem Höhenzug und die Stadt tat gut daran, ihn durch eine so moderne Beförderungsart gut anzubinden.

Aber der aktuelle Tatort, an dem sie jetzt mit ihrem Kollegen angelangt war, lag, wie eben kaum erwartet, hier in Söflingen. Die Leiche war schon weggebracht worden und Wiese und Steg waren weiträumig abgesperrt. Ein Team der Spurensicherung war noch zu Gange, um etwaige Spuren zu dokumentieren. Viel war hier nicht mehr zu sehen und so fuhr sie, Federle diesmal hinter sich, wieder stadteinwärts zur Dienststelle.

„Was er jetzt wohl von mir denkt, wenn er so hinter mir herfährt?" Sie kam nicht umhin, sich an ihre eigenen Gedanken von vorhin zu erinnern. Der Verkehr und die entgegenkommenden Radlerinnen verlangten allerdings jetzt ihre volle Aufmerksamkeit.

3

Kurz vor 2 Uhr betraten die beiden den Besprechungsraum. Karger hätte dieser nicht eingerichtet sein können. Dass alles immer nur so zweckmäßig sein musste! Kiki hätte gerne in einer etwas angenehmeren Atmosphäre gearbeitet. Nur Tische und einfache Stühle und die Tafeln an der Wand, es war ihr entschieden zu wenig. Von einem etwas ästhetischeren Bodenbelag, wie etwa einem Teppich oder gar Parkett, schon gar nicht zu reden.
Aber sie hatte ja ihr kleines Büro, in dem sie seit Dienstbeginn schon etliche blühende Pflanzen aufgestellt hatte. Der Ulmer Wochenmarkt auf dem nahen Münsterplatz, war einfach zu anziehend.

„Ja, ja, der Frühling!" Kollege Manni hatte sich natürlich diese dumme Bemerkung nicht verkneifen können, als er sie, den Arm voller Blumentöpfchen, auf dem Gang getroffen hatte. Schließlich hatte er auch noch etwas von Botanischem Garten und Terrarium gemurmelt. Mit Fremdwörtern schien er wohl auch so seine Schwierigkeiten zu haben. Einzig die Kollegin Suse hatte anerkennend genickt, als sie die kleine Pracht begutachtet hatte.

Im Augenblick saßen schon fast alle Kollegen und die Kollegin Suse um den ovalen Tisch und warteten darauf, dass sie genauere Informationen über den Toten und das weitere Vorgehen erhalten würden. Dienstbesprechung war angesagt. Eine Sonderkommission sollte sich um diesen Mord, um einen solchen handelte es sich anscheinend doch, kümmern. Da war ein Fallname gefragt. Wie wäre es mit KF, Kikis Fall, oder mit MiW, Mann im Wasser, oder mit Strudel? Klar, dieser Begriff war nicht sehr eindeutig. Es konnte sich bei Strudel auch um einen solchen aus Äpfeln oder Quark, also um diesen köstlichen Kuchenersatz handeln, den Oma Lilli für Kiki hin und wieder gebacken hatte. Bei dem Gedanken an das dünnwandige gefüllte „Teigetwas", lief Kiki das Wasser im Mund zusammen. Forsch warf sie den Begriff in die Runde, immerhin habe der Tote bei seinem Auffinden doch in einem Wasserstrudel gekreiselt. Etwas Besseres fiel Kiki im Augenblick nicht ein. Wahrscheinlich würde es dann doch mit Wasserleiche enden, vermutete sie. Aber nein, ihr Vorschlag mit Strudel wurde tatsächlich angenommen.

Jetzt mussten außerdem die bisher gewonnenen Erkenntnisse zusammengetragen werden. Manni wusste natürlich schon, dass der Tote identifiziert war. „Es soll ein Apotheker aus Söflingen sein, der am Kuhberg oben wohnte." Er wollte Kiki gerade den Namen des Toten zuflüstern, als Herr Roth um Ruhe bat.

„Die Identität des Toten ist geklärt", teilte er den Anwesenden mit, „es ist ein gewisser Hannes Bader. Die meisten von ihnen wissen wahrscheinlich, um wen es sich dabei handelt."

Der neue Praktikant, der junge Alfons Abele, von allen nur *Wind* genannt, kam eilig und wie immer Türen schlagend hereingestürmt und begann Fotos des Ermordeten an die Wand zu pinnen.

„Sieht nicht schlecht aus, der Mann", stellte Kiki bei sich fest, „er hat nur leider den Fehler, dass er tot ist. Und wenn es sich bei der Tat nicht um die eines Wahnsinnigen handelt, muss er etwas auf dem Kerbholz gehabt haben. Sonst wäre er wohl noch am Leben."
Diese Erkenntnis hatte sie die Polizeiarbeit schon gelehrt, Feinde machte man sich nicht, indem man menschenfreundlich durchs Leben ging.

„Für diejenigen, die neu hier im Team und auch in Ulm sind, referiere ich auf jeden Fall die wichtigsten Daten", ließ Herr Roth jetzt vernehmen. Das bezog sich ja wohl vor allem auf sie. Kiki sah ihren Chef aufmerksam an.
So erfuhr sie, dass der Tote in Ulm ein relativ bekannter Mann war. Er war sechsundvierzig Jahre alt, bis vor kurzem, wie es schien, glücklich verheiratet, er lebte aber momentan wohl in Scheidung und hatte eine erwachsene Tochter.

„So, so, dachte Kiki, „gewesen, glücklich verheiratet gewesen." Das glücklich schien allerdings vorbei gewesen zu sein. „Glücklich bis zur Scheidung." Sie rief sich jedoch gleich wieder zur Ordnung. Dieses „gewesen" hieß ja heutzutage gar nichts. Heutzutage heiratete man fast schon mit der Absicht, sich spätestens in zehn Jahren, wenn die Sprösslinge aus dem Gröbsten heraus waren, wieder scheiden zu lassen. Allerdings hatte Kiki schon einiges an Scheidungsverbrechen erlebt und dabei festgestellt, dass Frauen und Kinder meist immer noch die Verlierer bei der Angelegenheit waren.

Doch sie sollte jetzt nicht eigenen Gedanken nachhängen, sondern sich mit der Person des Toten vertraut machen.

Im Augenblick vermerkte vorne an der Tafel ihr Chef, dass er zunächst einmal der Schwiegersohn des alt eingesessenen Apothekers Riedle war, der vor einigen Jahren am Kuhberg, direkt neben dem Söflinger Friedhof, eine großartige Villa gebaut habe. Dieses Haus habe wohl eher der Schwiegervater finanziert, denn Bader habe als Pächter der Gastronomie im Ulmer Tierpark wohl nicht über die nötigen, umfangreichen Mittel verfügt. Diesem Umstand sei auch zu verdanken, dass die Villa Eigentum der Frau Baders sei und aus der inzwischen erfolgten Insolvenz ausgeschlossen worden war.

„Also, kein Apotheker, lieber Kollege Besserwisser", raunte Kiki Manni zu.

Während der Einsatzleiter referierte, notierte er immer wieder einen Namen auf der Wandtafel. Die erste Spalte enthielt den der Ehefrau, Agnes Bader. Sie hatte, Gerüchten zufolge, den ungetreuen Ehemann vor einiger Zeit aus dem gemeinsamen Haus hinausgeworfen und auch schon die Scheidung eingereicht.

„Ah ha, dachte Kiki, „Cherchez la femme!" Ehefrauen waren bei männlichen Toten auch immer mal wieder direkt oder indirekt beteiligt.

Kiki war zu kurz in der Stadt um, wie vielleicht einige der Kollegen, den jetzt toten Herrn Bader, persönlich oder auch von Zeitungsfotos her zu kennen. Er hatte, so berichtete der Chef weiter, vor einigen

Jahren hier in Ulm eine überdimensionierte Multifunktionshalle mit angebauter Saunalandschaft in Zusammenarbeit mit der Ulmer Stadtverwaltung, errichtet, sei jedoch inzwischen insolvent. Er wollte wohl von seinem Schwiegervater unabhängig sein und auf eigenen Füßen stehen. Dieser Schwiegervater war schon mit der Wahl des Gatten seiner Tochter nicht einverstanden gewesen und verstanden hatten sich die beiden auch nicht.

Ob hier wohl ein mögliches Motiv lag? Die Frage stellte sich auch deshalb, weil dieser Mann anscheinend weit mehr als nur ein paar Millionen, die er sich von Banken, von der Stadtverwaltung und von Freunden zusammen gesammelt hatte, in den Sand gesetzt hatte.

„Wie hat der Mensch das bloß geschafft", fragte Manni kopfschüttelnd seine Nebensitzerin, „da muss doch Einiges schief gelaufen sein. Wer würde mir so viele Millionen leihen?"

„Ja Dir, Du baust doch auch keine Riesenhalle oder?" Kiki blieb ganz gelassen. Was hier besprochen wurde, erstaunte sie nicht sehr. Sie war es aus der Landeshauptstadt gewohnt, dass Steuergelder in alle möglichen dunklen Kanäle flossen und dies auf Nimmerwiedersehen. Die exorbitante Verschuldung Berlins hatte ja ihren Grund nicht darin, dass viele Schulen oder Kindergärten oder gar Schwimmbäder gebaut worden waren. Die wurden eher geschlossen oder auch zusammengelegt, wie man so schön in den Zeitungen lesen konnte. Auch die Sozialleistungen hatten die Stadtverordneten Berlins keineswegs erhöht oder die Zuschüsse für kulturelle Einrichtungen vervielfacht. Ganz im Gegenteil! Was da passiert war, hatte dem Nutzen und der Bereicherung von Banken und einzelnen Profiteuren gedient und die Allgemeinheit bezahlte brav die Schulden. Steuergelder waren eben immer verfügbar. In Ulm wie in Berlin.

„Do kommet jetzt scho ganz sche viele als Tätr en Frog", flüsterte ihr Federle von rechts ins Ohr, womit er wohl Recht haben mochte.

Tatsächlich schien sich das Motiv bei diesem Mord nicht so einfach an einer Beziehungstat festmachen zu lassen. Da tauchten, neben der betrogenen Ehefrau, auch der ungeliebte Schwiegervater, einige intime und verlassene Freundinnen, mehrere Freunde als betrogene Geldgeber, aber auch nicht bezahlte Handwerker und Bauunternehmer sowie andere, durch die erfolgte Insolvenz Geschädigte, in Süddeutschland wie in Norddeutschland, als mögliche Täter auf.

Wie es schien, hatte der „Hallenkönig", wie er laut Manni in der Stadt genannt wurde, sich nicht mit der einen Geldquelle in Ulm zufrieden gegeben. Als hier der Rubel rollte, habe er flugs in Norddeutschland, genauer in Nordhorn und in Dormagen gleichzeitig begonnen, eine solche Multifunktionshalle zu erstellen. Dabei sei ihm dann wohl das Geld endgültig ausgegangen.

Nach dem was der Chef ihnen vortrug, schien das Ganze über Jahre hinweg ein starkes Geflecht von persönlichen Bekanntschaften und Beziehungen, von Feindschaften und Seilschaften, von Neid und

Günstlingswirtschaft gewesen zu sein. Da viele an den Machenschaften beteiligt waren, kochte man die ganze Misere, die sich inzwischen auch in Ulm in Form einer ziemlich maroden Halle zeigte, auf möglichst kleiner Flamme.
Selbst der Lokalredakteur der Ulmer Allgemeinen Zeitung, Stiftle, hatte anscheinend die Machenschaften dieses Herrn Bader mit goldener Feder zu verniedlichen versucht und die ganze Zeit über wurde so wenig wie nur möglich in den Zeitungen berichtet. Wenn überhaupt, dann mit großem Mitgefühl für den bedauernswerten, angeblich von falschen Freunden gelinkten, gutgläubigen Hallenkönig. Dies hatte keineswegs allen in der Stadt gefallen. Wer freute sich schon, wenn Hunderttausende, wenn nicht gar Millionen an Steuergeldern durch Privatleute verschleudert wurden oder auf Nummernkonten in der Schweiz landeten.

„Das mit dem öffentlichen Verschweigen wird sich bald ändern", dachte Kiki, „wenn die Zeitungen, vor allem die auswärtigen, erst einmal Wind von dem Mord und dem Hintergrund bekommen, dann wird hier mehr schmutzige Wäsche gewaschen, als allen lieb sein wird".

Nachdem die Identität des Ermordeten feststand und der mögliche Täterkreis aufgezeigt und festgehalten war, wurden die bis dato ermittelten Ergebnisse berichtet.
Die Leiche war bei ihrem Fund unbekleidet gewesen und die Kollegen hatten bisher weder im näheren noch im weiteren Umfeld auch nur einen Hauch

von Kleidung entdeckt. Der Klosterhof war abgesucht worden, auch der angrenzende Spielplatz und der Sportplatz. Noch immer waren Kollegen im Einsatz, die das Gelände entlang des Radweges, auch die Schrebergärten im Umfeld sowie den großen Söflinger Friedhof absuchten.

Kiki überlegte, wo sie wohl so ein Kleiderbündel verstecken würde, wenn es nötig wäre.

Hinter so einem Grabstein konnte man zwar ein Bündel Kleider ablegen, aber das würde doch bald von grabpflegenden Angehörigen entdeckt werden. Und die Söflinger pflegten ihre Gräber! Und wie, das hatte sie schon öfters festgestellt. Es sei denn, der Täter hätte es in einer neuen, noch mit lockerer Erde bedeckten Grabstelle verbuddelt.

Kiki dachte aber eher an den Kofferraum eines Autos. Wenn sie die Täterin wäre, würde sie die Kleider möglichst weit weg fahren, verbrennen oder in den Müll werfen. Bis dato war die Suche jedenfalls ergebnislos geblieben. Das war ein großes Manko, denn die Kleidung eines Ermordeten, sagt sehr oft vieles über den oder die Täter und auch über die Umstände der Tat aus.

Kiki und Federle berichteten von ihrem mehr oder weniger ergebnislosen Gespräch mit den Kindern und der Mutter des einen Jungen. Ihren Bericht wollten sie am Abend schreiben.

Interessant für Kiki war es, wie die Leiche zunächst identifiziert wurde. Kollege Manni hatte mit seinem Partner die umstehenden Neugierigen befragt, ob jemand schon länger in Söflingen wohnhaft sei und sich zutraue, einen Blick auf den Toten zu werfen.

Sie hätten ein Sofortbild herumgereicht. Dabei habe sich spontan eine ältere Frau namens Zummermann gemeldet und tatsächlich nach einem Blick auf den Toten gerufen:

„Ha des isch dr Herr Bader, den kenn i guat. Der wohnt oba, am Friedhof."

„Oh nein, nicht die Frau Zummermann", stöhnte Kiki, das ist meine Vermieterin, bei der wohne ich. Die weiß immer alles und auch noch alles besser."

Herr Roth war von diesem spontanen Ausruf Kikis wenig angetan:

„Eine Zeugin ist eine Zeugin, sind Sie da nicht meiner Meinung, liebe Kollegin, das wird bei Ihnen in Berlin nicht anders gewesen sein."

Au weia, da hatte sie sich mal wieder in die Nesseln gesetzt, wie man so schön sagt. Dass der sie aber auch bei jeder sich bietenden Gelegenheit auf Berlin ansprechen musste! Der hatte wohl was gegen Berlin. Kiki konnte nur zustimmend nicken.

Frau Zummermann hatte den Toten also erkannt. Da konnte sie sich ja am Abend auf einiges an Fragen gefasst machen. Ihre Vermieterin hatte nämlich die Angewohnheit, abends „auf einen Sprung", wie sie das nannte, bei Kiki vorbeizuschauen. Kiki hatte schon manchmal versucht, einfach nicht aufzumachen, aber die Klingel ging so hartnäckig, dass es nicht möglich war, sie zu ignorieren.

Kriminalrat Roth hatte inzwischen weiter referiert und Kiki verschob die Gedanken an ihre Vermieterin auf später.

Die Frau des Toten war schon in der Gerichtsmedizin gewesen; sie hatte die Annahme bestätigt und auch die Tochter, welche die Mutter begleitet hatte, war sich sicher, in dem Toten den Vater zu erkennen. Roth meinte noch, dass die Angaben der Ehefrau, genauer, der Fast-Exehefrau, beziehungsweise der Witwe, vollständig genügt hätten, aber die Tochter war nicht davon abzubringen, die Leiche zu sehen.

Ja, das war zwar merkwürdig, aber eigentlich auch verständlich, dass Menschen den Tod eines nahen Angehörigen zunächst nicht glauben wollten. Er brach meist zu plötzlich und heftig in ein Leben ein. Kiki musste an andere Fälle denken, bei denen die Verwandten die Verstorbenen unbedingt noch einmal sehen wollten. Die Reaktionen waren oft sehr unterschiedlich.

Die einen wollten wohl sicher sein, dass derjenige, der sie möglicherweise jahrelang gequält oder misshandelt hatte, wirklich tot war. Das schien für manche eine große Erleichterung zu sein. Die anderen wiederum konnten, nachdem sie den oder die Tote gesehen hatten, ihrem Schmerz freien Lauf lassen. Kiki war froh, dass ihr dieses Mal die Begleitung der Frauen erspart geblieben war.

Manni war wohl der Glückliche gewesen, denn er flüsterte Kiki ins Ohr:

„Eine eiskalte Tussi, diese Exfrau, kann ich dir sagen. Die hat keine Miene verzogen. Aber die Tochter war ziemlich fertig. Ist ja auch kein schöner Anblick. Ich möchte meinen Vater so nicht sehen."

Sollte er auch nicht, wenn sie, Kiki, das zu bestimmen hätte. So etwas wünschte man doch seinem ärgsten Feind nicht und dem Kollegen Manni schon gleich gar nicht. Gar so übel war der ja nun doch nicht. Immerhin hatte er sie die ersten Tage hier in Ulm gleich gut aufgenommen, der Kollege Manfred. Er war sehr offen auf sie zugekommen und sie hatte den Eindruck, er freute sich über eine neue Frau in ihrem Team, aus welchem Grund auch immer.

Vielleicht hatten es ihm ihre Brüste angetan, die waren nun mal nicht zu übersehen und Kiki war sehr mit ihnen einverstanden. Frauen hatten normalerweise bei Manni nur Titten und „Holz vor dem Haus", ein Spruch, den sie am Anfang überhaupt nicht verstanden hatte. Aber solche Sprüche erklärte ihr Manfred ausführlich und mit Wonne. Wenn er sich so über das sexuelle weibliche Merkmal ausließ, wartete er immer gespannt, was sie wohl dazu sagen würde. Doch sie hatte sich vorgenommen, sich so wenig wie möglich provozieren zu lassen. Und so lächelte sie ihn bei solchen Gelegenheiten immer etwas mitleidig an und schwieg.

Bei ihr hatte er sich bisher noch nichts erlaubt in dieser Richtung, weder sprachlich noch handgreiflich. Sie würde es ihm aber auch nicht geraten haben.

Trotz seiner manchmal sehr direkten Art, zeigte er immer wieder recht menschliche Gefühle, was ihn dann doch wieder sympathisch machte. Kiki hatte ihn schon sehr mitfühlend und verständnisvoll erlebt, wenn es darum ging, schlechte Erlebnisse ihrer Klienten aufzunehmen. Und außerdem, mit Manni hatte sie schon so manchen Spaß gehabt. Ein fröhlicher Kollege, mit dem man herumalbern konnte, das war viel wert.

Aber, nicht vergessen, hier und jetzt ging es nicht um Manfred Knopf, alias Manni, es ging um eine Wasserleiche. Die Gerichtsmedizin war superschnell und hatte erste, vorläufige Ergebnisse gefaxt. Viel war noch nicht bekannt. Fast sicher war, der Mann war erschlagen worden. Es war wohl der berühmte harte Gegenstand gewesen, der diesen Herrn Bader ins Jenseits befördert hatte. Womit genau, konnten die Kollegen noch nicht sagen und die genaue Todesursache war auch noch nicht bekannt. Selbst Tod durch Ertrinken war noch nicht ganz ausgeschlossen.

„Braucht seine Zeit und kommt alles noch", entgegnete der Chef auf die ungeduldige Bemerkung von Suse, die der Gerichtsmedizin immer skeptisch gegenüber stand. Sie war der Meinung, dass die Kollegen dort sich viel zu viel Zeit ließen und damit oft die Ermittlungen nicht tatkräftig genug unterstützten.

Jetzt wurde das weitere Vorgehen besprochen. Zeugen mussten ausfindig gemacht und die möglichen Verdächtigen aufgesucht werden.

„Frau Wunder und Herr Federle, ihnen habe ich eine etwas diffizile Aufgabe zugedacht. Sie sollten die drei Herren aufsuchen, die uns bisher als Geldgeber für Baders Transaktionen und Investitionen in seine Hallen bekannt sind. Möglicherweise waren es ja noch mehr. Finden sie das heraus."

„Was ist daran so diffizil?", wollte Federle wissen.

„Zwei davon sind im Ulmer Gemeinderat und einer ist dicke mit dem OB und dem Kulturbürgermeister befreundet. Da sollten sie schon etwas Fingerspitzengefühl an den Tag legen. Sie beide machen das schon! Adressen sind wie immer auf ihrer Vorlage aufgelistet."

Herr Roth war anscheinend ein vorsichtiger Mann, was kein Nachteil sein musste. Kiki hatte da in Berlin schon anderes erlebt. Da wurde vorgeladen, was das Zeug hielt, ohne Rücksicht auf Stellung und Geldsack. Hier in der Provinz schien das ein bisschen anders zu sein. Aber sie war zu kurz hier, um die Verflechtungen schon zu durchschauen. Wer hier mit wem dicke war, würde sich schon noch herausstellen und wer in welchen Fall das Bauernopfer wurde. Und vor allem, wer dem Geldverschwender an den Kragen gegangen war und weshalb.

„Warum sollen diese ‚Geldgeber'", wie Roth sie nennt, „ihrem Spezl eins auf die Mütze geben, die wollen doch ihre Kohle wieder haben", bemerkte Federle beim Hinausgehen und fügte schnell hinzu: „Wollen wir wieder mit dem Rad fahren, Frau Kollegin?"

„Eins auf die Mütze geben", wiederholte Kiki süffisant, „das war jetzt aber gar nicht schwäbisch, Herr Kollege, ich muss erst noch meinen „Botanischen Garten" bemuttern. Wir sehen uns in einer Viertelstunde bei Ihnen im Büro, dann kann's los gehen. Ich hole Sie ab. Vielleicht könnten Sie schon mal einen Termin machen mit unserem Klienten, diesem Dr. Grün, aber feinfühlig bitte! Ich versuche es bei den anderen beiden." Damit ließ sie ihn stehen. Sollte er sich doch erst mal ans Telefon hängen, ohne Termin würden sie sowieso nichts ausrichten können.

Auf den Gängen im Präsidium herrschte jetzt ziemlicher Trubel. Die Bürotüren standen fast alle offen, überall wurden der Mordfall und das weitere Vorgehen besprochen. Telefone waren im Einsatz, Termine wurden verabredet. Kiki zog erst mal die Türe hinter sich zu. Sie brauchte einige Augenblicke Ruhe und musste durchatmen.

Mit ihrer winzigen Gießkanne begann sie ihre kleinen, grünen Lieblinge zu begießen.

„Na ihr", konnte sie sich nicht verkneifen zu sagen, „ein bisschen Wasser kann Euch wohl nicht schaden."

Sie hatte sich angewöhnt, mit ihren Pflanzen zu reden. Das wäre ja nicht weiter schlimm gewesen, wenn nicht alle Augenblicke jemand hätte zur Türe herein kommen können. Natürlich hatte der Kollege Manni vor einigen Tagen einmal wieder die Türe mit „Schmackes", wie er sagte, aufgerissen und dann verwundert gefragt, mit wem Kiki denn geredet hätte. Sie hatte auf das Telefon verwiesen und sich dieses „schmackige" Türeaufreißen verbeten.

„Anklopfen ist angesagt, auch für Dich, Manni!"

Du meine Güte, wenn Herr Federle erst von ihrem merkwürdigen Verhältnis zu ihren Pflanzen wüsste! Das wäre ihr absolut nicht recht. Der würde sie sicher für verrückt erklären.

Als sie mit Suse darüber gesprochen hatte, hatte diese ihr empfohlen, sich die Gespräche mit dem Grünzeug wieder abzugewöhnen:

„Du machst dich zum Gespött der ganzen Abteilung. Wenn die anderen das mitkriegen!"

„Ach Suse", hatte sie etwas trübsinnig gesagt, „jemanden muss ich doch zum Reden haben."

„Dann such dir endlich einen Mann", war ihr Vorschlag gewesen, „die gibt es wie Sand am Meer und" hatte sie fröhlich bemerkt, „ich bin ja auch noch da. Zum Reden allemal."

Sich einen Mann suchen, was dachte sich Suse denn dabei? So einfach ging das nicht. Sie hatte noch an ihrem letzten Verhältnis zu knabbern. Und wo sollte sie in diesem dörflichen Söflingen einen Mann treffen, der ihr gefiel?

Suse hatte es da einfacher. Sie war recht unkompliziert im Geben wie im Nehmen. Nach ihrer Scheidung hatte sie sich erst mal „eine Auszeit gegönnt", wie sie selbst fröhlich verkündete. Dann aber war sie geradezu losgespurtet.

„Ohne Mann bin ich nur ein halber Mensch!" hatte sie sich Kiki kurz nach ihrem näheren Kennenlernen anvertraut. Und, wie es aussah, wollte Suse auf keinen Fall ein halber Mensch sein. Sie flirtete ziemlich hemmungslos auch mit den Kollegen, ob verheiratet oder noch zu haben. Kiki hatte schon einige nicht sehr schmeichelhafte Kommentare von verärgerten Kollegen aufgefangen, die in festen Händen waren, wie man so sagte. Ihnen ging das ständige Geturtel und Augenzwinkern Suses ziemlich auf den Wecker, wie sie sagten. Wenn das mal stimmte! Die meisten flirteten doch ganz ungeniert mit.
Dabei hatte Suse schon längst wieder „einen Lover am Bändel", was immer das heißen mochte. Kiki

hatte ihn zwar noch nicht kennen gelernt aber schon Vieles über ihn gehört.

Sich bei den Männern beliebt zu machen, sich ein wenig aufzuplustern, sich mit gewissen Sätzen als noch zu haben zu präsentieren, das gehörte einfach zu Suse dazu. Sicher würde sich bald einmal eine Gelegenheit ergeben, bei dem Suse zeigen konnte, dass ihr ganzes Herumgetue nicht von Herzen kam, dass sie sich durchaus schon wieder für einen Mann entschieden hatte. Eines Tages würde sie diesen „Lover" doch präsentieren müssen. Aber wer weiß, vielleicht war sie immer noch auf der Suche nach etwas oder vielmehr nach einem Besseren. So ganz wurde Kiki nicht schlau aus der Kollegin.

Sie wurde von Suse jedenfalls ziemlich angefeuert, was die Suche nach einem Partner betraf. Aber Kiki konnte doch nicht Abend für Abend ins Eiscafe sitzen und darauf warten, dass der Märchenprinz vorbei kam. Bis jetzt war ihr jedenfalls noch keiner über den Weg gelaufen.

Beim Einkaufen sah sie meist mehr oder weniger attraktive Männer, die mit ihren Sprösslingen im Radanhänger die Biowaren nach Hause schafften. Mann mit Kind kam für sie auf keinen Fall in Frage, das hatte sie sich nach ihrer eigenen familiären Erfahrung früh abgeschminkt. Wenn ein Kind, dann ein eigenes.

Aber Suse hatte schon Recht. Sie musste abends mehr unter die Leute gehen. Die Discos sollten in Ulm nicht schlecht sein. Manni hatte sie schon einige Male aufgefordert, mitzukommen. Bis jetzt hatte sie dazu noch zu wenig Zeit gehabt und auch keine Lust verspürt.

Immerhin war sie erst seit acht Wochen hier in Ulm und sich ein Zuhause einzurichten, erforderte Zeit. Langsam wurde es jedoch gemütlich in ihrer Behausung. Viel hatte sie nicht mitgenommen aus Berlin. Erfreulicherweise war die Küche schon in ihrem Appartement eingebaut gewesen, samt den Küchenmaschinen. Das war einfach große Klasse und mit ein guter Grund, dass Kiki die kleine Zwei-Zimmer-Wohnung dann doch genommen hatte. Trotz dieser Frau Zummermann in der Wohnung über ihr.

Früher einmal hatte sie sich geschworen, nie in ein Haus zu ziehen, in dem auch die Vermietenden wohnten. Das schien ihr viel zu dicht zu sein. Da waren Drohungen vorprogrammiert, wie: Wenn Sie nicht dies oder das tun, können Sie ja wieder ausziehen! Aber die Wohnung war zu schön gewesen und günstig obendrein. Und Frau Zummermann war ihr auch sehr liebenswürdig und verständnisvoll erschienen. Damals kannte sie sie ja noch nicht näher.

Allerdings hatte sie bei ihrer Wahl noch etwas vernachlässigt, das ihr sehr wichtig gewesen war. Eigentlich sollte es eine Wohnung in einem oberen Stockwerk sein. Das hatte sie sich so fest vorgenommen, ja, es geradezu zur Bedingung für ihr zukünftiges Heim gemacht. Jetzt war es doch eine im Erdgeschoss geworden, allerdings mit einer wunderschönen Terrasse zum Garten hin. Und dieses viele Grün direkt vor der Türe war ihr einfach so wichtig erschienen.

Na ja, sie würde ja wohl damit leben können. Sie war ja weit weg von Berlin. Die soziale Kontrolle war von allen Seiten gegeben, da würde es schon klappen. Ihre Ängste musste sie jetzt erst einmal hintanstellen. So konnte es ja nicht weitergehen. Die Nächte mussten wieder ruhiger werden. Sie brauchte unbedingt mehr Schlaf, sonst würde sie die Arbeit hier nicht durchstehen.

Da waren ihr im Augenblick Discos und Männer nicht so wichtig, da sprach sie lieber mit ihren Pflanzen.

„Ihr könnt wenigstens nichts erwidern und mich weder nerven noch beschimpfen!" murmelte sie ihnen jetzt zu.

4

Das Telefon klingelte. Federle war am Apparat.

„Wir sollten los, dieser Dr. Grün hat gerade seine Sprechstunde beendet und will mit uns reden. Sind Sie so weit?"

„Dann mache ich die weiteren Termine nachher. Ich komme runter!"

Kiki schnappte sich ihren Radhelm und sauste wie immer die Treppen abwärts. Federle wartete schon auf sie.

„Das ging ja fix", staunte Kiki. „Respekt Herr Federle!"

Federle ging zu einem Dienstfahrzeug und hielt ihr die Türe auf.

„Die Praxis ist am neuen Eselsberg oben, das ist etwas zu weit fürs Rad. Wir sollten möglichst rasch dort sein. Steigen Sie ein."

„Ja, ja", musste Kiki innerlich schmunzeln, „wieder dieser großartige Ton. Er fährt mich zu unserem Einsatz. Er fährt und ich darf mitfahren, wie großzügig. Er hält mir die Türe auf und ich darf einsteigen. Ja, so ist er halt, unser Friets Federle." Das mit dem Friets war auch so eine Sache. Dieses merkwürdige „ie" in seinem Namen, das sie noch nie so gesehen hatte, würde sie schon auch noch ergründen. Da machte er wohl allen auf der Dienststelle und vor allem ihr etwas vor. Für heute gab sie sich geschlagen und stieg ein.

Während der Fahrt erzählte Federle von seinem Gespräch mit Dr. Grün und auch, was er sonst noch über den Arzt wusste. Dr. Grün war Urologe. Seine Praxis hatte er im Stadtteil Eselsberg. Er war seit vielen Jahren im Gemeinderat. Da er ein sehr bekannter und offenbar auch beliebter Arzt war, wurde er immer wieder gewählt.

Als CDU-Kandidat war er allerdings nicht typisch. Federle wusste über einige soziale Aktionen dieses Doktors zu berichten, die den Zielen der christlichen Partei ziemlich zuwider liefen. Wenn ihm eine bestimmte Richtung in seiner Partei nicht behagte, legte er sich auch immer wieder mit einzelnen Abgeordneten des Land- und Bundestages an.

Dazu machte er seine Aktionen meist öffentlich. Seine Pressesucht und sein übertriebenes Geltungsbedürfnis waren in Ulm sprichwörtlich und wurden nicht selten auch belacht. Doch seine Stimmergebnisse bei den Stadtratswahlen zeigten, dass eine Menge Leute sich seit Jahren in ihren Belangen durchaus von ihm vertreten fühlten.

Zu diesem stadtbekannten Mann waren sie jetzt also unterwegs, um etwas über seine Geldtransaktionen und seine Beziehung zu dem Ermordeten zu erfahren. Schon nach fünfzehn Minuten parkte Federle den Wagen auf einem Parkplatz mitten im Stadtteil. Um den Platz lagen verschiedene Geschäfte, ein kleines Café und auch ein so genanntes städtischen Sozialzentrum, sowie eine Stadtteilbibliothek, wie der Kollege Kiki erklärte. Hier um die Ecke musste die Praxis liegen.

Dr. Grün erwartete sie schon. Er öffnete die Türe und bat eine Helferin, die noch am Empfang arbeitete, sie

nicht zu stören. Auch Telefonate sollte sie absagen. Insgesamt wirkte Herr Grün doch etwas nervös oder war er etwa immer so geschwätzig und fahrig?
Er hatte seinen weißen Arztkittel schon abgelegt und zog sich, um seine Freizeitkleidung zu vervollständigen, eben noch ein schönes, helles Leinenjackett über. Kiki beäugte ihn genau. Er war von kleiner Statur, etwa in den Fünfzigern und neigte nicht wenig zur Fülle. Auch sein glatt rasiertes Gesicht hatte schon ziemlich Speck angesetzt, doch seine kleinen Augen leuchteten ihnen freundlich, aber etwas unsicher entgegen. „Ein Tanzbär, ein kleiner, tapsiger Tanzbär!", schoss es Kiki durch den Kopf, als er ihnen mit kleinen, schnellen Schritten vorauseilte.
Dieser Mann hatte also zu viel Geld gehabt. Alle Achtung! Der war wohl keiner von den Medizinern, von denen gerade in den Zeitungen so viel die Rede war. Ärzte verdienten zu wenig, war dort fast jeden Tag zu lesen. Sie protestierten gegen die Kürzungen durch die Kassen und belegten ihre schmalen Verdienste mit abenteuerlichen Rechenbeispielen.
Wie auch immer. Die Einrichtung des Sprechzimmers war vom Feinsten. Hier mussten die Tausender, die dieser Mann seinem Freund geliehen hatte, ja verdient worden sein.
Kiki überlegte, wie sie das immer tat, ob sie dem Mann einen Mord zutraute. Eigentlich nicht. Das müsste schon eine ganz besondere Situation sein, dass der zu einer Waffe griff.
Federle hatte am Telefon die Sache ziemlich dringend gemacht und Dr. Grün kam, nachdem sich alle Drei gesetzt hatten, auch sofort zur Sache.

Er gab das von sich, was die meisten, die etwas zu verbergen hatten, als erstes behaupteten, er wisse von nichts. Er sei vom Tod seines Freundes, den man fast nur als Bekannten bezeichnen könne, völlig überrascht worden. Wie sie Beide sehen könnten, sei er noch ganz erschüttert und durcheinander.
Aber, man wisse ja auch noch nicht, ob es sich bei dem Tod um eine Selbsttötung oder um eine Fremdtötung handle, versuchte er von ihnen in Erfahrung zu bringen.

Er benutzte tatsächlich die beiden Begriffe: Selbsttötung und Fremdtötung. Das war ja ein ganz eloquenter Gesprächspartner, fand Kiki, kein Wunder, dass er so beliebt war bei seinen Wählern.
Erfahren habe er von dem Tod in Söflingen von einem Freund. Der habe ihn angerufen und ihm die Sache mitgeteilt. Kiki stellte anhand ihrer Unterlagen fest, dass sich der Name des Freundes mit einem der anderen Geldgeber deckte. „Sieh mal an", dachte sie befriedigt.
Kiki und Federle sahen sich verständnisvoll an. Sie wunderten sich keineswegs darüber, wie schnell hier die Buschtrommeln in Bewegung gesetzt worden waren. Von wem der so genannte Freund von dem Toten erfahren hatte, musste noch geklärt werden. Womöglich gab es einen Informanten in ihrer Dienststelle, der nicht dicht hielt.

Herr Dr. Grün wunderte sich dann sehr, dass sie seine Personalien und seinen Umgang mit Herrn Bader aufnehmen wollten. Er habe mit der Sache gar nichts zu tun. Was das denn solle. Er sei lediglich geschäftlich mit ihm in Verbindung gestanden.

„Und genau diese geschäftliche Verbindung interessiert uns", unterbrach Kiki seinen Redefluss.
Dann stellte sich heraus, dass Dr. Grün dem Verstorbenen, wie er ihn nannte, immerhin eine Million Euro überlassen hatte. Herr Bader habe dieses Geld dringend gebraucht, um in Norddeutschland weitere Multifunktionshallen aufzubauen. Damit habe er ja wohl zunächst in Ulm gute Erfolge gehabt. Deshalb habe er, Dr. Grün, auch nicht gezögert, ihm unter die Arme zu greifen. Heutzutage sei es ja ein Gebot der Stunde, zu investieren, um auch Arbeitsplätze zu erhalten oder gar um neue zu schaffen. Aber Norddeutschland, ja, da sei dann wohl Einiges schief gelaufen, gab er zu bedenken.

Herr Dr. Grün wurde mit der Zeit immer lebhafter und gesprächiger. Er berichtete bereitwillig, wie er versucht hatte, nach einiger Zeit des Wartens, die versprochenen Zinsen zu bekommen und, als diese keineswegs flossen, er auch die überlassene Summe, wieder zurückhaben wollte.
Herr Bader habe sich zunächst stur gestellt. Er habe ihn über Monate hingehalten und vertröstet und, ja sicher, am Ende auch belogen.
Auf die Frage von Kiki, ob er denn gerichtlich gegen seinen Freund vorgegangen sei, gab Dr. Grün an, dass er keine gerichtlichen Schritte eingeleitet habe, weil er das leider nicht konnte. Ihm seien die Hände gebunden gewesen.

Kiki hatte so eine Vorahnung, was das mit den gebundenen Händen wohl sein könnte, aber Federle bat ganz direkt:

„Könnten Sie uns das bitte etwas genauer erläutern, Herr Dr. Grün?"

Herr Grün versuchte sich herauszureden. Der Grund sei ein leider auch wieder etwas prekärer gewesen. Er wolle das jetzt hier nicht unbedingt ausbreiten.

Als Federle und Kiki ihn nur schweigend und abwartend ansahen, sah er sich dann doch bemüßigt, zu antworten.

Er müsse zugeben, rückte er langsam heraus, er habe dieses Geld am Fiskus vorbei geschleust und genau damit habe dieser Bader, dieser Bankrotteur, wie er ihn plötzlich nannte, ihn unter Druck gesetzt. Ja, man könne sagen, er habe ihn fast erpresst, dieser Betrüger!

„Sieh mal an", musste Kiki denken, „so schnell werden Freunde zu Betrügern."

Nach diesem aufschlussreichen Gespräch verabschiedeten sich Kiki und Federle und sie baten den Herrn Doktor, am nächsten Tag auf dem Kommissariat vorbeizukommen, um seine Aussagen zu bestätigen.

„Bitte, könnten Sie das Ganze anonym behandeln?", bat Dr. Grün noch zum Abschied, wenn meine Frau oder gar meine Patienten von der Sache erfahren, dann..." Was genau Herrn Dr. Grün dann erwartete, verschwieg er tunlichst.

Kiki dachte an die Anweisung des Chefs und machte vage Versprechungen. Sicher, sie würden alles tun, um ihn aus dem Fall heraus zu halten und was man eben so zu sagen pflegte.

Die Transaktion des nicht versteuerten Geldes müssten sie allerdings dem Finanzamt melden und ob noch weitere Schritte unternommen würden, könnten sie am nächsten Vormittag dann im Präsidium besprechen.

Mit einem freundlichen Händeschütteln und einem „Bis morgen um zehn dann bei uns im Büro", verließen sie die Praxis.

„Und, was meinen Sie zu unserem Kandidaten?" kam Kiki auf dem Weg zum Auto gleich zur Sache, „hat er ihn erschlagen, oder eher nicht?"

Federle wiegte den Kopf hin und her und stieg ein.

„Man steckt einfach nicht drin, in solchen Menschen. Ich würde sagen, eher nicht. Und Sie?"

„Gleiche Meinung. Aber ein eloquenter Typ ist er. Er versuchte, uns mit seinen sprachlichen Fertigkeiten wohl zu imponieren. Dass der das ganze Geld nicht versteuert hat! Hoffentlich muss er ordentlich zahlen! Aber wer weiß, Steuerhinterziehung ist eben immer noch ein Kavaliersdelikt. Da gibt es doch hier in Süddeutschland einen Unternehmer, der hat viele Millionen unterschlagen, aber er hat ein großartiges Museum gebaut! Und er ist immer noch ein geachteter Mann. Von Gefängnis keine Spur! Wenn ich da an den einen Fall denke, wo diese Schwarzfahrerin wegen wiederholten Betrugs einsitzen musste, werde ich ziemlich sauer."

Federle schwieg zu ihren Überlegungen und fuhr zügig zur Dienstelle zurück. Sie hatten noch den

Bericht über ihre Vernehmungen zu verfassen. Kiki schlug vor, dass sie sich die Arbeit teilen sollten:

„Übernehmen Sie doch die Kinder und die Mutter in Söflingen und ich schreibe das über den Doktor Grün. Einverstanden?"

Federle schien nichts gegen die Arbeitsteilung zu haben und Kiki verzog sich in ihr Büro.

Sie mochte es, zum Tagesende noch einmal in Gedanken die verschiedenen Aktivitäten zu durchdenken und auch, sie aufzuschreiben. Meistens wurde ihr dann noch Einiges klar, auf das sie sich bei der nächsten Vernehmung konzentrieren wollte.

Da die Stunde mit Dr. Grün erst kurz zurück lag, hatte sie ihren Bericht im Nu vor sich liegen, fertig geschrieben und ausgedruckt. Ihrem Chef schickte sie ihn auch noch hinüber und beendete dann für heute ihre Arbeit.

Sieben Uhr war es inzwischen geworden. Als sie schon auf der Treppe war, eilte Federle aus seinem Büro und rief ihr hinterher, ob sie vielleicht noch Lust auf ein Bierchen hätte. „A Bierle" musste es natürlich wieder sein, in seinem besten Schwäbisch! Er konnte es nicht lassen sie zu nerven. Na, das verstand sie allemal, wenn er sich da nur nicht täuschte.

Kiki verneinte dankend und verabschiedete sich mit einem: „Bis morgen dann!" Worauf er ironisch nachhakte: „Aber pünktlich, bitte!"

5

Beim Supermarkt war der Parkplatz fast leer. Diese Öffnungszeiten bis acht Uhr schienen nicht allzu viele Menschen zu benötigen. Normalerweise konnte Kiki auch darauf verzichten. Aber der erste Mai war auf den Samstag gefallen und da hatte sie ihren Großeinkauf verschieben müssen.

Für sie hätte es genügt, wenn es weiterhin die alten Öffnungszeiten bis achtzehn Uhr gegeben hätte. Meist besorgte sie sich ihre Lebensmittel am Samstag, in der Roten Rübe oder auch auf dem Wochenmarkt am Münsterplatz. Der Gemüsemarkt im Söflinger Klosterhof am Freitagnachmittag war für sie etwas ungünstig. Sie konnte selten pünktlich Schluss machen und nach der Arbeit blieb sie hin und wieder auch noch in der Stadt und bummelte schon mal mit Suse durch die Geschäfte.

Heute hatte sie tatsächlich nichts mehr im Haus und sollte eigentlich Einiges einkaufen. Sie dachte an das üppige Mittagessen im Gasthof zum Kreuz und wusste nicht so recht, was sie mitnehmen sollte. Eigentlich hatte sie keinen großen Hunger und wollte abends sowieso nicht mehr allzu viel zu sich nehmen.

Vor dem Regal mit den Süßigkeiten blieb sie dann doch wieder hängen. Sie war schon eine „süße Maus", wie ihre Mutter das schon in ihrer Kindheit immer wieder festgestellt hatte. Und das hatte sich nicht nur auf ihr Aussehen bezogen. Einige Jahre

war sie sogar Mitglied in einem gewissen Eduard von Schleck-Club gewesen. Einmal angeschrieben, hatte sie immer wieder Post von diesem nicht näher bekannten Eduard erhalten.
Leider hatte sich ihr Hang zu Süßem auch mit den Jahren nicht verloren. Sie musste sich immer wieder eine gewisse Abstinenz vornehmen.

„Am besten, ich nehme überhaupt nichts", sagte sie sich vor dem Riesenangebot an Süßem, entschied sich dann doch für eine Tafel Pfefferminzschokolade. Sie liebte diesen Geschmack über alles, war geradezu süchtig danach. Beschämt dachte sie daran, wie sie vor einigen Wochen, als sie erst kurz in Ulm gewesen war, doch tatsächlich während einer einzigen Stunde eine ganze Schachtel dieser Pfefferminztäfelchen aufgefuttert hatte. Sie hatte zugegriffen, ausgepackt und wieder zugegriffen und plötzlich war die Schachtel wie durch Zauberhand leer. Danach war ihr übel gewesen und seither war sie vorsichtig mit Pfefferminzschokolade. Heute jedoch war ein guter Tag und den wollte sie auch gut beschließen. Eine kleine Belohnung durfte sie sich da schon gönnen.

Bei den Quellen angekommen, schob sie ihr Rad vorsichtig in den Hausflur. Sie versuchte so leise wie möglich zu sein, um ihre Vermieterin nicht auf den Plan zu rufen. Aber, wie man so schön sagte, sie hatte die Rechnung ohne den Wirt beziehungsweise die Wirtin gemacht.
Es hatte den Anschein, als hätte Frau Zummermann eine Treppe höher hinter der Türe gelauert, denn kaum zog Kiki ihren Radschlüssel vorsichtig aus dem

Schloss, hörte sie auch schon, ihrerseits mit einem innerlichen Seufzer quittiert, wie diese aufging. Als nächstes sah sie, wie sich Frau Zummermann über das Geländer beugte.

„Ja heute haben Sie ja einen ganz interessanten Tag gehabt, da muss ich ja nachher noch auf einen Sprung vorbei kommen und dann ratschen wir ein bisschen miteinander." tönte es von oben herab.

„Aber hoppla", Kiki war ziemlich überrascht, „was war heute mit den Ermahnungen wegen des Rades im Gang und dem Schmutz, den dieses Rad machte und dass es so nicht weiter ginge?" Fast hätte sie es laut gefragt. Da schien ja das Ereignis eines Toten im Klosterhof plötzlich alle schwäbischen Tugenden und ihre gefürchteten Folgeerscheinungen außer Kraft gesetzt zu haben.

„Ich bin ziemlich fertig heute", versuchte sie die alte Dame abzuwimmeln, „und zu erzählen gibt es noch nicht viel."

„Ach was, nicht viel, nicht viel, aber immerhin Ebbes und ich weiß auch einiges über diesen Toten, diesen Hallodri! Ein Glas Wein zur Entspannung kann nicht schaden. Ich hab heute beim Biomarkt ein gutes Tröpfchen gekauft. Hab's schon probiert, das schmeckt Ihnen auch."

Kiki blieb nichts anderes übrig, als zuzustimmen. Wenn sie ehrlich sein wollte, kam ihr eine kleine Ablenkung gar nicht ungelegen.

Und eigentlich mochte sie diese Frau Zummermann mit ihren Geschichten inzwischen ganz gerne. Sie war eine seltene Mischung aus Schwäbisch und weltmännisch, wenn man das bei einer Frau so sagen konnte. Kiki hatte anfangs ziemliche Schwierigkeiten mit ihrer Art gehabt, alles was sie so dachte, einfach herauszusprudeln und zu erzählen und auch zu bewerten, vor allem das.

Sie selbst war ja auch nicht gerade zurückhaltend, das hatten ihr nicht nur die ehemaligen Kolleginnen und Kollegen bescheinigt. Auch ihre Mutter und selbst ihre Freundinnen hatten sie öfters darauf angesprochen und sie fanden es nicht ungefährlich, wenn sie wieder einmal auf die Schnelle eine Bekanntschaft schloss. Anderseits war sie genau wegen dieser Offenheit und Direktheit so beliebt bei ihrer Umgebung und wurde oft und gerne zu Partys und Geburtstagsfeiern eingeladen.
„Mit dir hat man immer einen Spaß. Wenn Du da bist, wird es nie langweilig!" Solche gut gemeinten Sprüche hatten Kiki immer gut getan. Nein, langweilig wollte sie auf keinen Fall sein, nicht um alles in der Welt.
Und diese Frau Zummermann war es auch nicht. Zuerst hatte Kiki sie in die unterste Schublade zu Friets Federle gesteckt, mit dem Etikett „Schwaben vom allerhärtesten".
Doch bald schon war sie eine Schublade höher gerutscht, in die mit den „Schwaben mit Herz" und jetzt war sie ganz oben angelangt, denn sie hatte sich durchaus als „Schwäbin von Welt" erwiesen, trotz ihrer kleinlichen Anwandlungen in puncto Fahrrad.

Frau Zummermann war beim Theater gewesen. Nicht als Schauspielerin, „Gott bewahre", wie sie immer ausrief, wenn die Rede auf ihre frühere Tätigkeit kam. Sie war ein ganzes langes Leben Kostümbildnerin. Zunächst, so hatte sie es Kiki erzählt, war sie Schneiderin geworden. Schon damals hatte sie sich die verrücktesten Klamotten genäht. Dann hatte sich ihr Sinn recht bald auf das Theater gerichtet. Sie machte ihren Meister, wie sie stolz sagte und dann hatte sie tatsächlich aufgrund ihrer hervorragenden Abschlüsse eine Stelle beim Theater gefunden. Leicht war das auch damals nicht gewesen und sie musste viele Bewerbungen losschicken, bis es endlich klappte.

Ursprünglich kam sie aus Stuttgart und dort hatte sie dann auch ihre erste Stelle angetreten. Das Theater war gut gewesen für den Anfang, dann aber sei sie schon bald an die Stuttgarter Oper gewechselt, wie sie stolz berichtete. Die Kostüme dort waren einerseits oft konventionell, was eine akkurate Herstellung erfordere. Alte Kostüme mit Rüschen und Spitzen und gerafften Röcken und geschnürter Taille waren ihr Spezialgebiet.

„Da war ich topp", verkündete sie stolz.

Andererseits habe es auch Regisseure gegeben, die ganz verrückte Kostüme verlangten.

„Und erst die Stoffe, oh la, la!!" Frau Zummermann begann geradezu zu leuchten, wenn sie von den wunderbaren, teuren Stoffen berichtete, mit denen sie es, beim Herstellen ihrer Kostüme, zu tun gehabt hatte.

Sie war nicht in Stuttgart geblieben. Berlin, Wiesbaden, Köln, Wuppertal und zuletzt Ulm, waren die Stationen ihrer Kostümkunst geworden.

„Das Theater ist eine Schlangengrube", war ihre zusammenfassende Aussage über ihre Berufstätigkeit an den verschiedenen Bühnen. Aber dennoch war es eine wundervolle Welt, an die sie sich heute noch mit vielen schönen Geschichten erinnere.
Und wen sie alles kennen gelernt hatte, da reichte die Zeit nicht aus, um die Stars alle zu durchleuchten.
„Und alle in der Unterhose", kicherte Frau Zummermann manchmal, wenn die Rede darauf kam.
Kiki musste oft schmunzeln. Schlangen in einer Unterhose hatte sie noch nie gesehen, wenn es denn stimmte, dass es im Theater so giftig zuging. Aber ihre Vermieterin musste es ja wissen.
Während dieser Jahre, nahe bei den „Brettern, die die Welt bedeuten", hatte Frau Zummermann zu ihrem schwäbischen Dialekt eine gute Portion Hochdeutsch dazu gelernt.
Für Kiki war es interessant zu beobachten, wann Frau Zummermann ihr Schwäbisch hervorkramte. Eigentlich meistens dann, wenn sie sowieso mit Schwaben zu tun hatte oder wenn sie ihre schwäbischen Tugenden auch von Kiki einforderte.

Im Übrigen sprachen sie beide so, dass sie sich mühelos verstehen konnten und Kiki bewunderte oft die gewählte Ausdrucksweise und die logischen und spitzfindigen Gedankengänge ihrer Gesprächspartnerin.
Heute würde es wohl auf eine kriminalistische Unterhaltung hinauslaufen. Frau Zummermann war neugierig und wie sie selbst stolz sagte: wunderfitzig, ein Wort, das Kiki erst von ihr gelernt hatte und das

sie seitdem gerne selbst verwendete. Da hatte Friets Federle geschaut, als sie eines Morgens während eines Gesprächs kühl zu ihm gesagt hatte:

„Ach wissen Sie, Herr Federle, in unserem Beruf sollte man unbedingt wunderfitzig sein, sonst kommt man zu keinem Resultat."

Das hatte gesessen. Er war sprachlos, hatte sie verblüfft angeschaut und sich abgewandt. Möglicherweise kannte er dieses Wort selbst nicht, wollte es aber nicht zugeben. Das war ein Punkt für sie gewesen.

„Immer dieser Federle, jetzt sammle ich schon Punkte gegen ihn", rief sie jetzt sogar laut, während sie sich ihrer Radkleidung entledigte, „kann ich denn nur noch an ihn denken?"

Wütend auf sich selbst, packte sie ihre Einkäufe aus. Wenn Frau Zummermann gleich kommen würde, könnte sie ihnen beiden doch eine kleine Platte herrichten. Oliven hatte sie gekauft und Schafskäse. Sie schnitt ihn in kleine Würfel und stellte die Zahnstocher daneben. Dann richtete sie noch einen Teller mit aufgeschnittenen Tomaten an. Die mussten kräftig gewürzt werden. Sie waren noch zu fest und nach Tomaten rochen sie auf keinen Fall. Es waren eben rote Wasserbeutel, wie sie sie eigentlich nicht mochte. War auch noch keine Tomatenzeit, jetzt, Anfang Mai. Weshalb kaufte sie so etwas überhaupt. Hätte sie lieber von dem Chicorée genommen, der wäre auch schnell hergerichtet gewesen.

„Na ja, mit dem duftenden Olivenöl und dem feinen Balsamico-Essig werden sie schon schmecken!"

Hastig zupfte sie sich von dem weichen, türkischen Fladenbrot ein großes Stück ab und stopfte es sich mit einem Stück Käse in den Mund. Wie mahnte ihre Großmutter immer bei den Mahlzeiten: „Gut kauen und genießen". Das musste sie sich öfter sagen, vor allem wenn sie hungrig und durstig von der Arbeit nach Hause kam. Sie war nun einmal eine Schlingerin, so hatte die Oma sie genannt. Einerseits stand sie dazu, andererseits hatte sie oft genug gehört und wusste es auch nur zu gut: Jedes Pfund geht durch den Mund. Sie hatte den Mund allerdings schon ersetzt durch ‚den Schlund', wegen des Schlingens. Die Schokolade verstaute sie vorerst in ihrer süßen Dose, ganz hinten, oben im Schrank.

Zum Glück hatte sie keine Probleme mit der Figur. Das lag sicher daran, dass sie keine Nebenbei-Esserin war. Sie aß bis sie satt war, dann war es gut. Dann konnte vor ihr stehen was wollte, sie griff nicht zu. Sie konnte dann problemlos einige Stunden ohne Essen auskommen.

Chips und solche Leckereien nahm sie nur auf Partys zu sich. Solche Dickmacher vor dem Fernseher, das hatte sie sich gar nicht erst angewöhnt. Natürlich trug auch das tägliche Training einiges zu ihrem Wohlbefinden bei.

„Tägliches Training, dass ich nicht lache, wo habe ich heute zum Beispiel trainiert", fragte sie sich ironisch. „Das bisschen Radeln kann man wohl nicht Training nennen."

Wenn sie nicht so müde gewesen wäre, hätte sie sich sicher noch aufs Rad geschwungen und wäre entlang des Flüsschens und durch die Schrebergärten kurz nach Herrlingen, einem etwa zehn Kilometer entfernten Vorort, gedüst. Den Klosterhof hätte sie heute sicher nicht durchqueren können und auch nicht wollen. Da war wohl noch Einiges abgesperrt. Ein Mord war eben nicht alltäglich und so einfach wegzustecken.

Aber das Training sollte heute nicht sein. Es sollte ein gemütlicher Abend zu zweit werden. Schade nur, dass es immer Frau Zummermann war, die als zweite fungierte. Suse hatte schon Recht, sie wollte nicht für immer alleine bleiben. Sie brauchte Nähe und jemanden, mit dem sie die Wochenenden oder freien Tage verbringen konnte, auf dem Rad und auch im Bett.

6

Es klingelte und Frau Zummermann kam mit ihrem Fläschchen Wein zum „Ratschen", wie sie es schwäbisch nannte.
Sie sah wieder einmal hinreißend aus, großartig und komisch zugleich. Ihre feuerrot gefärbten Haare hatte sie nicht wie üblich züchtig hochgesteckt, sondern sie oben auf dem Kopf zu einem Puschel zusammengebunden. Kiki musste grinsen; mit den vielen Falten im Gesicht und der roten Mähne, sah sie ein bisschen aus, wie eine ziemlich alte Pippi Langstrumpf. Wie immer war Frau Zummermann sorgfältig geschminkt und mit einer Menge Schmuck dekoriert. Das war sie wohl ihrer Theatervergangenheit schuldig.
Heute trug sie einen weinroten Kimono in chinesischer Machart und einem wunderschönen, mäandernden Muster. Dazu hatte sie sich eine breite, rote Schärpe umgebunden, die das Aparte des losen Gewandes noch unterstrich. Sie nähte sich ihre Kleidung immer noch selbst und sah entsprechend besonders, manchmal auch etwas sonderbar, aus. Kiki hätte sich nicht gewundert, wenn sie auf Kothurnen, den hohen Theaterschuhen, daher gekommen wäre. Darauf hatte Frau Zummermann allerdings verzichtet. Sie brauchte ja nicht aus dem Haus, sondern nur ein Stockwerk tiefer zu gehen. Also hatte sie doch tatsächlich, ganz stilwidrig, ihre Hauspantoffeln angelassen. Es sei ihr bequemer so, als in ihren Pumps, entschuldigte sie sich.

Kiki musste wohl etwas überrascht geschaut haben, denn sie wurde als erstes belehrt, dass es sich bei dem Gewand keineswegs um etwas Chinesisches, sondern um einen japanischen Kimono handelte. Frau Zummermann wisse sehr wohl, dass sie etwas ungewöhnlich aussehe, aber sie habe heute Nachmittag im Fernsehen, natürlich auf arte, die wunderbare Puccini-Oper Turandot gesehen, die wohl chinesisch sei, leider habe sie jedoch kein originales chinesisches Kostüm zur Hand gehabt. So sei es eben ein japanisches geworden. Frau Zummermann kicherte fröhlich und entfaltete einen dunklen, mit Kirschzweigen bemalten Fächer.
Kiki versicherte ihr, dass sie auch mit einem japanischen Gewand keine Schwierigkeiten habe und bat sie in ihren bequemen Stuhl an den Esstisch.
„Aber lassen Sie uns doch gleich zu diesem Mord im Klosterhof kommen. Ich habe den Toten ja identifiziert, den Herrn Bader", fiel Frau Zummermann sofort mit der Türe ins Haus. „Die Flasche habe ich schon geöffnet und probiert, schenken Sie ein und dann berichten Sie mal."

Kiki war etwas in Verlegenheit. Sie konnte doch hier nicht ihre Dienstgeheimnisse ausplaudern. Jetzt hieß es ganz feinfühlig vorzugehen.

„Liebe Frau Zummermann, ich finde, Sie sollten erst einmal berichten, was Sie wissen und ich kann dann noch das ergänzen, was fehlt."
„Ist mir auch recht so" und dann begann sie zu erzählen: der Tote entstamme wohl, man könne sagen, einfachen Verhältnissen. Er sei in Ulm aufgewach-

sen. Die Eltern hatten eine Bäckerei und ein winziges Café in der Weststadt betrieben. Ihre Produkte seien sehr beliebt gewesen, vor allem die selbst erzeugten Pralinés. Die habe sie selbst für ihr Leben gerne gegessen. Auch im kleinen Café, in dem gerade mal drei Tische Platz gehabt hätten, sei sie liebend gerne allein oder mit Freundinnen gesessen, der köstlichen Torten wegen. Sie lächelte ganz entrückt bei der Erinnerung an die genossenen Süßigkeiten.

Der einzige Sohn, kam sie dann wieder auf die Verhältnisse zurück, dieser jetzt ermordete Johannes, beziehungsweise später nur noch Hannes genannt, habe allerdings etwas Besseres werden sollen als Bäcker.

„Ja", meinte sie nachdenklich, „so geht das eben, wenn man immer noch höher hinaus will." Aber irgendwie verstehe sie das auch. Das Café samt Backstube sei inzwischen auch schon aufgegeben, da es sich bei all den vielen Filialen der Großbäckereien mit ihren Stehcafés nicht mehr rentiert habe.

Nach dem Abitur, das er mit Ach und Krach geschafft habe, habe der Sohn natürlich sowieso nicht mehr Bäcker werden und ein winziges Café betreiben wollen. Er habe angefangen in Freiburg Jura zu studieren. An sich ja keine schlechte Sache. Man könne sich in dieser Sparte durchaus seine Brötchen verdienen und noch etwas darüber hinaus. Aber eben nur, wenn man einen Abschluss macht und genau das habe der junge Mann nicht geschafft.

„Was ich weiß, kenne ich auch nur vom Hörensagen", versicherte sie Kiki, „ich bin ja keine gebürtige Ulmerin. Allerdings lebe ich doch auch schon an die dreißig Jahre hier, da erfährt man Einiges."

Jetzt wäre eine gute Gelegenheit gewesen, Frau Zummermann nach ihrem Alter zu fragen, doch irgendwie scheute Kiki noch davor zurück.

„Und wie ging es mit dem jungen Hannes dann weiter?"

„Sie kennen sicher das alte, vielleicht etwas dumme Sprichwort: Wer nichts wird, wird Wirt. So heißt es zumindest hier im Schwabenland. So ist es dann mit dem Hannes auch gekommen."

Nachdem es sicher war, dass er seinen dritten Anlauf bei den Prüfungen auch nicht geschafft hatte, weigerten sich die Eltern endgültig zu zahlen und er hatte sich nach einer anderen Erwerbsquelle umsehen müssen. Ihre Freundin, die ihr die ganze Geschichte erzählt habe, war über die tatsächlichen Ursachen des Desasters auch nicht informiert. Diese ließen sich aber auch nicht eindimensional sehen. Sicherlich seien mehrere Faktoren an diesem Versagen schuld gewesen, entweder habe er zu sehr das Studentenleben genossen und zu wenig gelernt, oder er habe eine Prüfungsphobie gehabt und diese nicht früh genug abgebaut. Sicher sei nur, dass dieser Sohn ziemlich oft im elterlichen Geschäft mitgeholfen habe. Wie auch immer, er sei nach der Rückkehr aus Freiburg in einer Rechtsanwaltskanzlei als Hilfskraft eingestellt worden und an den Wochenenden und Abenden sei er wieder in der Bäckerei gestanden. Aber auch seine Mitarbeit habe den Betrieb nicht retten können.

Die Bäckersfrau habe ihr einmal erzählt, dass auch die geänderten Ladenöffnungszeiten ein wichtiger

Grund für den Rückgang ihres Geschäftes waren. Früher seien Verkäuferinnen und andere Angestellte so ab sechzehn Uhr nach Hause zu ihren Familien geeilt. Oft hätten sie noch einige Stückchen Kuchen zum Samstagskaffee mitgenommen. Seit die Geschäfte bis in die Puppen geöffnet seien, habe das schlagartig nachgelassen. Und so blieben die Bäckerleute oft auf ihren Kuchen und Broten sitzen.
Nach der Insolvenz der Eltern habe der Hannes sich dann, wie schon gesagt, in der Gastronomie versucht. Er habe zunächst ein kleines Café übernommen, dies allerdings ohne Bäckerei. Dann habe er zum Glück den Zuschlag für den Betrieb der Gaststätte und der Kioske des städtischen Tierparks erhalten und damit ging es mit ihm aufwärts.

„Leider hat die Glückssträhne, wie man sieht, nicht angehalten, sonst wäre er noch am Leben."

„Aber", Frau Zummermann hielt inne, „jetzt sind Sie mal dran, Frau Wunder, was sagt den die Polizei zu all dem?"

Ja, was sollte die Polizei dazu sagen? Dem, was Frau Zummermann da mit großer Gestik vor Kiki ausgebreitet hatte, war wohl schwerlich etwas hinzuzufügen. Sicher wussten einige Kollegen von der Dienststelle mehr als Kiki, waren doch ein paar waschechte Ulmer darunter. Aber dass diese Fakten zwangläufig auf eine Ermordung hinauslaufen sollten, war nun wohl nicht zu erwarten.

Es war wohl kein sehr ungewöhnlicher Lebenslauf, der eben vor Kiki ausgebreitet worden war. Viele Menschen hatten in ihrer Jugend nicht den Durchblick und meist auch nicht die Unterstützung von zu Hause, dass sie den vorgezeichneten Weg auch durchhielten. Oft waren es ja auch nur die Erwartung und der Wunsch der Eltern, die einen in eine bestimmte Richtung schoben. Kiki musste an ihr abgebrochenes Politikstudium denken und ihre Anfänge bei der Kripo. Das war für sie auch nicht einfach gewesen und wenn sie nicht in ihrer Mutter eine so gute Hilfe gehabt hätte, wer weiß, wo sie heute wäre. Und viele Jugendliche merkten erst nach einiger Zeit des Erprobens, dass sie doch lieber Bibliothekar als Mechatroniker geworden wären. Meist war es dann jedoch zu spät, um zum Wunschberuf zu wechseln. Hannes Bader war es wohl auch nicht gelungen, einen eigenen Weg zu finden. Er hatte erst noch die Demütigung von drei vergeblichen Prüfungssituationen auf sich genommen, um sich dann endgültig für eine andere berufliche Laufbahn zu entscheiden.

„Gel, der isch guat", bemerkte Frau Zummermann in Kikis schweigende Überlegungen hinein, nachdem sie sich einen weiteren Schluck ihres mitgebrachten Rotweins auf der Zunge zergehen ließ.

Dem konnte Kiki nur zustimmen, sie musste jedoch anmerken:

„Zum Lebenslauf, den Sie mir gerade geboten haben, liebe Frau Zummermann, kann ich ja überhaupt nichts sagen, ich bin doch keine Ulmerin, aber greifen Sie doch zu."

„Das weiß ich doch, Frau Wunder, aber Sie sind Polizistin, was haben Sie denn heute so unternommen in diesem Fall. Ich kann Ihnen dann schon noch das eine oder andere dazu erzählen." Damit nahm sie sich einige Oliven und Würfelchen von Schafskäse auf ihren kleinen Teller.

„Ja, was haben wir denn da? Das ist ja etwas ganz Apartes", würdigte sie dann Kikis Bemühungen, ihr etwas Besonderes zu bieten. Kiki hatte zum ersten Mal die wunderschönen Desserttellerchen ihrer Großmutter aufgetan, nachdem sie am gestrigen Abend noch das geerbte, sehr alte Geschirr ihrer Großmutter sorgfältig ausgepackt und ins Regal gestellt hatte.

Als sie vom Erbe der Großmutter hörte, musste Kiki Frau Zummermanns Bedauern gleich wieder stoppen:

„Meine Großmutter lebt noch, sie ist gerade mal siebzig" sagte sie vergnügt, „aber sie hat sich vorgenommen, ihre Schätze schon zu Lebzeiten zu vererben und so bin ich jetzt im Besitz eines Jahrhunderte alten wertvollen Geschirrs und ich bin ganz stolz darauf."

Die Bewunderung des alten Geschirrs hinderte Frau Zummermann allerdings nicht daran, ihre Befragung zu Kikis Arbeitspensum fortzusetzen. Kiki wollte und konnte nicht ins Detail gehen und so berichtete sie vage von den Anspielungen der Kollegen auf die privaten, außerehelichen Verhältnisse Baders, die ihrer Vermieterin sicher auch bekannt waren.

Und so erfuhr sie bald mehr von den wechselnden Frauenbekanntschaften Baders. Frau Zummermann kannte Baders Noch-Ehefrau von ihrem Engagement für die Freunde des Ulmer Theaters, dem sie selbst schon bald nach ihrer Pensionierung beigetreten war. Sie hatten sich tatsächlich angefreundet, die Apothekerin und die Theaterfrau und hatten mit noch einer Dritten im Bunde, der Reallehrerin Renate Munz, ein, wie sie es nannten „Trio Infernale", gebildet. Der Altersunterschied zwischen den Dreien schien dabei keine Rolle gespielt zu haben.

„Ja, was denken Sie denn, liebe Frau Wunder, wenn ich sage, ich kann etwas zu ihren Ermittlungen beitragen, dann sage ich das nicht so ins Blaue hinein. Ich denke doch, dass Sie die Affären dieses Herrn interessieren sollten."

Natürlich interessierte sich Kiki brennend für die „Affären dieses Herrn" und sie verfolgte aufmerksam die blumigen Ausführungen Frau Zummermanns. Es amüsierte sie köstlich, dass ihr Toter anscheinend, wie ihre Gesprächspartnerin glaubhaft versicherte, immer dann, wenn er ein sogenanntes „Date" mit einer seiner Geliebten hatte, davor wie wild in der häuslichen Küche, die er ansonsten nicht als sein Domizil ansah, gewütet hatte. Er habe, so der Bericht der Ehefrau, gescheuert und gespült, geputzt und gewienert, dass es eine Freude war. Sie, die Ehefrau, habe diese merkwürdige Putzwut anfangs mit Misstrauen beäugt, sie jedoch bald mit dem Ehebruch ihres Mannes in Verbindung gebracht. An diesen Tagen sei er jeweils besonders spät, das heißt besonders früh am nächsten Morgen nach Hause gekommen. Allerdings mit zerknirschter Miene und etwas lädiert. Was sie darunter verstand, habe ihre Freundin nicht näher ausführen wollen. Aber das könne man sich ja wohl denken, war der ironische Kommentar von Frau Zummermann.

Diese wöchentlichen Treffen waren auch nicht das Einzige, was sie im Kreis der drei Freundinnen jeweils besprochen hatten. Er sei mit diesen Damen auch immer wieder in die Berge gefahren, zum Langlaufen, im Sommer auch mal ans Meer. Zu all diesen Aktivitäten habe der Don Juan eine etwas belämmerte Miene aufgesetzt, wenn er behauptet hatte, alleine zu fahren. Auf den Vorschlag von ihr, ihn zu begleiten oder gemeinsame Bekannte für das Wochenende zu aktivieren, habe er immer eine gute Ausrede gehabt und am Ende sei für sie klar gewesen, er fuhr mitnichten alleine. Einige Male habe sie ihm diese Fahrten jedoch auch versalzen, wie sie es genannt hätte. Sie habe sich einfach in der Apotheke frei gemacht und sich kurzfristig am Abend bei ihm angemeldet und sei mitgefahren. Wie er seine Begleiterinnen dann informiert hatte, sei ihr egal gewesen.

„Begleiterinnen", fragte jetzt Kiki, „es scheint sich ja um mehrere sogenannte Damen gehandelt zu haben. Haben Sie denn auch Näheres in Erfahrung gebracht, Namen und so weiter?"

„Aber klar, wir kennen sie alle, zumindest diejenigen, die hier in Ulm und Umgebung wohnen."
Und dann zählte sie mehrere Namen auf. Eine sei Vorsitzende des Karnevalvereins gewesen. Natürlich hatte auch sie einen Ehemann, auch heute noch. Vielleicht sei das ja der Reiz an der ganzen Sache. Sie habe einmal darüber gelesen, dass dieses Verhalten, dieses immer wieder neue Kontakte zu brauchen, fast als Krankheit angesehen werde.
Diese Geliebte, mit der Bader einige Jahre zusammen war, sei zwar ganz attraktiv gewesen, zumindest habe

sie sich so gestylt, schwarze Lederhose und gefärbte blonde Haare und so, sie kenne diese Frau auch. Aber bezüglich der Intelligenz habe sie Baders Frau nicht das Wasser reichen können.

„Blond aber doof!", konnte sich Frau Zummermann nicht verkneifen „und das auch noch gefärbt."

„Aber, aber", ging Kiki dazwischen, „das ist doch nun wirklich nicht ihr Stil, Frau Zummermann. Da gibt es doch genug Schwarzhaarige, die genau so doof sind. Und den Begriff doof müssten wir dann auch erst einmal klären."

„Sie haben ja Recht, man wird etwas ungerecht, wenn man die Freundin unter den Eskapaden ihres Mannes so leiden sieht."

„Weshalb hat denn ihre Freundin das alles so mitgemacht?", wunderte sich Kiki, „mit mir hätte er das nur einmal gemacht und ich bin nicht kleinlich. Beim zweiten Mal wäre er in hohem Bogen rausgeflogen."

„Ja, das haben wir uns auch immer wieder gefragt. Sie hatte eben eine Tochter, und dem starken Vater, der sie immer vor diesem Hallodri gewarnt hatte, wollte sie wohl auch nicht Recht geben. Wir haben unserer Freundin Ratschläge genug gegeben, unsere Hilfe angeboten und uns die schmerzlichen Geschichten immer wieder aufs Neue angehört."

Einmal habe sie ihn dann auch ausgeschlossen, lachte Frau Zummermann schadenfroh. Den Schlüssel habe sie in der Vorder- und Hintertüre der Villa so stecken lassen, dass er nicht hineinkommen konnte. Den Telefonhörer habe sie daneben gelegt und das

Handy abgeschaltet. Das sei einmal ein Akt des Widerstandes gewesen, leider nur dieses eine Mal.

„Und klären lässt sich mit so einer Aktion natürlich gar nichts." Agnes, also ihre Freundin, habe sich aber diebisch darüber gefreut, dass sie einmal den Mut zu einer solchen Provokation gehabt habe.

Wo ihr Mann dann diese Nacht vollends verbracht habe, sei nie geklärt worden. Bei seiner Geliebten sicher nicht, die musste ja wohl zu ihrem eigenen Mann ins Bett. Bader habe am Morgen darauf getan, als sei nichts gewesen und die Freundin leider auch. Frau Zummermann seufzte bedauernd.

Einige Zeit später habe Agnes dann angefangen, ihrem Mann Vorhaltungen zu machen und Fragen zu stellen, auf die sie keine Antworten bekam.

Er wollte sich von ihr natürlich auf keinen Fall trennen, ihr gehörte die Villa und das Geld hatte auch sie. Er war genau besehen eben nur ein armer Schlucker und kam erst so nach und nach zu einem gewissen, selbst verdienten Wohlstand. Das allerdings auch nur, weil er bei seinen Freunden mit dem Bankkonto und dem Reichtum seiner Frau prahlen konnte. Das heißt, er brauchte sie immer noch in seinem Rücken und mit dem Schwiegervater gab er auch gerne an.

Nach einigen kürzeren Liebschaften habe er dann vor kurzem mit einer Freundin seiner Frau ein Verhältnis angefangen. Frau Bader sei natürlich am meisten auf ihre Freundin sauer gewesen und nachdem diese Person Einzelheiten ihrer Treffen mit ihm auch noch im Freundeskreis ausposaunt habe, sei es endlich genug gewesen.

Die im Freundeskreis viel belachten Berichte, wie sich ihr Mann und ihre Freundin in den Hotelbetten in Straßburg gewälzt hatten, während sie ihrem Ehemann den Besuch bei Freundinnen in Paris vorgeflunkert habe, sei dann einfach zu viel gewesen. Das provokante Vorweisen eines Sonnenbrandes auf den Pobacken, den sich besagte Geliebte während eines Spazierganges im Elsass, geholt habe, habe dann der Sache vollends die Krone aufgesetzt, wenn man das in diesem Fall so sagen könne.

Ihre Freundin Agnes, die Ehefrau, sei natürlich brühwarm von einer Bekannten informiert worden.

Frau Zummermann konnte sich ein Schmunzeln nicht verkneifen.

„Natürlich bekommt man von einem Spaziergang keinen Sonnenbrand an seinem Allerwertesten, da muss schon noch etwas anderes in freier Natur stattgefunden haben. Ich für meinen Teil habe dagegen ja nichts einzuwenden, das kann sehr schön sein, so das Gras unter sich und den blauen Himmel mit den weißen Wolken über sich." Sie geriet richtig ins Schwärmen. „Aber", riss sie sich aus ihren Träumereien, „ich hätte diesen Sonnenbrand eben lieber meiner Freundin gegönnt."

Kiki kam aus dem Staunen nicht heraus. Das hätte sie Frau Zummermann jetzt nicht zugetraut, so eine Freizügigkeit. War da das Theaterblut mit ihr durchgegangen? Ach was Theaterblut, das war wohl auch nicht leidenschaftlicher als anderes, diese Frau hatte ja auch eine Jugend und vielleicht sogar ein pralles Leben hinter sich. Von einem Ehemann hatte sie noch nicht gesprochen, aber sie kannten sich ja auch erst seit ein paar Wochen. Sie selbst hatte ja auch nicht vor, ihre Männergeschichten im Handumdrehen hier auszubreiten.

Kiki war satt und zufrieden und das Fläschchen war zu zwei Dritteln leer. Sie wurde immer schläfriger und hatte für heute wirklich genug geredet und auch genug Interessantes gehört. Da würde sich Manni am nächsten Tag wundern, was sie alles in Erfahrung gebracht hatte. Von wegen Apotheker! Die Scheidung war also beschlossene Sache gewesen, berichtete Frau Zummermann noch, der Anwalt war informiert und hatte den Brief wohl schon an den „Sonnenbrand-Casanova" geschickt.
Es war anzunehmen, dass sich die Frau gut abgesichert hatte; dafür hatte wahrscheinlich schon ihr Vater gesorgt. Bei einer Verbindung zwischen so einem Habenichts und einer Geldprinzessin durchdachten die Eltern schon ein bisschen genauer alle Eventualitäten, vor allem die einer Trennung. Und Geld musste bei Geld bleiben, da gab es nichts im Schwabenland, aber anderswo sicher auch nicht.

„Frau Zummermann, wäre es sehr unhöflich, wenn ich sie jetzt hinauf begleiten würde? Ich bin ziemlich müde und muss morgen wieder hart ran an meinen Fall!" fragte Kiki mit etwas schwerer Zunge. Der Wein war wohl nicht nur köstlich und wunderbar erdig, sondern auch ziemlich stark gewesen.

„Aber überhaupt nicht! Und hinauf begleiten brauchen Sie mich auch nicht. Gehen Sie schlafen und überlegen Sie sich die ganze Sache noch einmal. Und, liebe Frau Wunder, heute habe ich Ihnen erzählt, das nächste Mal sind dann wirklich Sie dran. Bis dahin wird es schon erste Ergebnisse geben. Ich freue mich schon darauf, alles aus erster Hand zu erfahren. Schlafen Sie gut!"

Als Kiki die Türe hinter sich geschlossen hatte, fiel ihr noch etwas ein. Sie erwischte Frau Zummermann noch auf der Treppe.

„Ich hätte noch eine Bitte an Sie, Frau Zummermann, würden Sie mir eine Liste von all den Bekanntschaften und Geliebten oder „Damen" des Herrn Bader machen, an die Sie sich erinnern? Das wäre ungemein hilfreich für mich. Wir müssen sie doch befragen."

„Aber sicher mache ich das, so bald als möglich. Vielleicht ist ja eine davon Ihre Mörderin, wer weiß. Cherchez la femme!" rief sie vergnügt über das Geländer.

Damit verschwand die schwäbisch-japanische Chinesin kichernd oben in ihrer Wohnungstüre.

7

Kiki war dankbar, dass sie endlich ins Bett schlüpfen konnte. Teller und Reste der kleinen Mahlzeit ließ sie einfach für den nächsten Morgen stehen und kroch zwischen die Decken.
Eigentlich war es viel zu kalt für Anfang Mai, dachte sie, und holte sich nach einiger Überlegung doch die dicke Decke aus der Truhe. Nach den letzten, sehr heißen Tagen im April, hatte sie sie schon für den Sommer weggeräumt. Plötzlich fröstelte sie. Sie entschied sich, auch noch eine Bettflasche zu machen.

„Ob mir das wohl einen guten Schlaf beschert?", fragte sie sich. Ihre Nächte waren die letzten Wochen nicht sehr ergiebig gewesen in puncto ruhiger Schlaf und gute Erholung. Aber heute war ein so turbulenter Tag gewesen, sie hatte viel erlebt und ging, als sie endlich lag, noch einmal die Ereignisse in Gedanken durch: Der Vormittag mit dem Zuspätkommen und der Befragung der Kinder und der Mutter des einen Jungen, die Besprechung und das Gespräch mit dem Arzt am Eselsberg. Dann kreisten ihre Gedanken um die Erzählungen Frau Zummermanns. Weshalb heiratete so ein Mann überhaupt? War es Geldgier gewesen? Oder war die junge Apothekerin auch eine seiner kurzen Liebschaften gewesen? War sie schwanger geworden und musste geheiratet werden? Und wer hatte diesen Glücksritter, der so übel auf die Nase gefallen war, nun tatsächlich umgebracht?

Leider versuchten sich, zwischen all diesen Überlegungen, auch an diesem Abend wieder, die Erinnerungen an ihre eigenen Erlebnisse dazwischen zu drängen.

„Heute nicht", sagte sie energisch zu sich selbst und überlegte sich, welchen angenehmen Gedanken sie noch nachhängen könnte. Dieses Verfahren hatte schon einige Male gut funktioniert.

„Federle, Fritz Federle, nein, Friets Federle", kam ihr in den Sinn. Weshalb er wohl nicht einfach Fritz hieß, sondern dieses blöde „ie" benutzte?! Sie stellte ihn sich noch einmal vor, wie er auf dem Rad vor ihr gefahren war, was er für eine gute Figur gemacht hatte und wie er doch sehr intelligente Fragen bei diesem Doktor Grün gestellt hatte. Alles in allem ein nicht sehr schlechtes Resultat. Er hatte heute durchaus heute einige Punkte gut gemacht.

Sie wurde schläfrig und merkte nicht mehr, wie dieser Friets Federle sie ganz langsam in ihre Träume begleitete.

Atemlos schreckte sie hoch. Sie hatte etwas gehört. Ein Geräusch? Kurz nach zwei Uhr zeigte ihr Wecker. Es war ein Geräusch! Sie war sich sicher. Sie horchte mit angehaltenem Atem. Sie spürte, dass sie heftig schwitzte. Hals und Rücken fühlten sich feucht an. Langsam und vorsichtig strich sie sich das nasse Haar hinter die Ohren.

Mit beiden Händen hielt sie sich dann an der Decke fest und wartete. Doch, da war ein Geräusch, sie war sich ganz sicher.

Sie zog mehrere Male tief den Atem ein. Fast hatte sie das Gefühl zu ersticken. Die Fenster waren doch alle geschlossen? Und die Türe auch.
Sie hatte doch selbst alle Fenster kontrolliert, wer denn sonst, oder hatte sie etwa eines vergessen?
Regungslos blieb sie im Bett sitzen und horchte, ob das Geräusch noch einmal wiederkam. Nichts war zu hören. Rein gar nichts. Ob sie sich doch getäuscht hatte?
Endlich stand sie leise auf und überprüfte jedes Fenster der Wohnung und die Terrassentüre. Alles fest verschlossen. Die Wohnungstüre auch.
Frierend kroch sie wieder in ihr Bett und zog schützend die Decke über sich. Ganz leise begann sie zu weinen. Sollte das denn immer so weiter gehen. Sollte sie ihre Nächte immer so angstvoll zubringen.
Was dieser Mann ihr angetan hatte, das war wirklich kaum auszuhalten. Sicher würden die Kollegen sagen, er hat dich halt geliebt und deshalb war er so hinter dir her. Das hatten die in Berlin auch von sich gegeben. Aber das war es nicht. Es war der Besitz, sie war sein Eigentum, das sie ihm vorenthalten hatte, das er einforderte auf diese schreckliche Weise. Es war so schwer zu vermitteln, selbst den Kollegen, die doch eigentlich auf ihrer Seite sein sollten, ja, es sogar sein müssten.

„Er ist doch nicht immer so gewesen", beruhigte sie sich und versuchte sich an seine guten Seiten und die guten Zeiten mit ihm zu erinnern. Sie brauchte ein Taschentuch und schlüpfte noch einmal aus dem Bett.

Es war so wunderbar, ihn kennen zu lernen, richtig kennen zu lernen. Sie hatten sich nach der Schulzeit aus den Augen verloren und sich erst beim Studium an der juristischen Fakultät wieder gesehen. Ja, er studierte dasselbe wie sie. Eine gute Gemeinsamkeit, eine Grundlage, eine Bekanntschaft wieder aufzunehmen, die damals sehr vage und nur aus der Ferne existiert hatte. Im Moment war er solo, genau wie sie.
Und dann kam eines zum anderen. Sie hatten sich zunächst in der Mensa getroffen.
„Hin und wieder Kaffeetrinken zusammen, das wäre doch ganz nett", hatte er gemeint und sie fand das auch.
Das Kaffeetrinken hatte sich bald in einen gemeinsamen Discobesuch verwandelt. Kiki war es etwas schnell gegangen. Sie hielt sich noch zurück, hatte viel zu tun und nicht immer Zeit, wenn er sie anrief. Und er rief oft an. Hätte sie damals schon etwas merken müssen? Eigentlich nicht. Sie hatte die häufigen Anrufe seiner Verliebtheit zugeschrieben. Wenn sie ehrlich sein sollte, war sie auch etwas geschmeichelt gewesen. Warum auch nicht. Er war ein so attraktiver Mann geworden. Darauf hatte während der gemeinsamen Schulzeit noch kaum etwas hingedeutet. Damals war er oft schüchtern und ziemlich zurückhaltend abseits von den anderen gestanden. Genau gesehen ein männliches Mauerblümchen. Mit den Jungs hatte er wohl wenig anzufangen gewusst, so schien es ihr beim Zurückblicken auf die vergangenen Schuljahre.
Aber, wollte sie ihn denn jetzt wirklich als Liebsten haben? Ganz sicher war sie sich damals nicht. Aller-

dings musste es ja auch nicht fürs ganze Leben sein. Ihr erster Freund, mit dem sie es immerhin zwei Jahre ausgehalten hatte, war auch nicht gerade der Hit gewesen. Kiki musste grinsen. Mann, war sie in den verschossen gewesen! Kaum zu glauben. Heute konnte sie diese Bedingungslosigkeit nur noch schwer verstehen. So eine Verliebtheit gab es sicher nur beim ersten Mal.
So musste es ja nicht immer sein, hatte sie gedacht. Weshalb nicht einmal mit einem so attraktiven Mann einfach etwas anfangen. Wolf war ihr angenehm, ein guter, kluger Gesprächspartner und sie fühlte sich in seiner Gesellschaft wohl.

Von der nahen Kirchturmuhr schlug es drei Uhr. Seit fast einer Stunde lag sie jetzt wach. Sie musste versuchen, wieder einzuschlafen. Sie durfte nur noch an etwas Schönes denken, alles Bittere musste außen vor bleiben. Der Anfang mit Wolf war doch wirklich sehr schön gewesen!
Beim Gedanken an die ersten Tage und Wochen mit ihm fühlte sie, wie sich langsam eine angenehme Schwere in ihrem Körper ausbreitete.
Erfreulicherweise war es ein Samstag gewesen, dieses erste Mal mit ihm, so dass sie auch am Sonntag nicht aus dem Bett mussten. Es war ein Wochenende wie aus dem Bilderbuch.
Noch während Kiki Gedanken an schweißnasse Körper, an ein köstliches Frühstück im Bett, an liebevolle Umarmungen und warme Sonnenstrahlen hinter der Balkontüre, wie Nebelfetzen durch den Kopf zogen, war sie eingeschlafen.

8

Jetzt aber los! Als Kiki die Wohnungstüre öffnete, flatterte ihr als erstes ein Zettel entgegen. Ach, da schau her, die Frau Zummermann hatte ja keine Zeit verloren und ihr eine Liste aller ihr bekannten Liebschaften des Herrn Bader zukommen lassen. Na, allzu viele waren das auch nicht. Für ein fünfzigjähriges Leben durften es auch einige Geliebte sein. Er war aber leider verheiratet und deshalb waren es einige zu viel. Das hatten sie ja schon am Abend zuvor festgestellt.

Was diese Frau Zummermann alles wusste! Und die Zusammenstellung hatte sie ihr wohl noch am Abend vor die Türe gelegt. Ob das wohl das Geräusch war, das sie in der Nacht geweckt hatte? Aber ihre Vermieterin würde doch nicht nachts um zwei Uhr durch das Haus schleichen? Na, bei ihr war man nicht so sicher, da war alles möglich.

Kiki nahm nach dem netten Abendtratsch mit Frau Zummermann keine Rücksicht mehr auf die anderen Mieter und auf Spuren im Gang. Helm auf, das Rad aufgeschlossen und nichts wie die Straßen entlang gejagt. Sie wollte auf keinen Fall noch einmal zu spät kommen.
Die Dienstbesprechung war für neun Uhr angesetzt und vorher würde sie auf ihrem Platz sitzen.
Heute ging alles flott. Die Schülerinnen und Schüler waren schon in ihren Klassenzimmern und hatten

die Radwege freigegeben. An der Verengung durch die Baustelle war kein Mensch zu sehen. Die Arbeiter hämmerten hinter dem Bauzaun. Also durch.

„Da wird doch dieses Ärztehaus hochgezogen, das dem Schwiegervater des Toten gehört", ging es ihr durch den Kopf. Da muss ja Kollege Manni ganz neidisch werden, auf so viel Kohle. Und alles an uns Kranken verdient."

Dann wurde es ihr bewusst, dass sie nun nicht gerade diejenige war, die ihr Geld in die Apotheken trug. Schön, dass sie so gesund war. Aber sie tat ja auch Einiges dafür.
Eine Ärztin wollte sie sich hier in Ulm aber doch bald einmal suchen. Sie musste sich mal bei Suse erkundigen, wen sie so empfehlen könnte. In Berlin hatte sie ihre Hausärztin, bei der sie von Kindesbeinen an gewesen war, mit Bedauern zurückgelassen. Diese hatte beim Abschied gemeint, dass sie ihr weiterhin eine so stabile Gesundheit wünsche, wie bisher. Kiki hatte ihr verschwiegen, dass sie seelisch seit einiger Zeit nicht gerade die stärkste war. Da hätte ihr Frau Dr. Kolb auch mit den besten Mitteln nicht helfen können.

„Das wird schon wieder", hatte ihre Mama gesagt und Christof hatte sie liebevoll in den Arm genommen. Beide waren sie damit einverstanden, dass sie Berlin möglichst weit hinter sich lassen wollte. Ihre Wahl dieser kleinen Großstadt an der Donau hatten sie nicht ganz nachvollziehen können. Sie wollten sie doch auch hin und wieder besuchen und hätten dabei schon eine etwas größere Stadt im Auge gehabt.

Sie hätten sich Frankfurt oder noch besser Hamburg oder wie sie sagten, im schlimmsten Falle auch noch das bayrische München vorstellen können, aber Ulm! Ein hoher Kirchturm sei noch keine Garantie für ein gutes Leben, hatte Siria ironisch gesagt. Aber sie müsse ja dort leben und arbeiten und sie sei alt genug um zu wissen, was sie tue. Siria hatte dann tatsächlich im Weggehen noch dieses verächtliche Wort „Provinz" vor sich hingemurmelt. Kiki hatte es wohl gehört, sich aber eines Kommentars enthalten.

Sie hatte bei ihrer Entscheidung, nicht nur diesen angeblich höchsten Kirchturm der Welt im Blick gehabt, sondern sich dorthin beworben, wo sie am schnellsten eine Stelle bekommen würde. Und etwas Ruhe nach der ganzen Hektik würde ihr auch gut bekommen. Sie wollte es auf jeden Fall mal versuchen. Dass sie es hier, zu Beginn ihres Einsatzes, fast als erstes mit einem Aufmarsch von Neonazis zu tun haben würde, hatte sie natürlich nicht erwartet. Und einen Mord gleich in den ersten paar Wochen schon gar nicht.

Mal sehen, wie weit die Kollegen und die Kollegin gekommen waren.

„Hallo, schöne Frau", begrüßte Friets Federle sie gut gelaunt schon am Besprechungstisch sitzend. Natürlich, sie konnte so früh kommen, wie sie wollte, dieser Friets war immer schon da. Es war wie mit dem Hasen und dem Igel in ihrem alten Bilderbuch. „Ich bin schon da", rief der Igel, wenn der Hase keuchend aus der Ackerfurche stürzte, weil der Igel das Spielchen ja nicht alleine betrieb.

Wer jetzt in ihrem Falle der Igel war oder der Hase, war schlecht zu sagen. Sie wäre, schon von der Schönheit und Weichheit des Felles her, lieber ein Hase, also ein Häsin gewesen, als ein Igel. Aber ein Igel konnte sich mit seinen Stacheln gut verteidigen, das war auch nicht zu verachten.

„Schöne Frau", hört man immer gerne. Eine solche Begrüßung am frühen Morgen, wenn man sich eigentlich noch nicht sehr wach und wenig attraktiv findet, war eine feine Sache und so strahlte Kiki zurück:

„Ebenso, lieber Herr Kollege!"

„Danke, liebe Frau Kollegin, aber eine schöne Frau bin ich nicht und hoffe, es auch nicht zu werden."

Oh Mann, da hatte er es ihr wieder einmal gegeben. Da wollte sie mal freundlich auf ihn reagieren und schon ging es wieder los. Das war wahrscheinlich die Retourkutsche für das verschmähte Bierchen, genannt „Bierle", vom Abend vorher.

Manni kam herein und rettete sie vor einer Erwiderung. Zur Strafe setzte sie sich einfach einige Plätze weiter, zwischen Suse und Manni und weg von Federle. Sollte der doch seine Kommentare an andere verschwenden!

Die Besprechung brachte allerhand Neues zu Tage. Kikis Bericht vom Vortag wurde besprochen, wie auch der der anderen Kollegen. Als die Rede auf die Noch-Ehefrau Baders kam, erzählte Kiki von den vielen Eskapaden ihres Toten und steuerte Frau Zummermanns Liste bei.

„Na, die ist sicher mit Vorsicht zu genießen. Ob Ihre Vermieterin das noch so alles im Kopf hat? Bei ihrem Alter!"

Da war ihr Chef aber wirklich schief gewickelt. Von wegen, „noch so alles im Kopf haben." Na, er kannte ja Frau Zummermann nicht persönlich.
Dass sie nicht mehr jung sei, sei klar, verteidigte Kiki Ihre Informantin, aber alt sein heiße nicht gleich dement sein und auf sie mache die Frau einen durchaus wachen und intelligenten Eindruck. Im Übrigen sei sie mit der in Scheidung lebenden Ehefrau des Toten gut bekannt, wenn nicht gar befreundet.

Manni und Suse erhielten daraufhin den Auftrag, die Liste der angegebenen Frauen abzuarbeiten und sie auf ihr Verhältnis zum Toten, sowie auf ihr Alibi in der Mordnacht zu überprüfen.
Es war tatsächlich eine Mordnacht gewesen. Die Gerichtsmedizin hatte den Todeszeitpunkt endgültig festgelegt und zwar auf die Nacht vom ersten zum zweiten Mai zwischen elf Uhr abends und drei Uhr am Morgen.
Da war dieser Herr Bader durch einen stumpfen Gegenstand zu Tode gekommen, beziehungsweise wohl durch einen heftigen Sturz bewusstlos geworden. Dieser stumpfe Gegenstand war, wie es sich bis jetzt ergeben habe, ein spitzer Kalkstein der Uferbefestigung gewesen. Die große Wunde am Hinterkopf weise darauf hin. Verletzungen habe die Leiche auch an mehreren Körperstellen. Alles deute auf einen Kampf zwischen mehreren Kontrahenten hin. Aber

auch das Hinabtreiben in diesem Flüsschen bis zum Wehr und das nächtliche Liegen im Wasser, habe wohl seine Spuren hinterlassen.

Interessant sei allerdings, dass dieser Bader erst im Wasser gestorben sei. Er sei nachweislich ertrunken. Die Kollegen hätten auch schon die mutmaßliche Stelle am Ufer der Blau gefunden, an dem sich der Mord bzw. die Tat selbst ereignet habe. Es handle sich naturgemäß nicht um die Fundstelle am Wehr, sondern sie lag am Rad- bzw. am Fußweg der Blau und dort an einer Stelle, die weder von einer Straße noch von Häusern einsehbar sei. An diesem sehr einsamen Bachrand, habe wohl ein Treffen stattgefunden. Die Spurensicherung habe Fußabdrücke von mindestens drei Personen sichergestellt. Einige davon seien eindeutig dem Toten zuzuordnen, wie der Kollege Albers schon festgestellt habe.

Wie es schien, habe ein Kampf stattgefunden. Die Fotos des Toten, wie die seiner Verletzungen und der Abwehrspuren sprächen eine deutliche Sprache.

Kollegin Suse wollte wissen, ob es sich bei den Fußspuren um rein männliche Abdrücke handele, oder ob eine Frau beteiligt sein könnte. Eventuell auch außerhalb des eigentlichen Kampfgeschehens.

Dr. Roth musste das verneinen. Bis jetzt deute, nach Spurenlage, absolut nichts auf die Beteiligung einer weiblichen Person hin. Allerdings könne man ihre indirekte Beteiligung keinesfalls ausschließen.

„Deshalb, nichts für unmöglich halten, Frau Kollegin! Machen sie sich an die Arbeit, versuchen Sie, uns die entscheidende Spur zu liefern."

Nachdem alle Berichte vom Vortag bewertet und diskutiert worden waren, wurde einheitlich festgestellt, dass von einem Durchbruch bei den Ermittlungen leider noch keine Rede sein konnte. Es gab keine heiße Spur, aber viele andere Spuren, die zu verfolgen waren.

„Fortschritte gibt es immerhin", ermutigte Kriminalrat Dr. Roth die Anwesenden. „Und wir machen weiter wie besprochen."

Federle und Kiki hatten noch ihre Arbeit vom Vortag zu erledigen. Die Ehefrau des Toten hatte anscheinend bereitwillig Einiges über die finanziellen Transaktionen ihres Mannes ausgeplaudert. Einer der Geldgeber war ja schon fast aus dem Rennen. Dr. Grün würde am Vormittag vorbeikommen und das Protokoll unterzeichnen. Widerwillig war er dazu bereit gewesen, verständlich, fand Kiki, wer mochte schon in einen Mordfall verwickelt sein. Und das Finanzamt würde ihm nun auf jeden Fall auf die Pelle rücken.

Kiki fand es unerträglich, dass jene, welche mit ihren Geschäften gutes Geld machten, immer versuchten, nur ja nichts davon abzugeben. Sie selbst musste ihr nicht übertrieben hohes Gehalt doch auch versteuern. Da war nichts am Fiskus vorbeizuschleusen. Im Übrigen war sie auch auf die Einrichtungen angewiesen, die mit diesen Steuern gebaut und unterhalten wurden. Sie besaß nun mal kein eigenes Schwimmbad, sondern besuchte bei heißem Sommerwetter natürlich das städtische Freibad. Und wer konnte sich schon immer die neuesten Bücher und Zeitschriften leisten. Da musste es doch Bibliotheken geben und die Radwege, die sie brauchte, mussten auch in Schuss gehalten werden.

Apropos Schwimmbad, jetzt standen noch die beiden restlichen, namentlich bekannten Geldgeber des Toten zur Befragung aus.

„Na, haben Sie Zeit für ein kleines Telefongespräch", fragte Federle auf dem Gang, „oder soll ich einen unserer Klienten übernehmen? Sie müssen doch sicher noch nach ihrem „Botanischen Garten" schauen."

„Wenn Sie mich so fragen, lieber Kollege, dann übernehmen Sie doch bitte gleich beide. Dann pflege ich heute meine „fleischfressenden Palmen" einmal etwas intensiver. Rufen Sie mich, wenn wir los können."

Damit verschwand Kiki in ihrem Zimmer. Eine Erwiderung hatte sie nicht gehört und sie hoffte nur, dass Federle ihr den Gefallen tun würde.

Die vergangene Nacht kam ihr wieder in den Sinn und ihr erfolgreicher Versuch, mit den Gedanken an diesen Federle in den Schlaf zu finden. Er war doch zu etwas gut, dieser Kollege. Sie lächelte vor sich hin, während sie vorsichtig ihre Pflanzen begoss. Sie gediehen ganz wunderbar unter ihrer Pflege. Nur nicht zu viel Wasser geben, hatte die Frau am Blumenstand gesagt. Also prüfte sie erst einmal die Erde, ob es wirklich nötig war, sie zu wässern.

Kollegin Suse kam hereingestürmt.

„Oh", rief sie, „was für ein sinnliches Lächeln beim Pflanzen pflegen. An wen denkst Du denn gerade? Etwa an Manni oder doch an den Kollegen Federle? Wie steht es denn zwischen Euch beiden, erzähl mal."

„Geht das eigentlich nicht in Euren Kopf, dass Türen zum Schließen und zum Anklopfen gemacht sind? Manni tobt hier jedes Mal herein mit seinem „Schmackes", Du rast durch die Türe als wäre sie nicht vorhanden. Was denkt Ihr Euch eigentlich?" Kiki gab sich empört.

Da stand sie vor ihr und grinste, diese Suse. Kiki kam unwillkürlich eine wohlgenährte Katze in den Sinn, die an einem Sahnetöpfchen leckte. Ihre dunkelbraunen Haare trug sie offen bis zu den Schultern. Die kleinen Spangen links und rechts hielten an der Stirne jeweils eine feine Strähne in einem Kringel nach hinten. Der enge Rock betonte ihre füllige Figur. Dazu trug sie auch noch ein getigertes Oberteil. Man konnte fast glauben, man hörte sie schnurren.

„Und wie hält es der Herr Federle denn so mit der Türe, das Fritzle?"

„Friets, bitte, er schreibt sich mit ie und mit s am Ende! Das ist ja so norddeutsch, aber schwäbisch ka ´r au."

Beide lachten über den Versuch Kikis, Federles Schwäbisch zu karikieren.

„Wie könnten wir eigentlich mal rauskriegen, ob das mit der Schreibweise wirklich so stimmt? Ob es diesen Namen tatsächlich gibt? Wir sollten mal die Frau Knauer von der Personalabteilung fragen, die weiß das bestimmt."

Suse wollte wissen, ob Kiki am Mittag mit ihr zum Essen in die Kantine des Ulmer Theaters komme. Dort sei es doch immer gut und ihre Essensmarken würden dort auch gelten. Außerdem so etwas Theaterluft, mit den vielen Künstlern um sich, sei auch ganz schön. Dabei verdrehte sie die Augen und lächelte sehnsüchtig.

„Ach komm, Du hast doch noch einen anderen Grund", vermutete Kiki ganz richtig, „seit wann musst Du beim Mittagessen Künstler um Dich haben, Du hast doch schon wieder einen am Bändel, wie Du selbst sagst und Polizisten sind Dir im allgemeinen doch auch recht, oder?"

Tatsächlich stand auf der Liste der vermutlichen Geliebten des Hallenkönigs auch eine Sängerin des Theaters. Sie war erst die zweite Spielzeit in Ulm und beim Publikum außerordentlich beliebt. Auch die Kulturpresse hob sie nach jeder Premiére in den Himmel.

Kiki hatte sie noch nicht singen hören, aber selbst Frau Zummermann hatte bei ihrem abendlichen Gespräch diese Ella Mutelli schon erwähnt und zwar sowohl als großartige Sängerin wie auch als Baders Geliebte. Sie sollte eine wirklich einmalige Stimme besitzen.

Oper war eigentlich nicht so ganz Kikis Sparte. Ins Sprechtheater war sie in Berlin schon hin und wieder gegangen, aber in Ulm war bisher Anderes vorrangig gewesen. Hoffentlich würden sie sie zu Gesicht bekommen, diese Diva, so ganz unverbindlich. Vielleicht achtete sie ja so auf ihre Figur, dass das Mittagessen kein Thema für sie war.

„Also gut, ich komme mit, wenn wir bis dahin schon wieder zurück sind von unserem „diffizilen Besuch" bei den beiden noch ausstehenden Herren.

„Darf ich die Damen bei ihrer wichtigen Grünpflege stören", tönte es jetzt von der offenen Türe her.

„Siehst Du", rief Suse im Hinausgehen, indem sie sich im Türrahmen einmal wieder eng an Federle vorbeidrückte, „Du brauchst die Türe nur offen zu lassen, dann reißt sie Dir niemand auf!" Und weg war sie.

Sie hatten einen Termin bei einem Stadtrat der Freien Wählergemeinschaft, kurz „FWG". In einer halben Stunde sollten sie im Rathaus sein. Ihr dritter Kandidat war leider gerade auf Reisen und deshalb erst in der nächsten Woche zu sprechen.
„Hoffentlich brauchen wir den nicht mehr zu befragen, weil wir bis dahin unseren Fall gelöst haben", überlegte Federle laut. „Wir könnten auf dem Weg noch einen Kaffee trinken, wir haben ja nicht weit ins Rathaus."

Einen ordentlichen Kiosk gab es zwar hier im Zentrum nicht, auch kein normales Lebensmittelgeschäft weit und breit, aber jede Menge Billigbäckereien mit angeschlossenem Stehkaffee. Kiki hatte allerdings schon bald nach ihrer Ankunft ein winziges, italienisches Café, nur eine Minute vom Präsidium entfernt, zu ihrem Stammlokal erkoren. Der Cappuccino schmeckte echt italienisch und um die Mittagszeit gab es auch kleine Pizzen zu essen. Sie hatte sogar in den letzten Apriltagen, die ungewöhnlich heiß waren und einen Vorgeschmack auf den kommenden Sommer boten, schon einen leckeren Eisbecher vor dem Café genossen. Leider war im Augenblick nicht daran zu denken, der Vorgeschmack hatte sich verflüchtigt, das Wetter hatte sich drastisch verschlechtert. Und kalt war es auch wieder geworden.

Aber, was ihr wirklich gefallen hatte, das waren die vielen Cafés, die ihre Tische und Stühle beim ersten Sonnenstrahl schon draußen aufgestellt hatten. Das ergab so ein südliches Flair und die Menschen nahmen es dankbar an, nach dem letzten wirklich harten Winter, ihre Gesichter in die Sonne zu halten.

Federle musste noch einmal in sein Büro. Der CDU-Stadtrat Dr. Grün war gekommen, um seine Aussagen vom Vortag zu bestätigen. Nachdem er noch einmal dringend um Diskretion gebeten hatte, verschwand er grußlos.

„Auch nicht die feine Art", konnte Kiki sich beim Hinuntergehen nicht verkneifen. „Die denken, nur weil sie im Stadtrat sind, sind sie das Gelbe vom Ei!"

9

Den Kaffee nahmen sie im Stehen zu sich und gingen dann gemächlich hinüber zum Rathaus. Hier hatten, nach längerem Gerangel, inzwischen alle Fraktionen ein Büro für ihre Arbeit bekommen. Das Domizil der FWG lag im ersten Stockwerk und sie wurden schon erwartet.

Herr Linder war über den Grund ihres Besuches nicht glücklich, wie er später bemerkte. Zunächst jedoch ließ er sich über den Grund, den er natürlich kannte, nichts anmerken. Er bat seine Mitarbeiterin, ihn auf keinen Fall zu stören und schloss die Türe zum Konferenzraum.

Dann bot er Stühle und etwas zu trinken an. Der Beginn des Gesprächs hätte eher in ein Café oder auf eine Party gepasst, als in dieses nüchterne, sehr modern möblierte Büro.

Kiki war zum ersten Mal im Ulmer Rathaus und war sehr beeindruckt, was sich die Gemeinderäte für schöne, praktische Arbeitsräume in diesem alten Gebäude eingerichtet hatten. Herr Linder wies denn auch darauf hin, dass sich in sein Büro, er war der Fraktionsvorsitzende, seit seinem Amtsantritt, die Polizei noch nie verirrt habe.

„Sie sind somit die ersten Polizisten, die mich hier besuchen", bemerkte er ausgesprochen freundlich.

„Na", erwiderte Herr Federle, „von Besuch kann eigentlich nicht so sehr die Rede sein, Herr Linder, „wir kommen schon aus einem bestimmten Grund."

„Das weiß ich doch, Herr Kriminalrat, das weiß ich doch!" Aber ein Besuch bleibt es doch, sie haben doch hoffentlich kein Verhör mit mir vor."

Kiki hatte noch die Worte ihres Chefs im Ohr, sie griff ein, stellte zunächst einmal ihre Dienstgrade richtig und bestätigte dann, dass es sich nur um eine informative Besprechung handle.

„Da bin ich aber beruhigt, Frau Wunder." Linder atmete hörbar aus. Trotz dieser Aussage machte er keineswegs einen beruhigten Eindruck. Er klopfte mit den Fingerspitzen leicht auf seine vor ihm liegenden Papiere und rutschte auf seinem Stuhl hin und her.

„Bevor wir zum eigentlichen Grund ihres Besuches kommen, muss ich Ihnen sagen, Frau Wunder, jetzt kenne ich sogar ihren Namen, dass ich Sie bewundere. Und das hat nichts mit ihrem Namen zu tun."

„Oh!" Kiki und offenbar auch Federle, den sie mit einem raschen Blick befragte, waren überrascht, über diese charmante Eröffnung.

„Ja, unsereiner hat ja nicht die Zeit, sich mit dem Fahrrad auf die Strecke zu begeben, aber ich habe sie, Frau Wunder, schon des Öfteren wie der Wind auf ihrem Rad durch die Weststadt sausen sehen. Ich finde das großartig! Sie gehören damit zu den Bürgerinnen, die keinen Schmutz machen und keinen Lärm und, was noch wichtiger ist, die den Verkehr entlasten. Ich wohne in Söflingen, müssen Sie wissen und weiß wovon ich rede. Sind Sie denn schon lange in Ulm?"

„Vor jetzt genau achteinhalb Wochen bin ich von Berlin nach Ulm gekommen", gab Kiki bereitwillig

Auskunft, aber zum Verkehr in Söflingen und zu der Parksituation dort, hätte ich jetzt schon Einiges zu sagen."

„Dazu sind wir aber leider nicht hier, liebe Kollegin", griff Federle wieder einmal ganz unsachgemäß ein. Kiki ärgerte sich. Jetzt hatte sie doch einmal einen Verantwortlichen vor sich sitzen und dieser Federle vermasselte ihr alles.

„Aber dass wir eine Straßenbahn haben, wie in Berlin, das muss Ihnen doch gefallen", ließ sich Herr Linder nicht beirren. „Und die Strecke wurde erst kürzlich verlängert, bis nach Böfingen. Ich hoffe, Sie sind dorthin schon einmal gefahren und haben die großartige Leistung der Streckenführung bewundert. So eine Steigung zu überwinden ist ja keine Kleinigkeit."

Kiki musste verneinen, so ganz war sie noch nicht von einem Ende zum anderen gekommen. Diese Straßenbahn würde doch wohl noch fortgeführt werden und zu einem Netz des öffentlichen Verkehrs werden. Dann könnten die Stadträte ja auch endlich die verkorkste Verkehrssituation in Söflingen lösen. Sie hätte schon mit einigen unzufriedenen Bewohnerinnen darüber gesprochen.

„Ja, das ist ein Problem, aber auch ein weites Feld", seufzte Herr Linder, wohl in Erinnerung an den Verlauf einer Bürgersprechstunde, in der ihm, nach Aussage Frau Zummermanns, deshalb ziemlich zugesetzt worden war.

Jetzt wurde es Federle zu bunt. Er hatte schon ein paar Mal angesetzt, das Gespräch auf ihr eigentliches Anliegen zu lenken, war aber nicht zum Zug gekommen.

„Könnten wir jetzt bitte zu dem kommen, weshalb wir eigentlich hier sind", fragte er an Kiki und Herrn Linder gleichzeitig gewendet.

„Aber natürlich, Ihre charmante Kollegin und ich können unser Gespräch ja ein andermal fortsetzen, vielleicht im Klosterhof, bei einem Glas Wein, in dem neuen Hotel, das einen wunderschönen Gartenhof eingerichtet hat. Ich lade Sie gerne einmal ein."

Federle lächelte gequält:

„Das ist ein gutes Stichwort, Klosterhof, um diesen handelt es sich nämlich im weitesten Sinne."

Als dann der Name des Mordopfers genannt war und der Verdacht geäußert wurde, dass von Herrn Linder einiges an Geld von hier nach dort geflossen sei, war es, als habe sich eine Schleuse geöffnet.

Herr Linder war nicht mehr zu halten. Er breitete mit einem säuerlichen Lächeln einige Details aus dem Leben Baders aus.

Dieser habe ihm immer wieder übel mitgespielt. Er wolle mit seinem Bericht von vorne anfangen. Zunächst das Private. Zugegeben, er, Linder, habe dem Bader seinerzeit, das sei aber schon dreißig Jahre her, die Freundin ausgespannt. Wenn er heute daran denke, sei das auf eine wenig feine Art gelaufen. Mein Gott ja, man war halt jung und die Carola habe dann von ihm ein Kind bekommen und damit war Bader aus dem Rennen. Er habe alles bezahlt und zu seinem Sohn ein nicht schlechtes Verhältnis.

Bader und er hätten sich einige Jahre später offiziell wieder versöhnt. Aber, inzwischen glaube er ja, der habe ihm das nie verziehen. Er habe ihn mit dem Geld nur reinreißen wollen, erst groß getönt, dann, als er es von ihm zurückforderte, Vertröstungen ohne Ende. Von den versprochenen Zinsen keine Spur und die Konkursmasse sei wohl auch nicht sehr umfangreich.

Eigentlich sei er ja eine tragische Figur, der Hannes. Dass er so enden würde, hätte er ihm nicht gewünscht. Er sei aber auch wirklich vom Pech verfolgt gewesen. Drei Mal habe er für den Stadtrat kandidiert, nie habe es gereicht. Ihm habe wohl die Bankrottgeschichte seiner Eltern nachgehängt. Und die Verbindung mit dem Apotheker als Schwiegervater habe auch nichts genützt. Linder lächelte schadenfroh. Man wusste ja, dass der ihn nicht für voll nahm.

Im Wahlkampf habe es auch immer wieder Verleumdungen über ihn, Linder, gegeben. Er vermute seit langem, dass Bader dahinter gesteckt habe. Na, ja, das sei jetzt ja auch geklärt.

Kiki beobachtete verwundert, wie dieser Mann, dieser gewählte Volksvertreter, sich in Rage redete. Der Kehlkopf hüpfte an seinem dünnen Hals auf und ab und die spärlichen Barthaare am Kinn zitterten. Irgendwie schien ihn nicht der schlimme Tod seines Feindes, wie ihn Kiki nach diesen Ausführungen bei sich nannte, zu berühren, sondern all das, was durch sein Ableben wieder bitter in ihm hoch kam und möglicherweise auch an die Öffentlichkeit gezerrt würde.

„Du meine Güte", musste Kiki denken, „da sind diese Menschen in der gleichen Partei, wollen Politik machen und sind sich so spinnefeind. Der gießt ja geradezu Jauche über ihn aus! Da wäre ja durchaus ein Motiv für einen Mord zu suchen. Den sollten wir vorerst nicht aus den Augen lassen."

Zu den Finanzen, führte Linder jetzt weiter aus, mit denen er seine Hallen errichten wollte, sei Hannes ja wirklich nur durch Beziehungen und, das könne er jetzt ja so offen sagen, über betrügerische Machenschaften gekommen. Er habe die erforderlichen Millionen, die die Bedingung der Stadt für die Übergabe der Baulizenz an ihn, den Bader gewesen war, gar nicht gehabt. Da habe so mancher im und außerhalb des Rates, nur diese Private Partnership im Auge gehabt, „wenn Sie wissen, was ich meine."

„Sagen Sie mir mal", wandte er sich erregt an Federle, „weshalb ein privater Geschäftsmann nicht mehr Gewinn machen sollte, als eine städtische Verwaltung. Die leben doch von den Steuergeldern, aber der Unternehmer muss von dem leben, was hereinkommt. Das ist doch durchaus korrekt. Alles andere wäre doch Schmuh. Aber meine Kollegen Stadträte damals haben wohl genau das Gegenteil erwartet."

Allerdings habe der Bader es etwas übertrieben mit seinem Gewinnstreben Immer höher, weiter, aber nicht gerade besser. Linder lachte wissend. Die Multihalle habe Bader baulich auf dem niedrigsten Niveau errichtet. Gespart, an allen Ecken und Enden. Nur das billigste. Er sei damals am Rohbau beteiligt gewesen, er sei Bauunternehmer und wisse, von was er rede.

Und dann, bei dieser so genannten Multifunktionshalle in Ulm, habe er ja nie korrekt abgerechnet. Das

Aufsichtsgremium, das der Gemeinderat eingesetzt hat, habe er nur ein einziges Mal da gehabt. Das Bauamt sei auch mit wenig, das heißt mit viel Schönreden, zufrieden gewesen, allen habe der schöne Schein genügt. Und wenn man es verstehe und die richtigen Leute kenne, könne man durchaus mal fünfe gerade sein lassen, vor allem bei den Finanzen. Wer sei denn heute schon noch korrekt, nur die Habenichtse, die glaubten, ohne Tricks käme man weiter.

Das sei jetzt nicht seine Meinung gewesen, wehrte er ab, Gott bewahre! Aber so ähnlich habe sich Bader einmal, nach einem Besäufnis beim Zeitbeerfest im Klosterhof, ihm gegenüber geäußert. Er sei ziemlich voll gewesen und habe in seinem Suff Pikantes rausgelassen. Linder lachte hämisch.

Federle griff ein und fragte nach Details, aber Linder behauptete, nichts Genaueres mehr zu wissen.

„Und Sie wollten sich also an diesem Gewinn, der anscheinend auf nicht ganz korrekte Weise zustande kam, beteiligen?" führte Kiki wieder auf ihr Anliegen zurück.

„Gut, ich gebe ja zu, ich habe dem Hannes unter die Arme gegriffen. Ich wollte zuerst nicht, weil ich ihn schon seit einiger Zeit als Denunziant im Verdacht hatte. Aber er hat mich so bedrängt und immerhin war er ja auch mit mir Mitglied im Vorstadtverein in Söflingen. Da muss man doch zusammenhalten, wenn man kann, trotz aller Differenzen."

Linder hatte offensichtlich gekonnt. Eine glatte Million hatte der Bauunternehmer dem Hallenkönig unter die Arme geschoben, beziehungsweise war diese Kapitalspritze irgendwie beim Rohbau hängen geblieben. Von einem Steuerbetrug wollte er zunächst nichts wissen, gab dann jedoch zu, einen kleinen Teil der Summe auch am Fiskus vorbeigeschleust zu haben. Doch das sollte nicht ihre Sorge sein, da waren andere dafür zuständig.

Nach diesen, doch in vielerlei Hinsicht sehr aufschlussreichen Ausführungen, kam dann die heikle Frage, wo Linder sich zur Zeit der Tat aufgehalten habe. Er empfand sie offensichtlich als absolute Zumutung, bekam einen puterroten Kopf, atmete zwischen den Zähnen aus, quittierte die Frage dann mit einem trockenen Lachen und umging geschickt die Antwort.

Er habe den Hannes nicht umgebracht. Er könne keiner Fliege etwas zuleide tun. Tief im Inneren habe er den Hannes schon immer bedauert. Mit glücklosen Menschen könne er nichts anfangen. Er brauche Erfolge und nur erfolgreiche Menschen seien ein Umgang für ihn. Deshalb auch seine Beteiligung am Hallengeschäft. Einmal, nur ein einziges Mal, habe er den Bader erfolgreich sehen wollen.

Federle insistierte nicht auf die Frage, er wollte am nächsten Tag, wenn Linder das Protokoll unterschreiben würde, noch einmal darauf zurückkommen.

Nachdem Linder demonstrativ auf seine Uhr gesehen hatte und „Also dann, war's das?" fragte, verabschiedeten sie sich.

Linder erinnerte Kiki noch einmal an ihre Verabredung im Klosterhof, die sie ihres Wissens nicht getroffen hatte.

„Mal sehen", sagte sie nicht unfreundlich, „vielleicht ergibt sich ja einmal etwas durch Zufall."

„Du meine Güte", bemerkte sie dann schon auf der Treppe, „der war aber gar nicht gut auf den Toten zu sprechen, wie kann man nur so gehässig sein?"
Im Vorbeigehen nahm sie noch einige Flyer mit, die am Aufgang für die Öffentlichkeit auslagen. Hier konnte sie etwas mehr über Ulm, seine Geschichte und die aktuellen Dienststellen und Festivitäten erfahren. Schließlich hatte sie nicht vor, immer die Neue zu bleiben.

Federle wartete mit seiner Einschätzung, bis sie in seinem Büro saßen.

„Der hat sie ja ganz schön angemacht, da könnte ich ja geradezu eifersüchtig werden." Federle versuchte ihr tief in die Augen zu schauen. „Aber Sie sind halt auch eine schöne Frau und so auf dem Rad, mit ihren roten Haaren und dazu die grünen Augen, tja!"

Kiki wusste nicht so recht, meinte er es spöttisch oder sollte sie seine Bewunderung ernst nehmen.

„Und die gute Figur nicht zu vergessen", versuchte sie die Komplimente auf die ironische Ebene zu ziehen. „Ist er nun unser Mörder oder nicht?"

„Vergessen Sie nicht, es sind deren zwei. Im Ernstfall müsste er es mit einem Komplizen getan haben. Aber ein erschlagener Mann hat gar kein Geld mehr zu vergeben, also weshalb sollten sie? Ich für meinen Teil denke, die beiden, die wir bis jetzt angehört haben, können wir ausschließen. Aber darüber sprechen wir noch."

10

„Oh, je", Kiki schaute auf die Uhr an ihrem Arm, „ich habe mich doch mit Suse im Theater verabredet, ich muss los."

„Wollen Sie etwa auftreten?" Federle schien tatsächlich etwas irritiert zu sein.

„Ach was, essen wollen wir dort! Kommen sie doch mit, Herr Federle, das Essen ist dort gut und die Getränke günstig. Ob es allerdings solche weiße Brätlinge mit einer dunkelbraunen Soße gibt, kann ich ihnen nicht versprechen. So ganz schwäbisch ist es dort nicht. Eher international. Aber vielleicht treffen Sie ja dort diese Italienerin, die Julia ihres Herzens."

„Dann wäre ich ja der Romeo. Gegen eine romantische Liebschaft hätte ich nichts einzuwenden, aber sterben möchte ich doch noch nicht." Und tatsächlich, Federle schwang sich aufs Rad und trat los. Über den Münsterplatz fuhren sie durch die Passage am Café Ströbele vorbei durch die Pfauengasse in die Sterngasse.

„Ziemlich viele Gassen gibt es in diesem Ulm", stellte Kiki fest. „Halten Sie doch mal an, Federle", rief sie plötzlich, „da gibt es ja einen Weltladen, den habe ich ja noch gar nicht gesehen." Sie stieg ab und sah durch die offene Türe ins Innere.

Da musste sie unbedingt die nächste Zeit einmal hin. In Berlin hatte sie einige ihrer Lebensmittel, vor allem Zucker und Kaffee und auch manche ihrer gesunden Leckereien, wie Mangostreifen und getrocknete Ananas, im Weltladen gekauft. Sie nahm sich vor, das auch hier wieder zu tun. Es war ein schönes Geschäft mit einer sehr ansprechenden Auslage, aber heute war Einkaufen nicht angesagt.

Eine Minute später schlossen sie ihre Räder am Radständer vor dem Künstlereingang des Theaters an. Kiki war schon zweimal hier gewesen aber Federle schien sich nicht auszukennen. Der Portier war heute ein anderer als die letzten Male. Er ließ sie, als Kiki ihre Essensmarken zeigte und den Weg beschrieb, ohne weiteres in die Kantine durchgehen.

Vor einigen Tagen hatte sie hier ein nicht sehr erfreuliches Erlebnis gehabt. Es musste ausgerechnet auch noch eine Frau sein, mit der sie zusammengestoßen war. Draußen hatte es ein heftiges Gewitter gegeben und ein junges Mädchen, eigentlich noch ein Kind, wollte ihr Cello im Empfangsraum bei der Dame abstellen. Sie komme aus der Schule und müsse hier auf ihren Vater warten, er habe eine Orchesterprobe.

Da hatte doch diese Tussi, wie Kiki sie daraufhin für sich genannt hatte, darauf bestanden, dass das Kind vor der Türe warten müsse. Sie seien keine Wartehalle, hatte die Empfangsdame das Mädchen angeschnauzt.

Erst als Kiki sich vehement beschwert und sich als Polizistin ausgewiesen hatte, war sie einsichtig gewesen. Mit der Polizei legte man sich eben nicht so gerne an. Auch jetzt musste Kiki wieder daran denken. Wie konnte man eine so unfreundliche Person an einen so wichtigen Ort setzen. Hier war doch das Gesicht des Theaters, hier zeigte man, welcher Geist hier herrschte.

Na ja, die männlichen Empfangspersonen schienen ja vernünftig und ausgesprochen freundlich zu sein. Mal sehen, was es heute zu Essen gab.

„Maultaschen gibt es, Herr Federle", begrüßte Suse sie schon von einem der Tische her; vor ihr stand ein dampfender Teller. „Die werden Dir auch schmecken, Kiki, die sind absolut super!"

Ach ja, bei Suse musste alles im Superlativ sein. Alles war super und großartig und einmalig. Manches Mal ging ihr die Kollegin schon ein bisschen auf den Wecker.

Jetzt wäre sie gerne mit Federle allein hier gesessen und wäre in aller Ruhe noch einmal das Gespräch mit diesem Stadtrat durchgegangen.

Na ja, der Kollege war ja nicht vorgesehen gewesen in ihrer Verabredung und Suse gab sich deshalb auch höchst verwundert.

„Mit Ihnen habe ich ja noch nicht allzu oft zu Mittag gegessen, Herr Federle, wie kommt's, dass Sie uns die Ehre geben?"

Federle brummte etwas von „mitgenommen" und „Hunger" und machte sich, wie schon am Tage vorher, im Gasthof zum Kreuz äußerst konzentriert über sein Essen her.

Auch Kiki verschob die Konversation auf später und begnügte sich mit einem gelegentlichen „Hm" und „Lecker", denn diese geschmälzten Maultaschen waren himmlisch und erst der Kartoffelsalat!

„Ja", grinste Suse mit vollem Mund, „da schleckt die Berlinerin bei unserem schwäbischen Essen! Aber, die sind auch wirklich gut hier!"

„So, jetzt können wir uns ja wieder unserer Arbeit zuwenden", seufzte Federle zufrieden, als er den letzten Rest Kartoffelsalat intus hatte, „weshalb sind wir denn jetzt eigentlich hier?"
Suse hatte sich immer mal wieder nach Neuankömmlingen umgesehen.

„Wir wollten uns mal ganz unverbindlich die letzte Geliebte unseres Herrn, na Ihr wisst schon wen ich meine, anschauen."

Am Nebentisch hatten einige Mitarbeiterinnen des Theater mit ihren Kaffeetassen Platz genommen. Sie sahen etwas merkwürdig aus. Drei noch sehr junge und eine etwas erwachsener wirkende rothaarige Frau, saßen dort und waren an T-Shirts und Hosen über und über mit Farbe bekleckert.

„Die sind aus dem Malersaal", wusste Suse zu berichten, „ich komme doch schon viele Jahre hierher zum Essen, ich kenne die Rothaarige gut." Und um diese Bekanntschaft zu beweisen, schickte sie ein freundliches „Hallo, Filomena", an den Nebentisch.

„Hi, Suse", kam es zurück, „hast Du den Mörder schon erwischt? Euer Fall ist ja Stadtgespräch. Wir haben auch gerade darüber geredet. Der Tote ist ja hier im Theater auch kein Unbekannter gewesen, der hatte bei einigen hier die Finger im Spiel, wenn man das so sagen darf." Und Filomena sah ihre Kolleginnen amüsiert und bedeutsam an.

Suse stellte zunächst richtig, dass sie natürlich den Mörder nicht alleine zur Strecke bringen könne.

„Aber, ich werde mein Bestes tun, es ganz alleine zu schaffen."

Netterweise stellte sie dann ihren Kollegen und Kiki den Dreien vor. Natürlich wurde der gut aussehende Federle von den drei Frauen sofort taxiert.

Auch Kiki, die als Berlinerin bezeichnet wurde, was ja auch nicht falsch war, wurde freundlich begrüßt.

„Ein schöner Name, Kiki Wunder", meinte Filomena anerkennend, „den hätte ich lieber, als meinen altmodischen.

„Altmodisch, aber ganz besonders", versuchte Federle sich charmant in den Vordergrund zu schieben. „solche Namen hört man heute nicht mehr oft. Aber, was meinten Sie, Filomena, wenn ich Sie so nennen darf, mit Ihrer Bemerkung über dieses „Hände im Spiel haben?"

„Ach Herr Federle, das müssen Sie schon selbst herausfinden", wehrte Filomena lächelnd ab, „das ist doch ihre Aufgabe.

„Schon", gab Federle zurück, „aber, wenn Sie mir dabei behilflich wären, würde ich Sie bei Erfolg gerne mal zu einem Gläschen Wein einladen. Vielleicht im Klosterhof?" Er warf Kiki einen amüsierten Blick zu. „Da hat ein neues Hotel eröffnet", wandte er sich dann wieder an die junge Frau, „das hat einen sehr schönen Garten und der Sommer kommt jetzt dann ja auch bald."

„So lange es noch so kalt ist, treffe ich keine Verabredungen für draußen", lachte die Rothaarige und stand auf. „Vielleicht ein anderes Mal! Ich versuche mein Bestes, um den Fall für Sie zu klären. Während meiner Arbeit wird es mir allerdings wahrscheinlich nicht gelingen." Sie war neben Suse stehen geblieben und flüsterte ihr leise etwas ins Ohr.

Dann verabschiedeten sich die Drei vom Malersaal im Vorbeigehen rasch mit einem „Tschüss" und einem Nicken und sie waren draußen, bevor noch jemand etwas sagen konnte.

Was war jetzt das gewesen? Kiki war sauer. Was sollte das denn? War dieser Federle etwa eifersüchtig auf den Herrn von der FWG? So ein Käse. Was dachte der sich eigentlich, mit wem sie sich einlassen würde. Doch nicht mit einem so viereckigen, dürren Menschen, der ein ganzes Leben lang einen Hass auf seinen Kollegen schob und möglicherweise sogar ein Mörder war. Dass er sie einladen wollte, dafür konnte sie doch nichts. Es war ihr eher peinlich, so wie es vielleicht auch dieser Filomena unangenehm war. Gezeigt hatte sie es zwar nicht und ein nüchterner Vergleich zwischen den beiden Männern fiel unbedingt zu Gunsten Federles aus.

„Mit ihm würde ich eher mal ein Glas Wein trinken, dort im Klosterhof oder auch irgendwo anders, nur warm müsste es sein, eine laue Sommernacht!"

Kiki war in Gedanken abgeschweift. „Ach, vergiss es", sagte sie zu sich selbst und wandte sich den beiden anderen wieder zu.
Sie hatten sich einen Kaffee geholt und rührten in ihren Tassen. Kiki, der ihre Schlaflosigkeit noch zu schaffen machte, hatte beschlossen, heute nicht mehr als eine Tasse Kaffee zu sich zu nehmen. Nur nicht wieder solche wachen Stunden durchstehen!
Suse berichtete mit leiser Stimme, dass Filomena sie auf die Sängerin hingewiesen hätte.

Alle drei versuchten daraufhin, unauffällig in die Richtung zu schauen, in der diese an einem Tisch ihr Essen verzehrte. Kiki war enttäuscht. Sie hatte die Frau zwar noch nie auf der Bühne gesehen, hatte jedoch das Künstlerfoto, das sie bei der Besprechung gesehen hatten, noch gut im Kopf. Das also sollte Baders letzte Geliebte gewesen sein.

Die Frau, die nicht weit von ihnen saß, war keineswegs überwältigend. Sie sah schon ganz gut aus, hatte ebenmäßige Gesichtszüge, schöne, volle Lippen und vor allem dichtes, schwarzes Haar.

„Doch, sie ist wirklich eine Schönheit", befand Kiki, „auch so, ungeschminkt und einfach gekleidet mit Jeans und einem blauen T-Shirt." Sie hatte nur etwas anderes erwartet, eine geschminkte, herausgeputzte Frau, eine Sängerin eben. Aber vielleicht musste man im Theater möglichst ohne große kosmetische Nachhilfe sein, damit die Maske richtig verändern konnte. Sie selbst war ja auch ziemlich zurückhaltend mit Kosmetika, sie benutzte solche Verschönerungsmittel nur sparsam und meist dann, wenn sie eingeladen war.

Frau Zummermann kam ihr in den Sinn und ihr träumerisches Gesicht, als sie von dem Sonnenbrand erzählt hatte. Bei dieser Frau konnte Kiki sich das überhaupt nicht vorstellen. Da hatte ihr ihre Wirtin wohl einen Bären aufgebunden. Diese Frau in Wanderschuhen nackt hinter einem Felsvorsprung, nein, das schien ihr wirklich völlig unmöglich. Das war wohl eine etwas handfestere Geliebte dieses Herrn Bader gewesen.

Der Sängerin, „sie heißt Ella Mutelli", erinnerte Suse sie flüsternd, schien das Essen wirklich zu schmecken. Aber wieso auch nicht? Selbstvergessen studierte sie eine Partitur, die neben ihr auf dem Tisch lag und schob sich nebenbei die einzelnen Bissen in den Mund.

„Ob sie wohl von Baders Tod noch gar nichts weiß", fragte Kiki die anderen, „sie scheint ja von Trauer völlig unberührt."

„Ich denke, ich gehe mal rüber und spreche mit ihr". Entschlossen stand Suse auf.
Federle hielt sie zunächst zurück:

„Das können Sie nicht machen, hier, vor allen Leuten. Und wo ist denn der Kollege Manni? Er sollte doch bei ihren Befragungen mit dabei sein."

„Wir sind in der Mittagspause, schon vergessen? Kollege Manni hatte heute großen Appetit auf eine Pizza und ist in die Pizzeria Helfenstein gegangen. Da sind die richtig gut, müssen wir auch mal hin. Kommst Du mit, Kiki?"

Zu Federle sagte sie noch: „Bis gleich!" und ließ ihn mit seinem Protest sitzen. Kiki folgte ihr zögernd zum Ecktisch hinüber. Die Frau sah überrascht auf, als sie gleich zwei Personen vor ihrem Tisch stehen sah, die sich, obwohl sich die Kantine inzwischen ziemlich geleert hatte, ausgerechnet an ihren Tisch setzen wollten.

„Aber bitte", sagte sie dann freundlich und zeigte auf die leeren Stühle.
Kiki hatte bisher noch wenig Gelegenheit gehabt, mit Suse zusammen zu arbeiten. Jetzt bewunderte

sie die Feinfühligkeit, mit der sie das Gespräch in Gang brachte. Zunächst sprach sie über die Kunst ihres Gegenübers, über die gute Presse, die sie immer habe und über ihre wenige Zeit, die ihr den Theater- bzw. einen Opernbesuch doch sehr erschwere.

„Wir beide sind Polizistinnen, klärte sie die Sängerin über ihren Beruf auf und nannte dann ihre Namen.
Irgendwie schien diese nun doch etwas irritiert zu sein; sie fragte verwundert:

„Wollen Sie denn etwas Bestimmtes von mir? Oder möchten Sie etwa ein Autogramm? So berühmt bin ich allerdings noch nicht", sagte sie lachend.
Suse verneinte und wollte von ihr wissen, ob sie heute schon die Tageszeitung gelesen habe, was Frau Mutelli verneinte. Sie sei erst am Vormittag von einem Gastspiel in Wuppertal zurückgekommen. Sie habe dort im Theater die Marie gesungen im „Wozzeck", sei dann direkt vom Bahnhof ins Theater zur Probe gegangen und müsse sich jetzt dringend mit ihrem Gesangspart vertraut machen.

„Sie müssen mich also schon aufklären über den Zeitungsinhalt, der anscheinend so wichtig ist, dass gleich zwei Polizistinnen bei mir erscheinen", meinte sie etwas ungeduldig.
Nachdem Suse dann auch noch ihre Abteilung, die Kriminalpolizei, preisgegeben hatte, wollte Frau Mutelli endlich wissen, was los ist.

„Es hat einen Toten gegeben, das wollten wir Ihnen persönlich mitteilen, Frau Mutelli, und dieser Tote ist ein Bekannter von Ihnen."

Als sie dann den Namen des Toten erfuhr, wurde sie zunächst kreidebleich. Ihre Hände zitterten und sie musste sich an der Tischkante festhalten. Sie sah die Polizistinnen mit weit aufgerissenen Augen an und dann kam aus ihrem Mund ein verzweifeltes „Nein!" hervor und immer wieder „Nein!, Nein!, Nein, nicht der Hannes."

Kiki lief zur Theke und besorgte ihr ein Glas Wasser, das sie in großen Schlucken leerte.

„Das ist doch nicht möglich, ich habe ihn am letzten Freitag noch gesehen, da hat er noch gelebt. Wir waren zusammen beim Italiener um die Ecke, also im Franko, essen. Das kann ich ja jetzt so sagen, er ist von zu Hause ja ausgezogen. Dann haben wir bei mir die Nacht verbracht. Er hat mich noch zum Bahnhof gefahren und, und, und..." Sie schien die Nachricht einfach nicht fassen zu können, weinte in ihre Serviette und schluchzte heftig, ohne sich um die anderen Gäste im Raum zu kümmern.

„Ist etwas nicht in Ordnung hier? Kann ich Dir irgendwie behilflich sein?" Ein anderer Gast, anscheinend ein Kollege der Sängerin, war an den Tisch getreten und hatte ihr die Hand auf die Schulter gelegt. Er blickte misstrauisch auf die beiden Polizistinnen.

„Nein, Carlo, ist schon gut", beruhigte ihn die Frau und drehte das tränennasse Gesicht zur Seite.

„Wir wollen noch kurz mit ihrer Kollegin reden, vielleicht kümmern Sie sich nachher um sie", bat Kiki den Mann, der langsam wieder an seinen Platz zurückging.

„Wie kann ein so lebendiger und gesunder Mann einfach so plötzlich sterben?" fragte die Sängerin sich und die beiden Frauen vor ihr verzweifelt und schüttelte ihren Kopf hin und her. „An was ist er denn gestorben?" So langsam schien sie die Tatsache seines Todes doch realisieren zu können.

„Er wurde ermordet, von wem wissen wir noch nicht. Deshalb befragen wir seit gestern alle, die im engeren Sinne mit Herrn Bader zu tun hatten."

„Oh Gott, ermordet, wie schrecklich!"

Ja, das fanden allerdings auch Suse und Kiki. Die näheren Einzelheiten solle sie doch bitte der Zeitung entnehmen, mehr könnten sie ihr zum jetzigen Zeitpunkt nicht sagen.

Sie wollten dann doch noch kurz die Abfahrts- und Ankunftszeiten ihres Zuges wissen, wann die Aufführung in Wuppertal gewesen sei, warum sie erst einen Tag später nach Ulm zurückgefahren sei und noch Einiges mehr.

Auf die obligatorische Frage nach den möglichen Feinden, konnte Frau Mutelli nur die Ehefrau nennen, obwohl die doch vor kurzem reinen Tisch gemacht hatte. Zu früheren Geliebten wollte sie sich nicht äußern und die Finanzen ihres Geliebten seien ihr ziemlich egal gewesen. Er habe immer genug Geld in der Tasche gehabt, um zu bezahlen, wenn er sie eingeladen hatte. Sie habe keinerlei Grund gehabt, ihn zu ermorden.

Auf die Frage, ob er sich etwa von ihr habe trennen wollen, gab sie nur ein kurzes, trockenes Auflachen von sich. Er von ihr? Eher sie von ihm. Er sei in letzter Zeit nicht mehr sehr amüsant gewesen. Oft habe er ziemlich deprimiert gewirkt und nachdem er über irgendwelche Sorgen nicht habe reden wollen, habe sie schon hin und wieder daran gedacht, die Beziehung zu beenden, das gebe sie zu. Aber jemanden töten, um eine etwas ausgetrocknete Liebschaft zu beenden, das sei doch geradezu pervers. Auf so einen Gedanken würde sie im Leben nie kommen, so etwas sei ihr völlig fremd.

Suse machte daraufhin noch einen Termin für den morgigen Vormittag auf der Dienststelle aus und dann überließen sie die wieder heftig Weinende ihrem hilfsbereiten Kollegen. Im Hinausgehen nahmen sie Federle mit und als sie draußen waren, stießen sie erst mal heftig die Luft aus.

Das war eine traurige Angelegenheit. Ob ihnen diese Theaterfrau etwas vorgespielt hatte? Sie konnten es schlecht beurteilen und waren sich völlig uneins darüber.

Nur Federle, der ja ein Auge für schöne Frauen hatte, war überzeugt, diese Frau würde nie im Leben einen Mann wie Bader um die Ecke bringen, wie er es nannte.

11

Im Besprechungsraum holten sie sich dann erst mal einige ausliegende Zeitungen. Es war unglaublich, was diese Blöd-Zeitung wieder zusammengeschwafelt hatte. Auch andere große Tageszeitungen hatten den Fall aufgegriffen und waren nicht zimperlich mit der Darstellung.

Ihr Gesprächspartner vom Vortag, Herr Dr. Grün, war sich nicht zu schade gewesen, ein Interview zu geben.

„Ausgerechnet der, der sollte sich doch lieber etwas bedeckt halten", murrte Federle.

Jetzt hatte die Journaille doch zugeschlagen. Kiki hatte es ja geahnt. Einen solchen Politthriller ließen die sich nicht entgehen. Zunächst ging es hier ja nur um die verschwendeten und verschwundenen Gelder. In dunklen Donaukanälen versenkt? war noch ein milder und nicht ganz falscher Titel, Kiki musste lachen. Sie zeigte Suse die Überschrift.

„Natürlich liegt das fehlende Geld nicht im Wasser, es ist schon auf einem unbekannten Konto gelandet oder sogar auf mehreren."

„Ja", überlegte Kiki, „irgendwo müssen verschwundene Steuergelder ja bleiben, sie können sich doch nicht in Luft auflösen."

Merkwürdig, von den zahlreichen Geliebten Baders fand sich noch kein Wort. Die Witwe Baders wurde mit der Hand vor dem Gesicht vor ihrer massigen Villa gezeigt.

„Klar doch", wusste Federle wieder einmal Bescheid, „die Zeitungen wollen das Ganze doch ausschlachten, da bringen sie es lieber tröpfchenweise, dann reicht es länger. Bis der nächste Skandal sich anbietet."

Der Raum hatte sich langsam gefüllt. Sie waren jetzt doch sieben Ermittler, die auf den Fall angesetzt waren.
Herr Roth kam mit einem dicken Stapel von Unterlagen herein, gefolgt vom wirbelnden Praktikanten.
„Besser ein Wirbelwind, als eine dröge Schnecke", musste Kiki bei seinem Anblick denken.
Herr Roth bat um Aufmerksamkeit und machte ein sehr ernstes Gesicht. Ob sie wohl schon den Mörder gefasst hatten? Und alles war an ihr, Kiki, vorbeigegangen? Hatten sie und Federle die „diffizilen", aber unwichtigen Gespräche geführt. Das hätte ihr Manni doch sicher geschrieben. Er war ja flott im Simsen. Sie nahm noch schnell und verstohlen ihr Handy aus der Tasche. Keine Nachricht.

Fast hätte sie verpasst, was der Einsatzleiter jetzt mit bedrückter Miene verkündete. Frau Bader, also die Noch-Ehefrau Baders, hatte einen Selbstmordversuch unternommen. Sie hatte bei ihrer Vernehmung, die er selbst vorgenommen habe, zunächst ganz gefasst und sogar etwas heiter gewirkt, wenn man so sagen könne; sie sei sehr kooperativ gewesen.
Über die letzten Tage Baders habe sie natürlicherweise nicht viel sagen können, er lebte ja nicht mehr zu Hause. Wie sie gehört habe, hätte er oben

am sogenannten Hochsträß in einem der Studentenwohnheime ein kleines Domizil gefunden. Für seine wechselnden Liebschaften, habe sie hämisch bemerkt. Solche Männer fänden immer etwas Passendes. Die Seilschaften funktionierten auch noch wenn die Kohle nicht mehr so floss.

Dafür gab sie umso mehr über die finanziellen Transaktionen ihres Mannes preis. Sie habe alles an Schriftlichem herausgerückt, was sie gefunden hatte.

Sie selbst sei jetzt leider finanziell auch nicht mehr gut gestellt. Sicher, die Villa habe ihr Vater, sehr vorausschauend, nur auf ihren Namen eintragen lassen. Die bleibe ihr wohl. Aber die anderen Schulden! Sie werde ja von den Leuten schon seit einiger Zeit schief angesehen und nach dieser Sache jetzt, wie sie den Tod ihres Mannes nannte, würde es wohl noch schlimmer werden.

Sie könne doch nicht allen Leuten sagen, dass sie damit nichts, aber auch gar nichts zu tun habe. Wie sollten die Leute auch wissen, wie sehr sie betrogen worden sei und nicht nur in einer Hinsicht.

Er, Dr. Roth habe ihr die Liste der Geliebten ihres Mannes vorgelegt. Sie kannte einige Namen, die meisten konnte sie nicht bestätigen, weil sie seit einigen Jahren schon nichts mehr von seinen Seitensprüngen wissen wollte. Sie habe irgendwann weggeschaut und weggehört.

Am Ende, sei sie dann doch noch in Tränen ausgebrochen. Wahrscheinlich weniger über den toten Mann, sondern mehr über ihre eigene verkorkste Lage.

Und jetzt also der Selbstmordversuch. Sie habe genügend Tabletten geschluckt, sei aber noch rechtzei-

tig von ihrer Tochter gefunden worden, die früher als geplant nach Hause gekommen war.
Die Tochter, die er eigentlich für den Nachmittag zu sich bestellt habe, sei deshalb verständlicherweise nicht ansprechbar.

„Immer noch keinen Mörder also und keine Mörderin." Mit dieser, laut geäußerten, bedauernden Feststellung, brachte Kiki eine erregte Diskussion in Gang. War dieser Versuch, sich das Leben zu nehmen, auch ein Hinweis auf die Tat oder gar ein Schuldeingeständnis? Ein hieb- und stichfestes Alibi für die Tatzeit, so Dr. Roth, konnte Agnes Bader auch nicht vorweisen.
Sie sei am Abend des ersten Mai zuhause gewesen. Dr. Roth blätterte suchend in seinen Papieren.
Aber nur der Hund könne das bezeugen, habe sie angegeben. Jetzt hatte er wohl seine Notizen gefunden. Die Tochter sei an ihrem Studienort in Freiburg geblieben und nachdem sie am Nachmittag mit zwei Freundinnen, übrigens, sagte er anzüglich, mit Blick auf Kiki, „eine davon war diese gewisse Frau Zummermann, die Sie ja gut kennen", Kaffee getrunken habe, im Hotel Maritima oben im Turm-Café, habe sie nur noch den Tatort angeschaut und sei dann ins Bett gegangen.

„Du meine Güte, da schauen sich die verlassenen Ehefrauen den Tatort in der Glotze an und ermorden dann flott ihre Männer", kam es da flapsig von Mannis Seite.

„Herr Kollege!" ermahnte ihn der Vorsitzende säuerlich.

„Weshalb aber dann dieser Selbstmordversuch?" Suse konnte so etwas gar nicht leiden. Man brachte sich doch nicht selbst um. „Das Leben ist doch auch ohne Männer schön!"

Diese Bemerkung, ausgerechnet aus ihrem Mund, brachte alle zum Lachen. Kiki spürte, wie gut es ihr tat, inmitten dieser traurigen Nachrichten lachen zu können. Sie spürte, wie Federle sich zu ihr beugte und ihr das Haar zur Seite strich.

„Sind Sie der gleichen Meinung, Frau Kiki? Oder ist es mit Männern doch etwas schöner, das Leben?" flüsterte er ihr ins Ohr. Kiki musste noch mehr schmunzeln.

„Mal so, mal so", zog sie sich aus der Affäre. Wenn dieser Federle wüsste! Immerhin begleitete er sie schon in ihre Träume und gegen eine neue Beziehung hätte sie gewiss nichts einzuwenden.

Dr. Roth brachte die Diskussion wieder auf Arbeitsniveau und zügig wurden die erfolgten Ermittlungen besprochen.

Die beiden Geldgeber Baders hatten für den Zeitpunkt des Mordes zwar ein Alibi, allerdings hatten sowohl die Frau des Urologen, als auch die Gattin des Bauunternehmers zur Tatzeit tief und fest geschlafen. Die Ehemänner an ihrer Seite hatten dasselbe für sich angegeben. Zwei Alibis auf wackligen Füßen also. Dennoch war es sehr unwahrscheinlich, dass sie gemeinsam ihren Kreditnehmer, auch wenn das Geld in dunklen Kanälen verschwunden war, dass sie also zusammen diesen Bader ermordet haben sollten.

„Aber, lassen wir die Tatsachen nicht außer Acht. Es war wohl so, wie die Gerichtsmedizin es sieht, eine Affekthandlung, oder, es könnte natürlich auch ein Unfall gewesen sein. Möglicherweise trafen sich die drei Personen ohne Tötungsabsicht. Es kam zu einem heftigen Streit. Einer der drei Männer, unser Toter, stürzte auf den bewussten Stein, war ohne Bewusstsein und stürzte ins Wasser."

Der Kollege Alber sprach aus, was alle dachten:

„Da sind aber noch einige Sachverhalte ziemlich unklar. Wenn ich die Fotos richtig deute", und er zeigte zur vorderen Wand, „dann war der Tote nackt, als man ihn aus dem Wasser zog. Wozu sollte das denn gut sein, die Kleidung auszuziehen und ihn dann noch ins Wasser zu werfen?"

„Die Täter wollten verhindern, dass wir die Identität des Toten feststellen können", meinte Manni und Suse war der Ansicht, dass die zwei Männer wohl ziemlich dilletantisch vorgegangen seien, Profis seien das wohl nicht gewesen.

„Möglicherweise hatten sie gar nicht bemerkt, dass der Tote noch gar nicht tot war."

„Was ist mit Reifenspuren, haben wir da Erkenntnisse?" wollte Federle wissen."

Es gab sie, aber leider waren sie nur noch ansatzweise zu sehen, berichtete Dr. Roth. Es hatte ja leicht geregnet in dieser Nacht und außerdem war es nicht sicher, ob die Spuren tatsächlich vom Tatauto stammten. Es musste auf der gegenüberliegenden Seite des Baches gestanden haben und war den Tätern nicht eindeutig zuzuordnen.

„Wenn wir nur etwas mehr über das Motiv wissen würden." Kiki versuchte in solchen Situationen die psychologische Seite einer Tat zu erforschen.

„Hier ging es eindeutig um Kohle", war sich Manni sicher, „wo wir auch hinschauen, immer geht es hier ums Geld."

„Das eigentliche Motiv, liebe Kolleginnen und Kollegen, erfahren wir erst durch ein Geständnis. Aber lassen Sie hören, was sie bisher in Erfahrung gebracht haben."

Manni und Suse hatten einige „Verflossene" des Herrn Bader, wie Manni sie nannte, gesprochen und ihr Verhältnis zu diesem und ihr Alibi für die Tatzeit überprüft. Sie waren noch nicht durch mit der Liste. Suse berichtete von ihrem Gespräch mit der Sängerin und ihrem Gastauftritt in Wuppertal.

„Davon weiß ich ja gar nichts, Du hättest mich auch informieren können", beschwerte sich Manni lautstark.

Ach du meine Güte, Manni war mal wieder sauer. Er konnte es überhaupt nicht haben, wenn er das Gefühl hatte, übergangen worden zu sein. Hektisch zupfte er an seinem Oberlippenbart.

Irgendwie passte das gar nicht zu ihm, dieses Oberlippenbärtchen. Kiki betrachtete ihn genauer. Eigentlich brauchte er doch keine Haare im Gesicht, er hatte sie doch auf dem Kopf und wie viele, da wären manch Andere froh darüber.

Sie selbst mochte Männer mit Bart eigentlich nicht, die hatten doch alle etwas zu verbergen. Vielleicht hatte Manni ja, seiner Meinung nach, eine zu kurze Oberlippe. Und mit so einem Bart auch noch geküsst werden! Eine Vorstellung, igitt!

„Wir Frauen können uns doch bei Defiziten im Aussehen auch nicht einfach Haare im Gesicht wachsen lassen", dachte sie, „aber vielleicht bin ich nur neidisch, weil ich nichts kaschieren kann." Sie musste Manni einmal nach seinen Gründen für den Bartwuchs fragen. Gott sei Dank trug Federle keinen Bart. Sonst hätte sie ihn gleich abschreiben können. Als sie kurz zu ihm hinüber sah, lächelte er sie an, als habe er ihre Gedanken erraten. Bloß das nicht!

Manni und Suse waren mit ihrem Bericht zu Ende. Alles wenig ergiebig.

„Überprüfen Sie auf jeden Fall die Angaben der Sängerin. Lassen Sie die Dame doch durchaus mal vortanzen oder besser vorsingen", versuchte Dr. Roth einen Scherz. Sie soll unbedingt ihre Fahrscheine mitbringen. Wenn sie am Samstagabend in Wuppertal gesungen hat, könnte sie ja doch am Sonntag zurückgefahren sein. Oder hatte sie zwei Aufführungen zu singen?"

„Das mit dem Verlassenwerden, dass eher sie ihn, als er sie los werden wollte, scheint auch nicht gerade schlüssig zu sein, bei seinem Frauenverschleiß", mischte sich Ferderle ein.

Die Sitzung verlief insgesamt enttäuschend. Es waren keine weiteren Anhaltspunkte zu Tage gekommen. Auch die Eltern Baders, die schon sehr betagt in Söflingen in einem betreuten Wohnprojekt lebten, hatten zu den Geschäften ihres Sohnes, zu möglichen Feinden und so weiter keine Angaben machen können.

„Ja leben denn in diesem Fall alle in Söflingen", konnte sich Dr. Roth nicht verkneifen. „Schade, dass es dort keine eigene Kriminalabteilung gibt, sonst könnten wir denen den Fall übergeben und wir wären aus dem Schneider. Söflinger aller Länder vereinigt euch und löst diesen verzwickten Fall!" ließ er sich wieder zu einer seiner kleinen, scherzhaften Bemerkungen hinreißen.

Kiki und Federle bekamen dann noch die Aufgabe, den Schwiegervater Baders, Herrn Apotheker Riedle, wie Roth ihn nannte, zu befragen.

„Auch wieder eine „diffizile" Angelegenheit, dieser Herr Apotheker?" konnte Kiki sich mit Betonung auf „Herr'" nicht verkneifen zu fragen, worauf Dr. Roth sie nur prüfend über die Gläser seiner Brille hinweg anschaute und genervt den Kopf schüttelte. Schon wieder eine Gelegenheit, dachte Kiki, für das schon lange entschwundene pubertäre Erröten dankbar zu sein. Dieser Doktor Roth kam ihr immer wie ein Erdmännchen vor, wenn er seinen Oberkörper streckte, über seine Lesebrille hinweg in die Runde blickte und um Aufmerksamkeit bat. Eigentlich war er sehr possierlich, ihr Chef.
Nachdem alle aufgefordert waren, keinesfalls mit der Presse und schon gar nicht mit der Blöd-Zeitung zu reden, gingen sie etwas frustriert auseinander.

12

Suse las Kiki am Kaffeeautomaten noch einige Passagen aus der Blöd-Zeitung vor. Das war schon hanebüchen, wie Suse es nannte, was die zusammengeschrieben hatten. Da musste man gar nicht besonders empfindlich sein, um hier die Nerven zu verlieren.

„Und wo die diese ganzen Frauen aufgetrieben haben, die der Bader vernascht hat." Suse schüttelte den Kopf. „Die können doch nicht so dumm sein und das alles ausgeplaudert haben, was hier steht." Dann las sie genüsslich vor, was diese Geliebten und ihr Hallenkönig alles zusammen getrieben haben sollten, von vorne und hinten, von oben und unten und das vor allem besonders gerne im Wasser.

„Du meine Güte, der muss Zeit gehabt haben, bei so ausgedehnten Aktivitäten, da wundert es mich nicht, wenn das Geld flöten ging."

„Ach was, jetzt fällst Du auch noch darauf rein!" Kiki entriss ihr das Blatt und warf es in den Papierkorb. „Ist doch alles erlogen, das weiß man doch seit Wallraffs Zeiten. Über seine verdeckten Recherchen habe ich mal ein Buch gelesen, aber hallo, da schlackern dir die Ohren! Die lügen, dass sich die Balken biegen. Gegen dieses Blöd-Blatt ist sogar schon meine Mutter auf die Straße gegangen und meine Großmutter auch."

„Was, Deine Mutter hat auch schon demonstriert. Bist Du etwa auch schon auf der anderen Seite gestanden?" Suse nahm ihren Kaffee und sah Kiki misstrauisch an.

„Wenn es um etwas geht, was uns alle angeht, dann kann man doch nicht immer nur Polizistin sein. Und außerdem", Kiki schaute Suse trotzig an, „war ich seinerzeit noch nicht bei den Bullen, wie ich sie damals genannt habe."

„Wow!" Suse war beeindruckt. „Na ja, Burlafingen ist halt nicht Berlin. Wer weiß, was aus mir geworden wäre, wenn ich woanders aufgewachsen wär."

„Auf jeden Fall eine ebenso tolle Frau wie jetzt." Kiki sah diese sympathische, schnucklige Frau bewundernd an. Doch, aus einem so kleinen Nest zu stammen und dann eine solche Karriere zu machen, einmal geschieden und mit ihren fünfunddreißig Jahren immer noch so jung und voller Tatendrang, das war schon was. Und gut sah sie aus, diese kleine Polizistin, die da vor ihr stand, mit ihren langen schwarzen Haaren und ihrer dunklen Haut, voller Energie und von ihrem Beruf überhaupt noch nicht verbittert. Ihre braunen Augen strahlten, während sie ihrerseits Kiki über den Kaffeebecher hinweg bewundernd ansah.

„Wir vertiefen das Thema ein anderes Mal, ich muss los, die Arbeit wartet auf uns." Kiki ließ einen zweiten Becher Kaffee für Federle aus der Maschine. Sie könnte ruhig auch mal etwas freundlicher zu ihm sein, nahm sie sich vor, hin und wieder einen Becher Kaffee spendieren, konnte nicht schaden.

In seinem Büro besprachen sie dann noch einmal das bisher Erreichte. Beide waren sie enttäuscht, über den schleppenden Fortgang der Ermittlungen.

Es ärgerte sie, dass der dritte Finanzier nicht greifbar war. Allerdings war nicht sicher, ob er an den Geschäften Baders tatsächlich beteiligt war. Die Angaben über seine Beteiligung waren von Stiftle, dem Redakteur, den Dr. Roth gesprochen hatte, gekommen. Allerdings hatten die beiden anderen Geldgeber von einem Dritten nichts gewusst. Ob deshalb alles stimmte, wurde gerade überprüft und war sowieso Gegenstand der kürzlich erfolgten Insolvenz. Da würde sich sicher noch so Einiges ergeben. Trotzdem, Federle und Kiki interessierten sich für einen Mörder. Die Aufdeckung solcher Steuerbetrüger war nur ein Aspekt am Rande, konnte jedoch durchaus mit der Tat zusammenhängen.

Dennoch hätte sie dieser Dritte im Bunde der Geldgeber besonders interessiert. Die Kollegen hatten sich eifrig über ihn ausgelassen und jeder hatte noch etwas Abstruseres gewusst. Aus all den Merkwürdigkeiten hatte sich für Kiki ein wirres Bild ergeben. Nach allem was sie gehört hatte, sollte dieser Herr Schnurzer wohl der, mit Betonung auf der, wie der Kollege Manni sagte, Günstling des hiesigen Kulturbürgermeisters sein. Dieser hatte dem, wie sie sagten, „verkrachten Ingenieur", extra eine Stelle in der Verwaltung geschaffen und diese war angeblich nicht zu knapp dotiert. Daraus sei mit den Jahren ein Büro geworden, dann eine ganze Dienststelle mit Mitarbeitern und allem Pipapo. Dieser „verkrachte Ingenieur", sei dann mit den Jahren, ohne sich irgendwie zu qualifizieren, vom einfachen Sachbearbeiter über den Büroleiter zum Direktor aufgestiegen. Da lachte angeblich die ganze Stadt darüber.

Woher das Geld für diese Günstlingswirtschaft gekommen sei, wisse niemand so genau, aber eines sei sicher, privates Geld sei es nicht gewesen.

„Irgendwo müssen unsere Steuergelder ja geblieben sein", hatte Kollege Albers gelacht.

Es sollte sich bei der Sache irgendwie um eine Software-Geschichte handeln. Zunächst sei es nur um die Aufstellung von Informationsstelen für Touristen in der Stadt selbst gegangen, dann wohl entlang der Donau und zuletzt hinunter bis zum Schwarzen Meer. So genau wusste niemand, was das Ganze sollte. Das mit der Aufstellung in der Stadt selbst, sei offensichtlich misslungen, was andernorts sei, das war ihnen nicht bekannt.

„Sie sind doch neu hier, Frau Wunder, haben Sie schon irgendwo in dieser Stadt eine Info-Stele entdeckt?", wollte Kollege Albers schmunzelnd wissen. „Es gab durchaus einmal eine Reihe von diesen Dingern, aber die verrotten angeblich jetzt im tiefen Rathauskeller. Und man munkelt, dass die nicht billig gewesen seien, das ging in die Millionen, sage ich Ihnen."

Auf Nachfrage Kikis, hatte auch niemand sagen können, wieso die Stadträte diesem Treiben nie einen Riegel vorgeschoben hatten, da seien doch die unterschiedlichsten Parteien mit unterschiedlichen Interessen vertreten, hatte sich Kiki gewundert.

„Da wäscht eben eine Hand die andere", meinte ein Kollege und ein anderer brachte auch noch das von der Krähe, die einer anderen kein Auge aushackt, ins Spiel.

Zwei Halleninvestoren mit einem wackligen Alibi, die ihre Finanzen in den Sand gesetzt hatten und einer, der nicht zu fassen war und möglicherweise das Geld für solche Transaktionen gar nicht hatte. Interessant, interessant!

Also mussten sie sich mit dem Apotheker als möglichem Täter befassen. Wie sollten sie dabei vorgehen. Sollten sie ihn „diffizil" einladen, wie Kiki anzüglich bemerkte, oder sollten sie ihn einfach in seiner Apotheke überraschen? Da er im Augenblick kein ausgewiesener Tatverdächtiger war, entschlossen sie sich, das Ganze vorerst als informelles Gespräch zu behandeln und selbst bei ihm vorbei zu schauen.

Kiki kam der Selbstmordversuch Agnes Baders in den Sinn.

„Diese Agnes Bader ist doch die Tochter des Apothekers. Wir wissen ja nicht, wie ihn die Sache mitgenommen hat. Auch wenn die Frau jetzt gerettet ist, vielleicht sitzt er doch noch an ihrem Bett und will mit uns nichts zu tun haben."

„Wir melden uns auf jeden Fall an", entschied Federle, „ vielleicht ist er tatsächlich nicht zu sprechen. Seine neue Apotheke liegt mitten in der Fußgängerzone, ich kenne sie gut, Superlage, ich habe mich mit meinem Geld auch schon an ihr beteiligt."

„Wie, an was haben Sie sich beteiligt?" Kiki war geradezu schockiert, „Sie sind Teilhaber an einer Apotheke?"

Federle lachte laut auf.

„Mit meinen Zuzahlungen und mit meinen Einkäufen natürlich. Sie sind mir noch nicht sehr nahe gekommen, liebe Kiki, sonst hätten Sie den betörenden Duft der Olive schon an mir wahrgenommen."

„Wer weiß schon, was der Tag noch so bringt, außer einem tatverdächtigen Apotheker, lieber Fritz", überspielte Kiki ihre Begriffsstutzigkeit und ließ das weiche Friets, wieder so richtig hart klingen.
Er schaute sie lächelnd an, als würde er sich über jede Form von Vertraulichkeit ihrerseits freuen, auch wenn es nicht sehr liebenswürdig war, seinen Vornamen so berlinerisch zu betonen.
Aber mit seiner Vermutung hatte er dieses Mal Unrecht. Sie hatte durchaus schon den feinen Geruch, der ihn umgab, registriert und auch versucht, die Duftnote zu entziffern. Es war ein nicht unangenehmer, wenig aufdringlicher Geruch, der ihr gefiel. Olive also, jetzt wusste sie es.
Mit ihrer Befürchtung, dass der Herr Apotheker möglicherweise nicht da sein könnte oder sich gar verleugnen lassen würde, hatten sie sich jedoch getäuscht. Er habe sie schon erwartet, rief er so laut ins Telefon, dass Kiki jedes Wort mithören konnte. Oh je, das konnte ja heiter werden! Ein Schwerhöriger etwa? Sie sollten gleich vorbeikommen, dann würde er ihnen schon etwas erzählen, über diesen Hallodri, der jetzt auch noch seine Tochter in den Selbstmord getrieben habe.

Aus der Apotheke, wo sie ihn hinter der Theke stehend fanden, führte er sie ins zweite Stockwerk. Sie fuhren in einem glänzenden, neuen Aufzug, in einem ganz neuen Gebäude, nach oben.

„Ich denke, Sie bauen erst", konnte sich Kiki nicht bremsen, als er sie in ein wunderschönes, neu eingerichtetes Büro führte. Hier war alles vom Feinsten. Edles Holz überall, dunkler Parkettboden und schöne Teppiche. Sie durften sich vor dem Schreibtisch in zwei bequeme kleine Sessel setzen, er nahm eilig dahinter Platz.

„Das ist der erste Bauabschnitt hier, um die Ecke geht's weiter", fertigte er Kikis Frage kurz ab. Für seine Bauten hatte er jetzt wohl keinen Sinn, der Herr Apotheker. Die Untaten seines Schwiegersohnes waren es, über die er erzählen wollte.

Und er erzählte nicht nur, er schrie Kiki und Federle geradezu an. Kiki konnte keinen Hörapparat entdecken. Anscheinend war es seine Art, sehr laut mit den Leuten zu reden oder aber, er würde zwar ein Hörgerät brauchen, wollte es aber nicht wahrhaben. Immerhin war er schon gut an die siebzig, wie Kiki schätzte.

Herr Riedle bestätigte es ihnen auch sofort, indem er lauthals rief, so ein Halunke, wie dieser Bader, sei ihm in seinem über siebzigjährigen Leben nur einmal vorgekommen.

Und dann ging es los. Was dieser Mann alles verbrochen hatte! Die Aufzählung dauerte nicht nur wenige Minuten. Kiki hatte einen Block mitgenommen und notierte sich anfangs einige der angeführten Untaten, ließ aber bald den Stift sinken und betrachtete fasziniert den Mann hinter dem Schreibtisch.

Mit der Mitgiftjägerei des ehemaligen Schwiegersohnes fing er an, dieser jetzt verflossene Schwiegervater. Wie Bader seine Tochter hereingelegt hatte. Wie er ihr Brei „ums Maul" geschmiert habe. Wie er ihr ein

Kind aufgehängt habe und sie dann, ganz berechnend geheiratet hätte. Er habe damals seine Tochter gewarnt und sei sogar bereit gewesen, das Kind alleine aufzuziehen. Heute sei das ja nicht mehr so eine Schande wie noch vor fünfzig Jahren.

„Wie, was", musste Kiki denken, „er wollte das Kind alleine aufziehen, er?"

Normalerweise taten das die Mütter. Siria, ihre Mutter kam ihr in den Sinn. Da wäre es ihr schon lieber gewesen, alleine bei ihrer Mutter, als bei einem solch derben Großvater aufzuwachsen. Vor einem solchen Schicksal war sie ja, dem Himmel sei Dank, bewahrt worden.

Die Frau ihres Gegenübers war, wie Kiki aus den Unterlagen wusste, vor einigen Monaten an einem Herzinfarkt gestorben. Kein Wunder, bei diesem heftigen Temperament und bei einem solch herrischen Gehabe, das der Mann hier an den Tag legte. Und jetzt hätte er beinahe auch noch seine einzige Tochter verloren. Irgendwie tat er ihr sogar leid, dieser Schreihals, der sich kaum bremsen konnte.

Während er weitere Untaten des Toten aufzählte und in allen Einzelheiten ausmalte, betrachtete sie diesen Apothekenunternehmer genauer. Seine spitze Nase stach bei seinen giftigen Worten wie ein Stichel durch die Luft.

„Als wollte er den Toten noch einmal erstechen", dachte Kiki, „oder zerhacken". Dass er keinen Schaum vor dem schmallippigen Mund hatte, verwunderte sie. Hin und wieder flog tatsächlich ein kleines weißes Tröpfchen Spucke, aus seinem Mund in ihre Richtung, so sehr ereiferte er sich.

Nein, er war kein schöner Mann, dieser Riedle und die giftigen Tiraden machten ihn noch unsympathischer. Was immer Bader auch verbrochen haben mochte, man konnte verstehen, dass er es mit diesem Schwiegervater schwer gehabt hatte.

Seine lautstarken Ausführungen und Beschimpfungen unterstrich er auch noch durch rhythmisches Klopfen mit seinem rechten Zeigefinger auf seine Schreibtischplatte. Es klang dumpf und hohl, als ob letzte Erde auf einem Sarg treffen würde.

„Da wird der Tote schon begraben", dachte Kiki, „noch ehe sein Leichnam freigegeben ist."

Nach einiger Zeit zog der Apotheker Papiere aus einer Schublade. Einen ganzen Stapel hatte er wohl zusammengetragen.

„Hier", schrie er, hektisch klopfend, „hier sind die Beweise für alles!"

Es schien als sei das für Federle das Signal gewesen, einzugreifen:

„Sie scheinen kein allzu gutes Verhältnis zu ihrem Schwiegersohn gehabt zu haben."

„Wie denn auch", kam es zurück, „zu einem solchen Sauhund kann man überhaupt kein Verhältnis haben, höchstens er hatte Verhältnisse, mehr als genug. Fragen Sie da mal meine Tochter, was die mitgemacht hat. Er hat sie nicht nur betrogen, sondern auch noch lächerlich gemacht. Das war geradezu geschäftsschädigend, was der getrieben hat." Seine Stimme klang plötzlich verdächtig nach unterdrückten Tränen. Er würde doch jetzt nicht noch aus lauter Mitgefühl für seine Tochter anfangen zu weinen!

„Aber Sie haben ihm und ihrer Tochter doch eine tolle Villa..." Weiter kam Kiki nicht.

„Gehört alles ihr!" Verschluckt waren Tränen und Mitgefühl, die Bosheit gewann wieder die Oberhand. „Dafür habe ich gesorgt", rief er mit funkelnden Augen, „Der bekommt nichts, gar nichts, nicht das Schwarze unter dem Fingernagel!"

„Der braucht auch nichts mehr, Ihr Schwiegersohn. Darf ich Sie daran erinnern, dass er tot ist. Ermordet. Und wir ermitteln hier in einem Mordfall. Sie hören sich an, als ob Sie Herrn Bader lieber tot als lebendig gesehen hätten. Haben sie für die Mordzeit denn ein Alibi. Wo waren Sie in der Nacht von Sonntag auf Montag zwischen elf und zwei Uhr?"

„Ha, jetzt hört alles auf." Plötzlich schien es ihm die Sprache verschlagen zu haben. Er hörte auf zu klopfen und zu schreien, legte ganz ruhig seine Arme auf den Tisch und starrte die beiden entgeistert an. Sein Blick ging erst zu Federle, der die Frage nach dem Alibi an ihn gerichtet hatte, dann zu Kiki.
Eine unangenehme Stille breitete sich im Raum aus. Nur eine Fliege war zu hören.
„Eine Fliege, mitten in der Stadt und in diesem brandneuen Bürogebäude", wunderte sich Kiki und lauschte auf das feine Sirren vom Fenster her. Von der Straße herauf klang gedämpft ein undefinierbares Geräusch. Es hörte sich an, wie fernes Gemurmel. Sonst war nichts zu hören.

Ungläubig schüttelte der Mann vor ihnen den Kopf, um dann plötzlich aufzuschreien, wobei sein Oberkörper heftig nach vorne ruckte:

„Sie froget mich nach a ma Alibi? Ja, Send Sie denn von alle guate Geischtr vrlassa? Mi noch a ma Alibi zom froga?
Kiki war bei diesem Ausbruch erschrocken zusammengefahren.

„I soll oin umbrocht han? I? I soll mir an dem Dreckskerle d'Fenger dreckig gamcht han. Also, jetzt roicht mrs. Auf Wiederseha mitanandr. Ich werd mich bei ihrem Chef übr Sie beschwera, do drauf könnet Se Gift nemma."

Riedle war aufgestanden und kam um den Schreibtisch herum auf sie zu. Kiki und Federle blieb nichts anderes übrig, als aufzustehen. Kiki ließ sich allerdings nicht so schnell einschüchtern. Sie bestand noch darauf, einen Termin für den morgigen Tag im Präsidium zu vereinbaren.

„Für Ihre Beschwerde, Herr Riedle, dass wir auch da sind, wenn Sie kommen. Bis morgen früh um zehn dann!" lächelte sie ihn, nach diesem überraschenden Rausschmiss, doch tatsächlich noch ironisch-liebenswürdig an.

Vor dem Haus schauten sie sich erst einmal nachdenklich an. Was war jetzt das gewesen? Plötzlich musste Kiki lachen und Federle ließ sich davon anstecken. Lachend verließen sie die Fußgängerzone und bogen in die Gasse am Blaukanal ein. Kiki konnte sich kaum beruhigen und warf sich, noch heftig lachend, auf eine Bank.

„So einen miesen Toten habe ich selten erlebt."

„Und dabei soll man über Tote doch nichts Schlechtes sagen!"

„Der bekommt nichts, gar nichts bekommt der, nicht das Schwarze unter dem Fingernagel!"

„Der kann in einem Leben doch gar nicht so viele Untaten begangen haben, wie der uns jetzt aufgezählt hat."

„Ond an dem soll i mir die Fengr dreckig gemacht haben?" versuchte sich Kiki in Schwäbisch.

„Der muss ja ein ganz widerwärtiger Kerl gewesen sein."

„Der war ja so übel, den musste man ja umbringen."

Es machte ihnen sichtlich Spaß, sich mit den eben gehörten Sprüchen zu überbieten. Vorbeischlendernde Passanten schüttelten lächelnd den Kopf über so viel Geschrei und Gelächter.

„Mir tut der Bauch weh", seufzte Kiki, ich brauche einen Kaffee. Kommen Sie mit Herr Federle?"

Klar, dass Federle jetzt nicht alleine zur Dienststelle zurückgehen mochte. Und nachdem Kiki auch noch die Rede auf ein Eis gebracht hatte, landeten die beiden im Eiscafé hinter dem Kaufhof, wo es für einen kurzen Cappuccino und ein Schleckeis reichte und wo die Blau beruhigend rauschte.

Federle machte wieder einmal den Versuch, den Abend mit Kiki zu verbringen, aber nachdem sie am Abend zuvor Frau Zummermann sozusagen versprochen hatte, über den Fortgang der Ermittlungen zu berichten, konnte sie sich jetzt nicht einfach drücken. Und diese hatte ihr ja auch noch ganz eifrig

die Liste mit den „Damen" vor die Türe gelegt, nein, das ging nicht.
Sie würden noch ihren Bericht zusammen schreiben, Kiki und Federle, und dann war für heute Feierabend. Da hatte sie sich jedoch getäuscht.

13

Es war schon gegen vier Uhr, als er für sie die Türe zum Präsidium schwungvoll aufriss.

„Danke, Herr Federle!" Er konnte es einfach nicht lassen, aber Kiki war nach dem Erlebnis mit einem solchen Mann wie dem schreienden Apotheker dankbar für einen, der sich entschieden besser aufführte. Und Spaß konnte man anscheinend auch mit diesem Friets haben.

Manni und Suse kamen ihnen eilig auf der Treppe entgegen.
„Schaut auf die Infotafel, um 18.00 Uhr ist Besprechung. Hat sich anscheinend etwas Neues ergeben. Wir müssen noch mal weg", rief Suse im Vorbeigehen.
Da war es also nichts mit dem Feierabend. Auch nicht weiter schlimm, wenigstens gab es Neuigkeiten und der Fall kam voran.
Jetzt also zuerst noch den Bericht über die Ergebnisse ihrer heutigen Recherchen. Während sie ihn in Federles Büro gemeinsam verfassten, mussten sie immer wieder grinsen.
Sie waren sich nicht einig, wer ihnen jetzt lieber gewesen war, der trockene Stadtrat oder der hitzige Apotheker. Kiki war eindeutig für Herrn Riedle.
„Er hatte so einen hohen Unterhaltungswert, ich könnte jetzt noch lachen, wenn ich an diese Vorstellung denke. Und wie er uns hinausgeschmissen hat, das war einmalig."

Der Bericht ging an Dr. Roth. Ihr flotter Praktikant, Herr *Wind*, würde ihn wahrscheinlich schon ausgedruckt zur Besprechung mitbringen. Sein Spitzname *Wind* passte irgendwie zu diesem großen, schlacksigen, überdünnen, jungen Mann, der nie Zeit hatte, aber alles sofort und immer pünktlich erledigte.

Aber wie man in der heutigen Zeit, wo die Kevins und Robins und Samuels und Rafaels die Erde bevölkerten, ein Kind noch Alfons nennen konnte! Der war ja wirklich gestraft mit seinem Alfons. Und dann noch Abele dazu. Oh je, da konnte er froh sein, dass er bei ihnen der Herr *Wind* oder einfach nur der *Wind* war. Kiki nannte ihn bei sich nur den Windhund, weil er sie sowohl mit seinem Aussehen, als auch durch seine stürmische Art, an einen solchen erinnerte. Alfons, einen solchen Namen würden Eltern in Berlin ihrem Sohn schon lange nicht mehr geben, war sich Kiki sicher, da schlug doch einmal mehr das ländliche Oberschwaben durch.

„Sind Sie da nicht ein bisschen überheblich, liebe Frau Kiki, nicht jeder kann einen so schönen Namen haben wie Sie", dämpfte Federle sie, dem sie auf dem Weg zum Besprechungsraum ihre Überlegungen mitteilte, „Ich zum Beispiel heiße Friets und dieser Name ist auch etwas ungewöhnlich."

„Das wollte ich Sie schon lange einmal fragen, wie sie zu diesem „ie" und „ts" gekommen sind, normalerweise heißen Männer einfach Fritz und basta."

„Das würde ich Ihnen gerne einmal erklären, aber nicht jetzt und nicht hier. Leider haben Sie ja nie Zeit, mit mir mal auf ein Bier zu gehen", flüsterte

Federle ihr noch zu, bevor Doktor Roth, die Sitzung Punkt achtzehn Uhr eröffnete.
Die Kollegen hatten alle Platz genommen und Alfons, also Herr *Wind*, begann neue Fotos an die Wand zu pinnen. Berichte wurden herumgereicht und rasch überflogen.

Der Ermittlungsleiter entschuldigte sich zunächst, dass er sie um ihren Feierabend bringe, aber er wolle sie unbedingt schon heute Abend auf den neuesten Stand bringen. Die Fotos zeigten es, die Kleidung des Toten war gefunden worden. Nachdem die Suche zunächst in der näheren Umgebung des Tatortes ergebnislos verlaufen sei, habe am frühen Nachmittag, kurz nach ihrer Besprechung diese Frau aus Söflingen, diese Frau Zummermann, angerufen. Sie gab sich als Zeugin aus und nachdem sie unbedingt nur mit dem Einsatzleiter sprechen wollte, habe er eben selbst das Gespräch mit ihr geführt.
Bei dem Namen Zummermann war Kiki zusammengezuckt. Was hatte die schon wieder zu melden? Auch Herr Roth dachte offenbar noch an den Zusammenhang: Söflingen, Kiki, Zummermann, Bader, Geliebte und warf Kiki einen amüsierten Blick zu.

„Ja also, die Idee dieser Frau war nicht schlecht und so haben wir die Kleidercontainer in der Umgebung in Angriff genommen. Allerdings muss ich Ihnen sagen, dass Herr Abele für den Nachmittag schon die Firma Knüll bestellt hatte, die diese Behälter öffnen kann.
Dass wir schon selbst auf die Idee gekommen waren, habe ich Ihrer Vermieterin natürlich nicht gesagt,

nachdem sie sich so freute, dass sie uns und ich denke, vor allem Ihnen, Frau Wunder, bei den Ermittlungen behilflich sein konnte."

Kollege Albers berichtete dann ausführlich und, wie Kiki fand, ziemlich langatmig, wie er und ein weiterer Kollege die verdächtigen Kleider gefunden hatten: Die Ankunft des Lasters, der den Container zunächst eigentlich hochhieven wollte, wie sie sich dann doch für das Abnehmen des oberen Teiles entschieden, die Entnahme und Kontrolle der verschiedenen Säcke, und dann endlich, der Fund selbst.
Wie nicht anders zu erwarten, hatten sich die Kleidungsstücke natürlich nicht in einem richtigen Kleidersack befunden, sondern waren lose in den Blechbehälter gestopft worden. Allerdings waren sie zusammengeknüllt und blutig gewesen, so dass es keinen Zweifel geben konnte, dass es die Kleider des Toten waren.
Die Spurensicherung hatte dann die Sachen mitgenommen und den Container untersucht. Leider waren in der näheren Umgebung keinerlei Spuren auszumachen und was vorhanden gewesen sein könnte, war durch ihre Aktion sicher verwischt worden. Aber, sie hatten ja nicht sicher wissen können, dass gerade in diesem Behälter die Kleidung versteckt war.
Nach diesen weitschweifigen Ausführungen des Kollegen Albers, begann Dr. Roth mit den Anwesenden die Fotos im Detail durchzusprechen. Sie sahen eine leichte, hellgelbe Sommerjacke, eine helle Hose, ein blaues T-Shirt, Unterwäsche, ein Paar gemusterte

Strümpfe, alles zu einem Packen zusammengeknüllt und ein Paar schwarze, elegante Schnürschuhe.

Die Frau des Toten lag noch im Krankenhaus, aber die Tochter war bereit, die Kleidungsstücke zu identifizieren.

„Es handelt sich offensichtlich um seine Sachen, die Untersuchungen laufen und werden diese Tatsache bestätigen", informierte sie Dr. Roth.

„An der Kleidung hat er aber nicht gespart, ich denke, der war pleite?" konnte Federle sich nicht verkneifen.

„Insolvent heißt das heutzutage, das ist ein feiner Unterschied, Herr Federle, und weshalb ein insolventer Unternehmer seine teuren Sachen nicht auftragen soll, das müssen Sie mir erst mal erklären."

„Ist ja schon gut, ich ziehe meine Wortmeldung zurück, aber warum der oder die Täter, Täterinnen können wir ja wie es scheint ausschließen, warum sie den Toten ausgezogen haben, bevor sie ihn dann in den Bach geschmissen haben, will mir einfach nicht in den Kopf."

Damit hatte Federle bei den Kollegen eine lebhafte Diskussion ausgelöst. Die unterschiedlichsten Vermutungen wurden geäußert. Am Ende war es Manni, der das Gespräch auf den Punkt brachte.

„Nachdem wir nichts Genaues wissen, denke ich, liegen wir mit unserer Vermutung richtig, dass die Täter zunächst etwas Anderes mit ihm vorhatten und eine Identifizierung unbedingt vermeiden wollten. Deshalb die Nacktheit."

Was trotz intensiver Suche weiterhin fehlte, waren die persönlichen Dinge des Toten: Geldbörse oder Brieftasche, Schlüsselbund und andere Dinge, die ein Mann so mit sich herumträgt.

„Natürlich schade, dass wir das bis jetzt nicht gefunden haben, aber die Identität steht ja fest", gab Kiki zu bedenken, „Wenn die Täter diese wichtigen Dinge nicht zurückgelassen haben, könnten sie für uns doch zu einer Spur werden."

„Falls sie sie irgendwo entsorgen und sie gefunden werden", pflichtete ihr Suse bei. „Ich würde in so einem Falle die Sachen auf keinen Fall wegwerfen."

„Und zu Hause entdeckt sie dann dein Mann, oder im Büro zieht die Sekretärin eine Schublade auf und siehe da, da liegen ja fremde Papiere!" Federle sah schon die entscheidende Meldung vor sich, „und schon ist der Fall gelöst."

„Im Augenblick möchte ich diese Sitzung beenden. Ich wünsche uns allen einen schönen Feierabend. Lassen Sie sich das Gesagte noch einmal durch den Kopf gehen. Wir sprechen uns morgen früh wieder um Neun, dann gehen wir auch ihre Berichte durch. Bis morgen!" Damit raffte Dr. Roth die vor ihm liegenden Papiere zusammen und verschwand eilends.

„Wissen Sie was", sagte Federle im Aufstehen zu Kiki, „wenn schon kein Bierchen, dann fahre ich halt noch ein bisschen mit Ihnen mit dem Rad mit, Richtung Söflingen. Heute war doch ein Tag mit wenig Bewegung."

Kiki konnte es ihm nicht verwehren. Auf ihre Nachfrage erfuhr sie, dass er genau in der entgegengesetzten Richtung wohnte und zwar in der Innenstadt. Er

hatte sich eine Wohnung gekauft, in der Hahnengasse, Auf dem Kreuz, wie das Viertel genannt wurde. Das war ein vor kurzem erst sanierter Stadtteil, der relativ ruhig und doch ziemlich zentral lag. Schön sei es da, sie müsse ihn halt einmal besuchen! Er habe auch einen kleinen Garten bzw. einen schönen Innenhof. Außerdem habe er es von dort aus nicht sehr weit zur Donau. Er könne die Gasse abwärts fahren und schon sei er auf dem Donauradweg, ein großer Vorteil, wenn man, wie er, ein Radfanatiker sei.
Wahrscheinlich erwartete er jetzt eine Einladung ihrerseits. Aber das kam überhaupt nicht in Frage. Sie hatte Hunger und wollte nur noch nach Hause und ihre Ruhe haben.

„Soso", musste sie denken, als sie dieses Mal, auf seinen Vorschlag hin, den Donauweg Richtung Weststadt fuhren, „der Herr Kollege kann sich also schon eine Wohnung leisten. Woher der wohl das Geld hat?"
Sie konnte an so etwas wirklich nicht denken. Außerdem wollte sie sich auch noch keineswegs festlegen. Erst mal schauen, wo es ihr gefiel. Ob sie in Ulm bleiben würde, war noch nicht ausgemacht. Diese erste Zeit war nicht schlecht gewesen und die Kollegen waren auch nicht übel. Der jetzt vor ihr fuhr, auch nicht. Sie musste sich eingestehen, dass sich ihre anfängliche Abneigung gegen Federle doch ziemlich gelegt hatte. Gut sah er heute aus, er sah eigentlich immer gut aus.

Am Donauturm zweigten sie ab und fuhren an der Donaubastion entlang, in die Schillerstraße hinein.

Diese riesigen alten Gebäude waren ja auch etwas Merkwürdiges, mitten in der Stadt. Sie waren wohl zu militärischen Zwecken gebaut worden. Federle kannte sich hier aus. Er sei hin und wieder hier in der Disco, ließ er sie wissen. Er schwenkte in den Innenhof auf einen großen Parkplatz ein und zeigte Kiki eine Stele, auf der die Geschichte dieses Bauwerks aufgeführt war.

„Das sind aber nicht die bewussten Stelen, von denen im Zusammenhang mit der Günstlingswirtschaft die Rede war?" erkundigte Kiki sich bei Federle.

„Nein, nein", Federle musste lachen, „das hier sind Informationen ohne jedes High-tech und diese Stelen stehen seit kurzem überall an diesen alten Mauern, und das auch noch in zwanzig Jahren, das kann ich Ihnen versichern."

Im ersten und zweiten Stockwerk dieses wirklich imposanten Baues sei ein Museum untergebracht. Die Renovierung des Gebäudes habe sich das Land vor einigen Jahren viele Millionen, wenn er richtig wisse, über dreißig Millionen, damals noch Mark, kosten lassen. Aber es sei auch schön geworden und werde auch im zweiten Stock kulturell genutzt.

Ein kleines Theater namens Theaterwerkstatt mit angeschlossenem Kindertheater werde dort seit über zwei Jahrzehnten betrieben. Er habe hier schon einige gute Aufführungen gesehen.

„Sie müssen sich hier einmal die Loriot-Aufführung anschauen. Die isch zum Kugla. Da gang i mit ihne gern nomol nei."

Außerdem gebe es dort oben, soviel er wisse, noch Probenräume, eine Medienwerkstatt für Jugendliche und auch einige kleine Ateliers für Künstlerinnen.

Die Baulücken des U-förmigen Areals waren mit neuen Gebäuden geschlossen worden, die sich recht harmonisch in das Ganze einfügten. Kiki fand es nur schade, dass der große Platz so ganz ohne Bewuchs war. Einen Parkplatz konnte man doch, weiß Gott, anders gestalten, mit Rasenbausteinen etwa und mit einigen Bäumen.

Na ja, besonders umweltfreundlich schien diese Stadt nicht zu sein, das hatte sie schon bemerkt. Da waren wohl Info-Stelen allemal wichtiger als die Entsiegelung von Böden.

Alles neu und chic und elegant! Hier sollte wohl alles einfach großstädtisch wirken. „Ulm – Spitze im Süden", hatte sie auf einem Flyer gelesen. Sie würde es schon noch in Erfahrung bringen, worin denn diese Stadt so spitze war, zusätzlich zu ihrem hohen Kirchturm.

Federle konnte es nicht lassen. Er wollte sie partout in das an der Ecke liegende Restaurant Schillergarten locken.

„Das wird seit Jahren von Türken, genauer von zwei deutsch-türkischen Gastwirten geführt. Nette Leute! Da können Sie gut essen und ganz schön sitzen, vor allem wenn es im Sommer heiß ist. Es gibt eine Sommerlaube, wie sie das nennen, im Hof. Wahrscheinlich ist sie schon geöffnet, aber bei den Temperaturen heute sitzen wir wohl besser drinnen."

Kiki hatte noch keinen Hunger und ging einfach nicht darauf ein und so fuhren sie weiter zum Umsteigebahnhof Ehinger Tor und gelangten über den Hof des Hans- und Sophie Scholl-Gymnasiums, durch den kleinen Park, auf den Radweg in die Wörthstraße.

Und dann passierte es! Aus einer schmalen Seitenstraße fuhr ein Auto viel zu schnell auf den Radweg zu. Durch die Häuser rechts und links konnte die Fahrerin zu wenig sehen und erfasste Federle direkt von vorne.

Zum Glück war sie nicht so schnell gefahren. Sie hielt mit einem heftigen Ruck an und auch Kiki konnte noch bremsen. Aber Federle, der als erster fuhr, wurde doch noch mit der Wagenschnauze angestoßen und stürzte in hohem Bogen vom Rad.

Erschrocken schrie Kiki auf. Sie stieg hastig vom Rad und beugte sich über Federle. Da lag er vor ihr, auf dem Rücken, mit geschlossenen Augen. Irgendwie schien er ihr sehr blass zu sein. Kiki wusste im Augenblick nicht, was sie tun sollte.

„Herr Federle, hören Sie mich?" rief sie drängend. „Können Sie mich hören?" Kiki rüttelte ihn etwas am Oberkörper und beugte sich dicht zu ihm, um seinen Atem zu kontrollieren.

„Sagen Sie doch endlich Friets zu mir", kam es da von ihm mit leiser Stimme und dann nahm dieser Mensch doch einfach ihren Kopf, zog sie noch näher zu sich heran und küsste sie mitten auf den Mund.

Kiki war so überrascht, dass sie keinen Gedanken darauf verwendete, sich zu wehren. Alles hatte sie erwartet, gebrochene Glieder, Tod oder Gehirnerschütterung, alles, nur das nicht.

„Gott sei Dank", hörte sie da eine Stimme über sich, „Gott sei Dank, dann kann es ja nicht gar zu schlimm sein, wenn ihr Mann sie schon wieder küssen kann."

Kiki stand völlig verwirrt auf und sah auf Federle hinunter, der mit einem Lächeln antwortete:

„Ein Kuss ist immer noch das beste Heilmittel."

Langsam stand er auf, klopfte sich ab, schüttelte sich, sah Kiki lächelnd an und flötete übertrieben liebenswürdig:

„Danke, liebe Kiki, Sie haben mir das Leben gerettet."

Dann hob er sein Rad auf und untersuchte es genau. Die Autofahrerin, eine kleine, stämmige Frau in den Vierzigern, entschuldigte sich vielmals, sowohl für ihr Fahrverhalten, als auch dafür, dass sie die beiden wohl fälschlicherweise zu einem Ehepaar gemacht hatte.

Kiki hatte es die Sprache verschlagen, sie enthielt sich jeden Kommentars. Federle hatte nichts gegen das Ehepaar einzuwenden, wie er schmunzelnd sagte. Nachdem feststand, dass alles ok war, wie er feststellte, bei ihm selbst und auch am Fahrrad, und Federle die Adresse der Frau bekommen hatte, ließen sie diese weiterfahren.

Sie arbeitete als Pflegekraft bei einem privaten Pflegedienst, namens „Daheim" und wie inzwischen allgemein bekannt war, hatten es diese Pflegekräfte nicht leicht, ihre vom Gesetzgeber vorgeschriebenen Zeiten einzuhalten. Deshalb auch das etwas zu hohe

Tempo beim Einbiegen, wie die Frau erklärte und sich noch einmal entschuldigte.

„Vielleicht möchten Sie jetzt doch umkehren?" fragte Kiki Federle unsicher, als die Frau verschwunden war.

„Liebe Kiki, es war mir ernst vorher, können wir nicht endlich Du sagen? Ich finde nach einem Kuss kann man doch unmöglich beim Sie bleiben, was denkst Du?"

„Ich habe doch nicht Sie geküsst, sondern Sie mich und ohne mich überhaupt gefragt zu haben", protestierte Kiki nun doch.

„Gut, lassen wir den Kuss beiseite, reden wir vom Du. Da wäre ich fürs erste schon zufrieden."
Federle grinste Kiki so unverschämt an, dass sie auch lachen musste.

„Also gut, vergessen wir den Kuss und gehen wir zum Du über, von mir aus."
Natürlich machte Federle den Vorschlag, das Du zu besiegeln. Ob bei ihm oder bei ihr, sei ihm egal, bei ihr seien sie aber doch im Moment näher dran.
Da hatte er sich aber geschnitten. Kiki dachte nicht daran, den unverschämten Kerl auch noch nach Hause mitzunehmen.

„Leider, leider geht das heute bei mir auf keinen Fall", wimmelte sie ihn ab „und da wir jetzt schon fast in Söflingen sind, wäre es blöd, zu Ihnen zu radeln. Ich müsste nochmal in die Innenstadt fahren und später wieder zurück."
Da es fast um die Ecke war, einigten sie sich aufs La Mangia und aßen mit gutem Appetit dort eine

kleine Pizza. Federle wollte mit dem Glas Rotwein unbedingt mit ihr „Bruderschaft" trinken.

„Na ja", musste Kiki denken, „das mit dem Bruder ist ja hier so eine Sache, es könnte auch Schwester sein oder aber, wenn sie ihn so ansah, etwas ganz, ganz anderes." Diese Gedanken behielt sie aber aus gutem Grunde für sich.

Federle sah Kiki beim Anstoßen tief in die Augen und sein „Du" schien ihm auf der Zunge zu zergehen. Dann teilte er ihr überflüssigerweise noch mit, dass er der Friets sei, „mit ie und ts bitte", und dann holte er sich noch den ‚Du-Kuss', wie er ihn nannte.

Ach, dieser Friets, wie er jetzt für sie hieß, der wusste schon, wie man es machen musste, um zum Ziel zu kommen. Irgendwie fand sie das Ganze ja auch etwas zum Schmunzeln. Er war ja ein unglaublicher Charmeur und es war sicher schwer, nicht auf ihn hereinzufallen. Sie merkte selbst, wie sie sich in seiner Gesellschaft durchaus wohl fühlte.

Sie plauderten noch ein bisschen über den Fall und darüber, wie es Kiki in Ulm und speziell in Söflingen gefalle. Als die Pizza verspeist war, drängte Kiki zum Aufbruch.

Der Wirt bot noch ein weiteres Glas Wein an, das die beiden dankend ablehnten. Sie mussten noch radeln und das kleine Glas hatte schon gereicht. Kiki nahm noch eine Flasche Rotwein mit nach Hause, falls Frau Zummermann doch noch zu später Stunde an ihre Türe klopfen würde.

„Buona sera", rief der Wirt ihnen nach, als sich seine beiden letzten Gäste für diesen Tag vor der offenen Türe verabschiedeten. Einen Abschiedskuss, den

Federle unbedingt noch gerne „zur Abrundung", wie er sagte, gehabt hätte, versagte ihm Kiki lachend und weg war sie.

14

Als Kiki ihre Eingangstüre geschlossen und Rucksack und Schüssel von sich geschmissen hatte, öffnete sie erst einmal die Terrassentüre. Dann warf sie sich mit Schwung in einen ihrer bequemen Sessel und schaute hinaus ins Grüne. Sie musste nachdenken. Dieses Mal nicht über den Mord, sondern über die Sache mit dem Kollegen, mit diesem Friets, wie sie ihn jetzt wohl nannte.

Sie rechnete nach. Siebzig Tage war sie jetzt gerade mal in Ulm und arbeitete bei ihrer neuen Dienststelle. Alles hatte sich bis jetzt gut angelassen. Die Kollegen waren nett zu ihr und sie fühlte sich eigentlich ziemlich wohl. Das Heimweh war schon schwächer geworden. Berlin und die Bekannten und die Freundinnen dort waren nicht mehr die alles beherrschenden Gedanken. Sicher, sie telefonierte noch oft mit ihnen, aber sie hatte erkannt, dass es sich auch hier in Ulm gut leben ließ und in Söflingen allemal. Dazu war dieser Glücksfall gekommen, dieser Mord. Eigentlich durfte man in diesem Zusammenhang nicht von Glück reden. Jemand hatte einem Menschen das Leben genommen und das war schrecklich genug.

Trotzdem bedeutete dieser Fall, dass sie abgelenkt wurde von ihren Gedanken an Berlin, an ihre ehemalige Wohnung, an ihre Familie aber auch, dass sie die hiesigen Kollegen von einer ganz neuen Seite kennen lernte.

Und jetzt das. Dieser Federle, der kam ihr doch etwas zu früh dazwischen.

„Wo dazwischen", überlegte sie, „wo eigentlich, zwischen was?"

„Na, zwischen das Gewöhnen an die neuen Menschen, zwischen das Eingewöhnen im Präsidium und in der Stadt und hier, in meiner neuen Umgebung", gab sie sich selbst die Antwort.

Sollte sie wirklich ein Terrain, das sie noch nicht einmal sicher für sich erobert hatte, schon wieder teilen? Sollte ihre Wohnung schon wieder mit Männersocken und vergessenen T-Shirts verziert werden?

Lust auf diesen Mann hätte sie schon. Sie schloss die Augen und spürte noch einmal diesen überraschenden Kuss auf ihrem Mund. Unangenehm war es nicht gewesen, dieses Gefühl. Ganz im Gegenteil. Fast hätte sie den Druck zurückgegeben, war aber zu überrascht gewesen um zu reagieren. Schön, dass sie jetzt diesem ungemein angenehmen Gefühl noch einmal nachspüren konnte. Sie genoss es und ihr wurde heiß bei dem Gedanken, dass es ja wieder so sein könnte, wenn sie nur wollte.

Kiki verhielt sich meist offen und ziemlich direkt, sowohl was ihre Beziehungen, als auch was sie selbst anging. Sie mochte sich nichts vormachen und hatte gelernt, zu ihren Gefühlen, zu ihrem Aussehen und ihren Verhaltensweisen zu stehen. Sicher, nichts war unveränderbar, aber sie war auch so weit gekommen, dass sie ihre Art, mit der sie in ihrer Jugend oft angeeckt war, für sich akzeptieren konnte.

Was ihr Aussehen betraf, darüber machte sie sich keine falschen Gedanken. Sie wusste, dass sie mit ihren roten, lockigen Haaren, den feinen Sommersprossen, den grünen Augen genau so aussah, wie man sich eine Rothaarige so vorstellte. Sie bestätigte ein Klischee, das sich offensichtlich unwiderruflich in den Köpfen der Menschen verfestigt hatte. Dazu war sie schlank, sportlich und jung. Das vor allem war es, sie war jung und junge Menschen, so hatte auch ihre fast siebzigjährige Oma immer wieder festgestellt, waren immer etwas Schönes. Und dass sie schön sei, hatten ihr verschiedene Männer des öfteren versichert.

Während ihrer depressiven Phase, die ihr dieser Wolf beschert hatte, während sie Ängste und Trauer geplagt hatten, hatte diese Schönheit allerdings ziemlich gelitten. So war es eben, schön sein hieß auch lebendig sein, selbstsicher sein, sich gut fühlen in seiner Haut. Wenn das alles einmal fehlte....

Was war es also, was diesen Federle, sie hatte Mühe, ihn in Gedanken Friets zu nennen, zu ihr hinzog? Ihr Aussehen, ihr Können, ihre Sportlichkeit, oder was? Er kannte sie ja kaum. Und vor allem, zog denn sie etwas zu ihm hin?

„Aber hallo", lächelte sie vor sich hin, „und wie mich etwas zu ihm hinzieht!"

Um sich zu prüfen, zählte sie alles auf, was sie am Anfang ihrer Bekanntschaft so von Federle gehalten hatte:

„Er ist ein Schnösel, er ist arrogant, er ist für unseren Job überelegant, geradezu affig gekleidet, er nimmt Frauen nicht ernst, er ist überhöflich, er ist ein heftiger Motorradfreak und er heißt Friets, mit ie und ts."

Blöde Sprüche, die sie eigentlich bei ihm vermutet hatte, hatte er noch keine von sich gegeben. Im Gegenteil, die Gespräche mit ihm waren immer ziemlich angenehm und sachorientiert verlaufen, das musste sie sich eingestehen. Und auch er schien mit der Art, wie sie in der Ermittlung agierte, einverstanden zu sein.
Sollten jetzt alle Einwände, die sie gepflegt hatte, nicht mehr gelten, nur weil er sie geküsst hatte?
„Jetzt habe ich ganz vergessen, noch mal nach dem „ie" zu fragen", fiel ihr ein.
Und dann hatte sie plötzlich das dringende Bedürfnis, mit jemanden über Federle zu reden. Ihre Mutter wollte sie nicht behelligen, noch nicht. Sollte etwas aus der Sache werden, erfuhr sie es früh genug. Sie würde ihr sowieso zusprechen, zuzugreifen. Nach dieser üblen Erfahrung mit Wolf wäre Siria sicher glücklich, wenn sie wieder jemandem vertrauen könnte.
Ihre gute Freundin Isabel in Berlin? Die war immer für ein intensives und auch für ein intimes Gespräch zu haben. Schon, aber die kannte ja Federle nicht und konnte ihn schlecht beurteilen.
Die einzige, die Federle schon länger kannte, war ihre Kollegin Suse. Tatsächlich, sie war zu Hause und hatte Zeit. Ihr Lover, wie sie ihn nannte, war gerade gegangen. Sie hatten sich anscheinend in die Haare gekriegt.
„Aber das ist bei uns nicht so schlimm, morgen vertragen wir uns wieder und machen das, was ich will."

Diese Suse war einfach eine so selbst bewusste Frau, die erreichte alles, was sie wollte. Sie freute sich offensichtlich, einmal außerhalb des Dienstes mit Kiki zu reden.

„Hast Du einen bestimmten Grund, weshalb Du anrufst?" wollte sie wissen.

Als Kiki den Grund nannte, lachte Suse auf:

„Das habe ich fast vermutet, der geht Dir doch im Kopf herum. Ich habe gesehen, wie Ihr zwei Euch anschaut, ganz schön durchsichtig, das Ganze."

„Ich habe ihn doch nicht angeschaut", wehrte Kiki ab, „er versucht doch, an mich ranzukommen."

Als Suse das nicht gelten ließ, erzählte ihr Kiki von dem Radunfall und dem Kuss und dem „Bruderschaft" trinken. Leider habe sie vergessen, ihn nach dem ie und dem ts zu fragen, schloss sie ihren Bericht.

„Schön für Dich", freute sich Suse, „da hast Du ja endlich Deinen Mann. Ich habe Dir schon einige Male gesagt, Grünzeug alleine macht auch nicht glücklich."

„Ja schon, aber ich kenne ihn ja gar nicht und bin mir sehr unsicher, ob ich nach so kurzer Zeit hier schon wieder einen Mann in mein Leben lassen soll."

„Ach komm, Du wirst ihn schon kennenlernen. Allerdings muss ich Dich warnen, unter den männlichen Kollegen gilt er als großer Frauenheld. Ob das stimmt, kann ich Dir nicht sagen, mich hat er jedenfalls noch nie angemacht."

Hörte Kiki da eine kleine Enttäuschung heraus? Nein, das war das letzte, was sie brauchen konnte, einen Casanova. Suse hatte aber nur vom Hörensagen gesprochen. Vielleicht war das alles nur ein Gerücht. Und wahrscheinlich war er ja auch auf der Suche nach etwas Festem, genau wie sie. Und das ging nicht ohne hie und da etwas auszuprobieren.

Suse wusste, wo Federle wohnt. „Chic", urteilte sie", und fragte sich auch, woher er das Geld hatte. Zweimal war sie schon auf einer Party bei ihm gewesen. Es sei ein sehr altes Haus, ruhig und in einem sanierten Stadtteil gelegen, in dem er eine Wohnung gekauft habe. Sie sei wunderschön renoviert und toll eingerichtet. Alles vom Feinsten und mit viel Geschmack.

„Den hat er ja, wie man jetzt wieder an Dir sieht, Herr Federle ist eben anspruchsvoll."

„Danke für die Blumen", kommentierte Kiki das Kompliment der Kollegin. Suse konnte noch berichten, dass Federle vor fünf Jahren nach Ulm gekommen war. Seine Eltern seien aus dem Oberland, aus Wangen im Allgäu, nach Duisburg gezogen, deshalb spreche er wohl auch einiges Schwäbisch.

Genau genommen sei er doch ziemlich verschlossen, was sein Privatleben angehe. Er sei auch mit den wenigsten Kollegen per „Du". Er strebe im Dienst aber heftig nach oben, das habe sie schon über die Kollegen mitbekommen.

„Also halt Dich ran, wenn Du Frau Kriminalrat werden willst."

Diese Suse, Kiki konnte nur den Kopf schütteln.

„Ich weiß noch nicht mal, ob ich mit ihm ausgehen, geschweige denn irgendwo anders hingehen werde. Das muss ich mir noch gut überlegen und Frau Kriminalrat kann ich auch ohne ihn werden!"

Kiki hatte das wiederholte leise Pochen an der Wohnungstüre schon länger gehört, aber nicht darauf reagiert. Jetzt wurde es lauter und die Türklingel wurde betätigt.

„Ich muss aufhören, ich glaube, meine Informantin ist an der Türe und scheint noch Neuigkeiten für mich zu haben."

„Deine Frau Zummermann? Das scheint ja die Miss Marple von Söflingen zu sein. Die lerne ich hoffentlich auch noch mal kennen. Grüß sie von mir."

Kiki eilte zur Türe und riss sie auf. Wie erwartet, es war Frau Zummermann, wer wäre sonst ohne Schlüssel bis zu ihrer Wohnung gelangt?

„Es ist spät, ich weiß, aber kann ich trotzdem hereinkommen?" Frau Zummermann beantwortete diese rhetorische Frage durch ihre eiligen Schritte in Kikis Wohnzimmer.

„Ich habe Neuigkeiten für Sie und nicht zu knapp."

„Und ich kann mich heute mit einem guten italienischen Tropfen bei Ihnen revanchieren."

Kiki lief schon in die Küche nach einem Korkenzieher und fischte dann, nachdem sie Frau Zummermann in einen Sessel gebeten hatte, die Flasche aus ihrem Rucksack.

„Oh", meldete sich diese überrascht, „Sie lesen Christa Wolf?" Vom Tischchen hatte sie sich das Buch genommen, das die Freundin in Berlin, Kiki zum Abschied geschenkt hatte.

„Leider bin ich noch nicht dazu gekommen, es anzufangen", sagte sie bedauernd. „Es liegt da und wartet. Es ist ihr allerneuestes und ich bin sehr gespannt darauf."

„Das wird Ihnen gefallen, ein kluges Buch", Frau Zummermann hatte es offenbar schon gelesen. Sie wurde Kiki immer sympathischer.

„Meine Mutter ist Buchhändlerin", sagte sie „und ich bin schon recht früh mit Büchern versorgt worden und lese furchtbar gerne. Vor allem Romane, die mit unserem Leben heute etwas zu tun haben. Und Christa Wolf ist eine meiner Favoritinnen. Da bin ich mir mit meiner Mutter einig, sie wird wahrscheinlich als einzige, ganz große Dichterin in die Geschichte eingehen, davon sind wir beide felsenfest überzeugt."

„Ach deshalb die vielen Bücher, dann wundert mich gar nichts mehr. Ich lese auch viel und gerne. Im Fernseher kommt ja kaum etwas Gutes. Hin und wieder mal eine Oper, da bin ich dann in meinem Element. Sie haben mich ja bei meinem letzten Opernbesuch gesehen! Manchmal lade ich mir auch einen Freund dazu ein und wir machen uns einen schönen Abend." Beim Hinweis auf den Freund zwinkerte Frau Zummermann Kiki listig zu. Wollte sie etwa andeuten, dass sie mit Herrenbesuchen keine Probleme hatte und Kiki dazu ermuntern?

„Sie haben großartig ausgesehen", bestätigte Kiki noch einmal ihren Eindruck vom vorherigen Abend.

Kiki schenkte ein und sie stießen auf Christa Wolf an und auf das Leben im Allgemeinen und auf das Glück im Besonderen, wie ihr Gegenüber bemerkte und auf die schnelle Lösung unseres Mordfalls."
Ihre Besucherin war noch ziemlich munter für die Tageszeit, immerhin ging es auf zehn Uhr zu und da hätte man eine alte Frau wie sie doch eher im Bett vermutet.
Aber bei Frau Zummermann war alles anders. Heute hatte sie offensichtlich keine Oper gehört bzw. gesehen, denn sie war ganz normal gekleidet. „Elegant", wie Kiki bei sich feststellte. Immer sah diese Frau aus, als ob sie gerade zu einer wichtigen Sitzung oder zu einer Vernissage oder einem anderen kulturellen Ereignis aufbrechen wollte. Ihre Haare hatte sie heute wieder seitlich mit Kämmen nach oben gesteckt und nur einige feine Härchen umspielten das Gesicht. Diese Härchen waren sicher auch beabsichtigt. Diese Frau überließ nichts dem Zufall, wenn es um ihr Aussehen ging.

„Und, was gibt es Neues?" fragte sie gespannt.
Kiki konnte ihr, ohne etwas auszuplaudern, von dem Fund der Kleidungsstücke berichten, war die Anregung, in den Mülltonnen zu suchen, ja von Frau Zummermann selbst gekommen. Auch dass die persönlichen Gegenstände nicht dabei gewesen waren und leider bis heute nicht aufgetaucht seien, teilte sie ihr mit. Das würde sie morgen früh sowieso

in der Presse lesen, die Zeitungen kannten oft den Fortgang der Ermittlungen bevor sie selbst die neuen Tatsachen erfuhren.

Dann kamen sie auf den bedauerlichen Selbstmordversuch Agnes Baders zu sprechen. Frau Zummermann war erschüttert. Sie hatte die Freundin am Nachmittag in der Klinik besucht. Es ging ihr schon viel besser, sie konnte am nächsten Tag wieder nach Hause gehen.

Kiki fragte nach, ob sie mit ihr über die Motive dieses selbstzerstörerischen Aktes gesprochen hatte und erfuhr, dass es vor allem die unverschämten und verlogenen Presseberichte gewesen seien, die Agnes Bader in eine tiefe Krise gestürzt hätten. Alles sei ihr so ausweglos vorgekommen.

Die Tochter sei weg gewesen. Sie habe sogar angedeutet, dass sie, die Mutter, mitschuldig am Tod des Vaters sein könnte. Die Finanzen seien zerrüttet und ihr Vater habe nur noch getobt. Dazu hätte sie sich, trotz der beantragten Scheidung, auch noch um die Bestattung ihres Mannes kümmern sollen. Was hätte sie für einen Anlass haben sollen, Trauerkarten zu verschicken? Um dann wieder einmal zum Gelächter der Leute zu werden. Und dann diese Reporter mit ihren Kameras! Sie hätten sie keine Minute in Ruhe gelassen. Sie habe noch versucht, einige ihrer Freundinnen zu erreichen, sei aber nicht durchgekommen. Da habe sie durchgedreht und wollte der ganzen Sache ein Ende machen.

„Leider war ich auch nicht zu Hause. Am Dienstag gönne ich mir regelmäßig eine Massage. Aber hier draußen, am Westplatz vorne, in der Physiopraxis West, da wäre ich schnell bei der Agnes gewesen, wenn ich nur gewusst hätte, wie schlecht es ihr geht."

Kiki konnte das mit dem tobenden Vater nur unterstreichen. Sie berichtete, wie sie den Apotheker am Vormittag erlebt hatten. Die Ergebnisse und Schlussfolgerungen, wenn es denn welche waren, behielt sie für sich. Das Verhalten des Mannes jedoch stellte sie ausführlich dar.

Frau Zummermann kannte den Apotheker seit Jahren und gab ihm voller Zorn eine Mitschuld am Scheitern von Baders Ehe.

„Wenn die zwei, also die Baders, nicht in Ulm gewohnt hätten, würde der Mann wahrscheinlich noch leben und die beiden wären noch verheiratet", mutmaßte sie. „Gegen so einen Schwiegervater anzukommen, der keinen neben sich duldet und einen gar nicht hochkommen lässt, das zermürbt auf die Dauer jeden."

„Glauben Sie denn, dass dieser Herr Riedle so weit gehen könnte und seinen Schwiegersohn ermorden würde, oder würde er ihn etwa ermorden lassen?"

Das war eine knifflige Frage. Man könne ja in keinen Menschen hineinsehen, meinte Frau Zummermann. Die schlechte Finanzlage des Toten hätte sich ja auch auf den Apotheker ausgewirkt. Wie weit genau, könne sie nicht sagen, das wisse sie nicht. Der baue doch gerade schon das zweite Hochhaus in der Fußgängerzone. Woher dieser Mensch das Geld habe, könne sie sich auch nicht denken. Aber die Arzneien seien

ja immer teurer geworden, da müsse schon Einiges hängen bleiben.
Sie wollte sich die Frage nach dem Apotheker als Täter noch einmal durch den Kopf gehen lassen.

Kiki musste einräumen, dass es noch keinen wirklich Verdächtigen gab. Den inzwischen ausgewerteten Fußspuren nach zu urteilen, handelte es sich offensichtlich um zwei Täter. Beide leider noch nicht in Sicht.

„Zwei Täter", rief Frau Zummermann, „das haben Sie mir noch gar nicht gesagt, dass wir nach zwei Tätern suchen!"

„Das wissen wir auch noch nicht lange und alle Erkenntnisse sollten auch nicht immer an die Öffentlichkeit, Frau Zummermann, das können Sie sich ja denken. Ja, es sind ziemlich sicher zwei Personen. Der Schuhgröße nach sind sie männlich."

Frau Zummermann bestand dann noch darauf, dass Kiki ihren Laptop holte und sie gemeinsam eine Liste von Verdächtigen anfertigten.

„Das ist doch eine feine Sache, so ein Gerät", meinte sie begeistert, als sie Kikis Notebook sah, ich weiß gar nicht, was ich früher ohne das gemacht habe."

„Sie können mit dem Computer umgehen?" Kiki war geplättet. Alles hätte sie erwartet, nur das nicht.

„Ich habe letzten Herbst beim ZAWiV, das ist so eine Fortbildungsveranstaltung für uns Alte an der Uni oben, da habe ich einen Computerkurs gemacht und ich muss sagen, ich bin begeistert." Ihre Augen blitzten nur so vor Unternehmungslust.

„Gott sei Dank gibt es außer mir auch noch andere alte Weiber und natürlich auch alte Männer", blinzelte sie Kiki verschmitzt zu, „die das können und so mailen wir hin und her was das Zeug hält. Ich muss schon aufpassen, dass ich nicht zu viel Zeit an diesem viereckigen Kasten verbringe. Wenn Sie mal ein Problem haben, kommen Sie ruhig zu mir, ich löse es, oder ich kann es zumindest versuchen", schwächte sie ihr großartiges Angebot etwas ab.

„Frau Zummermann, Frau Zummermann, bei Ihnen ist man vor keiner Überraschung sicher!"

„Die Liste", erinnerte Frau Zummermann sie und gähnte, „lassen Sie uns noch die Namen der Verdächtigen zusammentragen, bevor ich dringend ins Bett muss."

Kiki wollte ihr die Freude nicht verderben und sie über die Liste, die sie natürlich bei der Ermittlung erstellt hatten, informieren. Also fing sie mit der Ehefrau, Agnes Bader, an, trotz des Protestes von Seiten der Freundin. Und dann wurde die Liste immer länger.

„Wer jetzt schon ausscheidet, wird durchgestrichen", schlug sie vor und die ersten Zeugen und Zeuginnen waren schon aus dem Spiel.

Kiki war erstaunt, wie viele Menschen in diesem Fall als Täter in Frage kamen und sie würde die Liste im Präsidium andertags auch noch für sich vervollständigen.

Sie stand gähnend auf und warf Ihren Stick gleich in den Rucksack. Frau Zummermann verstand den Wink, verabschiedete sich auf Schwäbisch mit einem zufriedenen: „Heut hend mr Einiges gschafft, gel?" und zog die Wohnungstüre hinter sich zu.

15

„Ein irrer Tag", dachte Kiki, als sie sich interessiert im Spiegel betrachtete. „Was heute alles so passiert ist."
Die Zahnbürste musste sie ersetzen, das hatte sie sich schon letzte Woche vorgenommen, das durfte sie nicht wieder vergessen.
Sie sollte morgen mal wieder einkaufen gehen. Die paar restlichen Oliven im Kühlschrank und die halbe Flasche Rotwein waren auch nicht die gesündeste Mahlzeit. Aber im Augenblick kam sie ja nicht dazu, sich abends etwas zu kochen. Kochen war sowieso nicht ihre Stärke, sie aß gerne auswärts, aber jeden Tag im Restaurant, das ging ins Geld und das hatte sie im Moment nicht sehr üppig. Der Umzug war nicht gerade billig gewesen und einige Möbelstücke wollte sie noch neu kaufen. Brot musste auf jeden Fall sein, das war die Grundlage und Butter.
Wenn gar nichts mehr ging, wenn sie deprimiert war oder auch zu aufgedreht, dann musste es wenigstens ein Butterbrot sein oder auch ein Teller Spaghetti. „Das beruhigt die Nerven", hatte ihr schon die Omi gesagt und Kiki glaubte fest daran.
Sie strich sich zufrieden und satt über ihr Bäuchlein, die Pizza war gut gewesen und das Gläschen Wein hatte sie entspannt und würde ihr beim Einschlafen helfen.

Den Tag über war es immer noch grau und dunstig und der Himmel hatte auch am Abend nicht aufgehellt. Bis auf ein paar einsame Tropfen, hatte es allerdings auch heute nicht geregnet. Ein Vorteil für alle Radfahrenden.

Kühl war es vor allem am Abend geworden und etwas Wärme konnte auch heute nicht schaden. Wehmütig dachte sie an Berlin, an ihre Mama Siria, und wie diese ihr noch bis zum Abitur Bettflaschen verabreicht hatte. Na ja, damals war sie ja fast nur barfuß gegangen. Sie konnte Schuhe oder Hausschuhe, warum auch immer, an den Füßen auch heute noch schlecht vertragen und ihre kalten Füße hatten Siria immer wieder zu wärmenden Aktionen animiert, die von Kräutertee bis Bettflaschen reichten.

Schon früh hatte sie eine gute Methode gefunden, Kiki vor Erkältungen zu bewahren. Damit sie es warm hatte, gab es große Kannen mit Tee und auch tagsüber während des Lernens, immer mal wieder eine kleine Bettflasche auf den Schoß und eine große auf den Boden, unter die Füße.

„Warme Füße, warmes Herz", hatte die Omi ihr einmal auf eine Geburtstagskarte geschrieben und ihr ein kuscheliges, witzig ausschauendes Lämmchen mit Gummibettflasche als Inhalt geschenkt. Das Lämmchen hatte sie immer noch, wenn es auch inzwischen vom vielen Waschen ziemlich zerzaust aussah.

Ja, diese Großmutter! Es war einfach ein Glück, dass es sie gab. Siria war ja die liebevollste Mutter, die sie sich denken konnte. Sie hatte alles getan, um ihr auch noch den Vater zu ersetzen. Und erfreulicherweise, das wusste sie erst jetzt zu schätzen, hatte sie ihren Vater nie in den Schmutz gezogen, wie sie das von einigen anderen Scheidungsmüttern gehört hatte, oder auch nur schlecht über ihn gesprochen. Aber die wenigen Male, die sie bei ihm in seinem Bauwagen verbracht hatte, waren nicht erfreulich gewesen. Auch wenn sie heute immer mal wieder wütend und traurig wurde, wenn sie ihn besuchte, konnte sie jetzt sein Verhalten eher tolerieren als damals. Sie war einfach noch zu jung gewesen, um seine Alkoholexzesse zu verstehen und seine Krankheit als eine solche einzuschätzen. Wütend wurde sie deshalb, weil sie einfach nicht verstehen konnte, dass er nicht zu einem Entzug bereit war und es mit ihm immer weiter bergab ging. Er war schon ganz dünn und durchsichtig geworden und hatte Mühe, seine täglichen Bedürfnisse zu verrichten. Aber, er war eben trotz allem ihr Vater, das war nicht zu leugnen oder zumindest ihr Erzeuger, sagte sie sich. Allerdings, wenn sie manchmal darüber nachdachte, musste sie sich eingestehen, dass sie Christof, ihren sozialen Vater, wie sie ihn bei sich nannte, weit mehr liebte, als diese traurige Gestalt.

Immer noch war sie ihrer Großmutter und auch Siria dankbar, dass sie sie von ihrem Vater fern gehalten hatten. Seine Eltern hatten nie etwas von ihrer Mutter und ihrem Enkelkind Kiki wissen wollen, so hatte sie seine Familie nie kennen gelernt. Sie hatte sich mit Freuden an Siria und ihre Großmutter gehalten und später hatte sie auch einen guten Kontakt mit Christofs Eltern gewonnen. Sirias Vater, ihr Großvater also, war schon vor Kikis Geburt gestorben und so bildeten die drei ein Drei-Mäderl-Haus, wie ihre Großmutter es nannte. Da die Großmutter Urberlinerin war, hörte sich das österreichische Mäderl aus ihrem Mund, immer etwas merkwürdig an.

Das Wasser kochte, das Bett wartete. Ach ja, die Zeiten, in denen sie so verwöhnt worden war, waren schon lange vorbei. Wolf war auch nicht gerade der Aufmerksamste gewesen. „Nicht an ihn denken. Heute Abend nicht, heute hat Federle absoluten Vorrang."

Heutzutage musste sie für ihre Wärme und für ihr Wohlbefinden schon selbst sorgen und das war auch gut so. Einmal waren Kindheit und Jugend einfach vorbei und nur noch eine sehnsüchtige, schöne Erinnerung. Aber die wollte sie nicht missen, und hier in der Fremde, in der schwäbischen Provinz, wie Siria ihr neues Domizil nannte, schon gar nicht. Morgen würde sie sich mal wieder zu Hause melden und von ihrem aufregenden Dasein berichten. Ob auch von Federle und seinen Versuchen, an sie ranzukommen, würde sich ad hoc entscheiden.

Eine kleine Bettflasche würde heute reichen. Gut, dass es ziemlich kühl war, so hatte sie nicht das Bedürfnis, bei offener Türe zu schlafen. Während sie die Fenster noch einmal genau kontrollierte, ärgerte sie sich über sich selbst. Sie war doch weit weg von Berlin, Telefonanschluss hatte sie keinen und ihre neue Handynummer war noch ziemlich geheim. Warum ließ sie diese Zeit des Terrors einfach nicht aus den Krallen? Sie nahm ihr Buch vom Tischchen, legte es dann aber wieder zurück. Für eine ernste Geschichte war sie jetzt einfach zu müde. Wenn es so weiterging, kam sie ja nie mehr zum Lesen.

Sie kuschelte sich in die Decken und versuchte an Federle, also an Friets zu denken. Warum hatte er bloß einen so blöden Namen! Was hatten sich die Eltern dabei gedacht?

Ganz verschwommen schob sich Wolfs Gesicht vor jenes von Friets und sie sah wieder die erste Zeit mit ihm in seinem Appartement und wie sie sich immer in der Mensa trafen. Sie waren häufig ins Kino gegangen und schon bald hatte sie ihn, weil er immer wieder darum bat, ihrer Familie vorgestellt. Das erste Jahr war alles gut gegangen und sie hatte ihn wirklich schätzen gelernt. Er war zuverlässig und liebevoll, phantasievoll im Bett und ein kluger Gesprächspartner. Sie konnten es gut miteinander aushalten.

Im zweiten Jahr waren sie dann zusammengezogen. Sie hatten eine tolle Wohnung gefunden, in Charlottenburg, in einem Altbau. Eine Studienkollegin, die wie Kiki im zweiten Semester studierte, hatte sich von ihrem Freund getrennt und konnte alleine die Miete nicht aufbringen. Es war nicht leicht gewesen, Wolf von der Möglichkeit einer Wohngemeinschaft zu überzeugen, aber nachdem das Zusammenleben zu zweit sonst in weite Fernen gerückt wäre, erklärte er sich doch damit einverstanden.

Inzwischen war ihr klar, weshalb er so gezögert hatte. Eine dritte Person bedeutete einfach, dass Kiki nicht ausschließlich und andauernd auf ihn fixiert und angewiesen war.

Und so kam es dann auch. Isabel, die Wohnungsmieterin, wurde zur Freundin. Jetzt begann ein merkwürdiges Leben zu dritt. Isabel und sie sahen sich häufig an der Uni und unternahmen auch sonst immer wieder gemeinsame Ausflüge, von denen sie oft lachend und zufrieden nach Hause zurückkehrten. Auch die häuslichen Abende verbrachten sie oft zu zweit.

Wolf schrieb an seiner Arbeit und hatte wenig Zeit, sich an ihren Unternehmungen zu beteiligen. Isabel war seiner Meinung nach eine Schlampe, das ließ er Kiki öfter mal wissen. Dass er das Wort nicht aussprach, änderte nichts an seinem Urteil. Irgendwann wurde es Kiki klar, dass er nur noch Negatives über ihre Freundin von sich gab.

Selbst wenn sie die leckersten Mahlzeiten zubereitete, Isabel konnte super kochen, war er unzufrieden und zog ein Gesicht. Nichts konnte sie ihm recht machen. Als die beiden Freundinnen sich einmal darüber unterhielten und Isabel sich daraufhin offen mit Wolf aussprach, hatte er keine konkreten Vorfälle anzumerken, sondern gab einfach irgendwelche Plattitüden von sich und rettete sich in allgemeine Ausflüchte.

Kiki sah auf die Uhr. Über ihrem Nachdenken war es fast zwölf Uhr geworden. Jetzt griff sie zu dem Mittel, das ihr schon öfter geholfen hatte. Sie stellte sich ihren Wecker auf zwei Uhr. Heute würde sie nicht einfach wieder aus einem Albtraum hochfahren. Sie würde aufwachen, sehen, dass alles in Ordnung war und beruhigt wieder einschlafen. Das war eine gute Entscheidung.

Vor den geschlossenen Augen tauchte dann noch Federles Gesicht auf. Sie sah seine Augen vor sich, so

schöne dunkle Augen hatte sie noch nie so nahe gesehen. Und wie er sie angeschaut hatte! Zuerst hatte es ja nach einem schlimmen Unfall ausgesehen. Als er so weiß um die Nase und mit geschlossenen Augen da lag, hatte sie kurz gedacht, dass er ohnmächtig sei. Fast hätte sie ihn noch von Mund zu Mund beatmet! Aber, das hatte er ja dann selbst übernommen und zwar bei ihr. Sie lächelte entspannt. Aber so leicht würde sie es ihm nicht machen. Erst wollte sie noch Einiges über ihn wissen, aber das hatte Zeit.
Mit Federles Kuss auf den Lippen schlief sie zufrieden ein.

16

Als Kiki am Morgen erwachte, schien das Licht taghell durch die Ritzen der Rollläden. Sie fühlte sich warm und ausgeruht und räkelte sich genüsslich im Bett. Du meine Güte, hatte sie gut geschlafen.
„Wie!? Was!?" fuhr sie dann plötzlich hoch und riss den Wecker an sich. Acht Uhr dreißig. „Mist!" Sie hatte doch zwei Uhr eingestellt, um das lästige Hochfahren aus den schlechten Träumen und das Kontrollieren ihrer Barrikaden zu vermeiden. Aber klar doch, wer wollte schon um zwei Uhr nachts aufstehen und die Fenster kontrollieren, die eh geschlossen waren! Sie offensichtlich nicht. Da hatten sich ihr Wunsch nach Sicherheit und das Bedürfnis nach einem erholsamen Schlaf anscheinend überkreuzt und der Schlaf hatte gewonnen.
Sie sah, dass sie glatt vergessen hatte, den Weckknopf zu drücken. Nicht zu fassen! Aber schön war die Nacht trotzdem, keine Alpträume, kein Wolf weit und breit und der Friets war auch nicht bei ihr gewesen. Obwohl, man erinnerte sich ja nicht an alle Träume, wer konnte das schon wissen?
Aber an etwas erinnerte sie ganz deutlich: Um neun Uhr war im Präsidium die erste Lagebesprechung angesetzt. Ob sie das wohl noch schaffen würde? Sie musste. Duschen fiel weg, Frühstück auch. Kurzes Zähneputzen und Katzenwäsche war angesagt. Die Liste hatte sie auf ihrem Stick, die Tasche stand neben dem Telefontischchen. Los ging es!

Aber sie hatte nicht mit dem feinen Gehör ihrer Vermieterin gerechnet. Gleichzeitig mit ihrer Türe ging oben die andere auf und Frau Zummermann beugte sich über das Geländer.

„Frau Wunder", rief sie ganz aufgeregt, „Frau Wunder, Sie können jetzt nicht los, mir ist noch etwas eingefallen, ich habe ganz vergessen, Ihnen etwas zu sagen. Es ist wichtig für unseren Fall!"
Kiki schaute nach oben, während sie eilig ihr Radschloss öffnete und sich den Helm auf den Kopf drückte.

„Ich kann nicht, ich komme eh schon zu spät zur Arbeit! Wenn es ganz wichtig ist, rufen Sie mich doch im Präsidium an. Einfach durchstellen lassen, ich muss los!" Und damit war sie auch schon aus der Türe.

Endlich hatte sich das Wetter besonnen. Es war ein Tag wie er im Mai sein sollte. Alles duftete und leuchtete und schien die Leute in gute Laune zu bringen.
„Eigentlich sollte ich ja nicht so rasen", dachte sie, während sie nur so über die Bordsteine hüpfte. Trotz ihrer Eile bremste sie an der gestrigen Unfallstelle heftig ab. Sie musste lächeln, als sie an Federles überraschende Genesung und an seinen Kuss, einen Unfallkuss sozusagen, dachte. War der charmant gewesen gestern Abend! Ach, es war doch einfach schön, sich einmal wieder begehrt zu fühlen.

Das Kribbeln im Bauch nahm zu, als sie ihn im Besprechungszimmer sitzen sah, zu dem sie um Punkt neun Uhr die Türe aufriss. Dankbar registrierte sie, dass Friets neben sich einen Platz frei gehalten hatte. Wieder das klassische Trio, links Friets, rechts Manni, musste das denn immer so sein? Wer hatte ihr jetzt den Platz frei gehalten, Friets oder doch Manni, der schon immer dafür gesorgt hatte, dass sie bei Besprechungen neben ihm zu sitzen kam? Dieser Manni mischte sich doch immer wieder irgendwie ein und sie hatte schon seit längerem das Gefühl, dass er versuchte, näher an sie ranzukommen.

„Jetzt ist erst mal Federle dran", dachte sie trotzig und warf ihm einen dankbaren Blick zu. „Hallo Friets", sagte sie ein bisschen lauter als gewöhnlich. Mannis Kopf fuhr herum.

„Ach, ist man jetzt schon beim Du angelangt?" fragte er mit einem anzüglichen Blick.

„Wenn man so eng zusammenarbeitet, wie wir beide, lässt sich das kaum vermeiden", schoss Kiki zurück und betonte das eng ganz besonders.
Dann spürte sie Friets Hand leicht auf ihrer Schulter und hörte seine Stimme an ihrem Ohr flüstern:

„Guten Morgen, schöne Frau!"

„Guten Morgen, liebe Kolleginnen und Kollegen, dröhnte der tiefe Bass des Vorsitzenden von Tischende. Der leise Atemhauch an ihrem Ohr war nicht unangenehm gewesen und schon am Morgen ein „schöne Frau" zu hören, hob ihre Stimmung ungemein. Sie schaute Federle lächelnd von der Seite an.

„Können wir anfangen?" unterbrach der Ermittlungsleiter ihr kleines Geplänkel und warf Kiki wieder einmal einen strengen Blick zu.

„Weshalb eigentlich immer ich? Immer schaut er mich an." Kiki ärgerte sich. Das war ja wie früher in der Schule. Dort war sie auch einmal eine Klasse lang die Buhmieze gewesen. Da konnte passieren, was wollte, immer wurde alles ihr zugeschoben. Und der Lehrer hatte sie auch immer so strafend angesehen, als wäre sie ein Monster. Na ja, einige Male und nicht zu knapp, war sie natürlich die Verantwortliche gewesen. Aber das war eben so, wenn man von einer Schülerin erwartete, dass sie immer Mist baute, dann machte sie das halt auch.

Nachdem sie auf der Polizeihochschule Einiges über Psychologie gelernt hatte, dachte sie ja, dass dieser Lehrer damals wahrscheinlich in sie verknallt gewesen war. Da das nicht sein durfte, bestrafte er wohl sie mit Missachtung und sich gleich mit. Ob diese Deutung richtig war?

Bei ihrem Vorgesetzten hier sicherlich nicht. Der wollte einfach vorwärtskommen in seiner Arbeit und Gespräche, die nicht der Sache dienten, wollte er nicht haben.

„Ach egal", dachte sie und ließ das angenehme Gefühl, das ihr Federles Atem verursacht hatte, wieder durch den Körper strömen und konzentrierte sich auf Herrn Roth. Jetzt erst bemerkte sie, dass ein neues Gesicht in der Runde aufgetaucht war.

„Darf ich Ihnen Herrn Dr. Maiser vorstellen. Er ist Staatsanwalt und für unseren Fall zuständig."

Kiki hatte den Herrn tatsächlich noch nie gesehen, hatte aber schon Einiges über Dr. Maiser gehört. Vor allem Suse hatte sich schon über ihn ausgelassen. Na ja, übertrieben hatte sie nicht, was sein Aussehen anbelangte.

„Nicht mein Typ", hatte sie gemeint und Kiki glaubte ihr das sofort.
Da saß ein kleines, schmales, ältliches Männchen am Tisch, mit schütteren Haaren auf dem Kopf. Eine Strähne hatte er noch erwischt und sie vorne an der Stirne von links nach rechts über den Schädel gestrichen. Du meine Güte, sah das lächerlich aus. Kiki fragte sich, ob er sie wohl jeden Morgen extra anklebte? Und was passierte, wenn ein Windstoß über diesen Kopf fegte? Oder wenn er einen Hut tragen sollte und ihn lüften müsste. Und erst sein Schnurrbart!
Kiki presste die Lippen aufeinander. Bevor sie in lautes Gelächter ausbrechen konnte, hörte sie wieder einmal die mahnende Stimme ihrer Ausbilderin und mit dieser Stimme im Ohr konnte sie ihr Kichern unterdrücken.
Weshalb waren Staatsanwälte eigentlich oft so alt und so unattraktiv? fragte sie sich noch, als jetzt das Männchen den Mund öffnete, der schmal und von Falten umgeben im kleinen Gesicht saß:
„Guten Morgen, meine Damen und Herren. Ich möchte mir heute einmal ein Bild machen über den Fortgang der Ermittlungen. Leider haben Sie noch keine Ergebnisse erzielen können. Und mit Ergebnissen meine ich die Ergreifung der Täter. Das muss sich ändern. Aber lassen Sie hören."
Offensichtlich hatte dieser Herr Maiser die Winterzeit noch nicht hinter sich gelassen. Mit einem Schniefen öffnete er eine Packung Papiertaschentücher und Dr. Roth wartete noch das laute Schnäuzen des Staatsanwaltes ab, bevor er begann:

„Herr Dr. Maiser hat Recht. Wir haben keine Zeit zu verlieren. Wir sollten zunächst die Ergebnisse des gestrigen Tages durchgehen und außerdem gibt es neue Erkenntnisse." Der Ermittlungsleiter hatte einige Dinge vor sich auf dem Tisch ausgebreitet und alle streckten neugierig den Hals, um zu sehen, was da vor ihm lag.

„Zunächst möchte ich allerdings die Berichte über Ihre gestrige Arbeit noch einmal hören, damit Herr Dr. Maiser sich ein Bild machen kann und wir alle auf dem neuesten Stand sind."

Von Suse und Manni erfuhren sie, dass drei der vier ehemaligen oder noch Geliebten Baders für die Tatzeit ein Alibi besaßen.

„Die vierte im Bunde haben wir nicht angetroffen und auch nicht über Telefon oder Handy erreicht", berichtete Suse.

„Man sollte es nicht glauben, aber Baders Geliebte waren alles unglaublich attraktive, junge Frauen, ein bisschen zickig zwar, aber die Rundungen, mein lieber Herr Gesangsverein! Und dabei haben wir ja nur die aus den letzten zwölf Monaten verhört. Dass der mit denen so allerhand angestellt hat, wie man in der Blöd-Zeitung liest, kann ich mir vorstellen. Da kann man sich doch nur wünschen, auch mitzumischen."

Manni hatte bei den Rundungen eine entsprechende Handbewegung gemacht und Kiki dabei herausfordernd angesehen. Sie hatte sich mit einem milden und herausfordernden Lächeln etwas aufrechter vorne auf die Stuhlkante gesetzt. Dieser Manni, er konnte es nicht lassen, er versuchte sie zu provozieren, wo es nur ging. Aber Pustekuchen, sie ließ sich nicht dazu hinreißen, ihre wahren Gedanken vor allen Anwesenden hier auszubreiten. Es gab immer einige Kollegen, die nur darauf warteten, wie sie, die Neue, die Berlinerin, auf solche sexistischen Bemerkungen reagieren würde.

Dr. Roth mischte sich ein: „Ihre Bedürfnisse in dieser Richtung, tragen hier sicher nicht zur Wahrheitsfindung bei, Kollege Knopf, bleiben Sie bei der Sache."

„Bei zweien von ihnen ist die Zeugenvernehmung übrigens etwas delikat gewesen, da der Ehemann der einen Frau unbedingt dabei sein wollte", berichtete Suse weiter, „und der andere wollte unbedingt den Grund für unser Kommen erfahren."

Sie hätten es dann doch vermeiden können, sie gleichzeitig mit den Ehemännern zu vernehmen und es den beiden Frauen überlassen, diese nach ihrem Weggang über ihr Verhältnis zu Bader zu informieren. Eine Auseinandersetzung in dieser Frage hätte ihnen gerade noch gefehlt.

Wie gesagt, alle drei Frauen hatten mit Bader seit einigen Tagen oder sogar Wochen keinen Kontakt mehr und kamen als Täterinnen kaum in Frage. So sah es zumindest im Augenblick aus. Alle drei hatten angeblich die Beziehung zu Bader selbst gelöst beziehungsweise waren nur an einem kurzen Geplänkel interessiert. Eine hatte sogar die Annahme, sie hätte eine sexuelle Beziehung mit ihm gehabt, als Unterstellung zurückgewiesen. Sie habe nur zwei Mal mit ihm eine schöne Fahrt ins Allgäu unternommen und das ohne alle weiteren Absichten. Und das sei auch schon im letzten Herbst gewesen.

Auf ihre Fragen nach möglichen Bekanntschaften des Baders, nach Feinden oder gar Feindinnen, konnten sie überhaupt nichts sagen.

Wie es im Augenblick aussah, hatten die beiden Ehemänner von diesem Geplänkel ihrer Frauen nichts geahnt. Suse hatte sie dennoch für den Nachmittag ins Präsidium bestellt, da sie dann wohl näher Bescheid wussten und intensiver befragt werden könnten. Immerhin sei eine Eifersuchtstat doch nicht auszuschließen.

Ja, dachte Kiki amüsiert, bei solchen Themen ist Suse einfach unschlagbar. Sie hat da einen gewissen Riecher, wie man sagt, sie ermittelt da offensichtlich aus Erfahrung.

Manni und Suse hatten auch die Bahnfahrt der Sängerin, die Fahrkarte, das Hotel in Wuppertal, sowie die Auftrittszeiten unter die Lupe genommen und waren beide der Meinung, dass man sie aus dem Kreis der Verdächtigen ausschließen konnte. Dem schlossen sich die anderen nach einiger Diskussion an.

„Na, wenn Sie sich da nur nicht zu sicher sind. Aber weiter im Text, wir haben noch einige Arbeit vor uns", drängte Dr. Roth.

„Die Befragung des Herrn Riedle, die möchte ich doch gerne noch von Ihnen beiden hören, Frau Wunder und Herr Federle. Der Herr Apotheker hat sich bei mir bitter über Sie und Ihre Methoden beschwert und auch den Herrn Staatsanwalt damit belästigt."

„Das hat er uns schon angedroht", gab Kiki Bescheid, „dabei sind wir so „diffizil" vorgegangen wie

nur möglich, also so, wie Sie uns gebeten hatten."
Kiki tat ganz unschuldig und musste grinsen, wenn sie an den gestrigen Nachmittag dachte.

„Heute Vormittag muss er ja noch vorbeikommen, um unser Protokoll zu unterschreiben oder hat er sich etwa geweigert?" wollte Federle wissen.

„Nein, nein, er wird schon kommen und mich ein wenig anschreien." Dr. Roth lächelte kurz etwas säuerlich zum Staatsanwalt hinüber. „Das ist Ihnen sicher auch bekannt, in einem normalen Ton ist bei ihm nichts zu machen" und zu Federle gewandt fuhr er fort, „trotzdem bitte ich Sie beide, bei Ihren Vernehmungen wirklich Fingerspitzengefühl walten zu lassen. Diese Herren, bei denen Sie bis jetzt vorgesprochen haben, sind wichtige Bürger der Stadt, vergessen Sie das nicht. Sie haben Einfluss und ich möchte nicht, dass sie unnötig belästigt werden. Wenn Sie also den Eindruck haben, dass hier keinerlei Anlass zu einem Tatverdacht besteht, dann werden wir den Herrn Apotheker von unserer Liste streichen. Aber sagen Sie uns doch noch einmal Genaueres."

Kiki und Federle berichteten dann abwechselnd und mit sichtlichem Vergnügen über die Unterstellungen und Aufzählungen der Untaten des toten Schwiegersohnes. Und dass der Zeuge nicht bereit gewesen war, über sein Alibi zu reden. Im Gegenteil, dass er sie beide recht rüde aus seinem Büro hinauskomplimentiert hatte. Das Alibi müsste wohl Herr Roth noch aus ihm herausholen.

„Wie weit das noch von Belang ist, werden wir sehen. Kommen wir doch zu den Fundstücken hier."

Jetzt wurde es spannend und die Kollegen streckten die Hälse, als Herr Roth die Gegenstände in ihren Plastikhüllen einzeln emporhob und der Praktikant *Wind* gleichzeitig, flott und geschickt, Fotos von ihnen an die Wand pinnte.

Wie Kiki schon vermutet hatte, handelte es sich um die persönlichen Gegenstände des Toten, die bisher noch verschwunden gewesen waren. Die Geldbörse, mit einigen Hunderteuroscheinen bestückt, der Führerschein, der Personalausweis, ein Kraftfahrzeugschein und Fotos von verschiedenen Frauen lagen auf dem Tisch. Dazu ein Schlüsselbund mit mehreren Schlüsseln.

„Da die dreihundert Euro noch im Geldbeutel stecken, können wir wohl davon ausgehen, dass es sich nicht um einen Raubmord handelt", mutmaßte der Staatsanwalt ganz richtig.

„Sind denn auch die Autoschlüssel des Toten dabei", wollte Manni wissen?

„Ja, und hier kommt gleich die nächste Information. Wir haben den Wagen des Toten in einer Seitenstraße am Klosterhof entdeckt. Abgeschlossen und ohne irgendwelche Tatspuren. Diesen Wagen können wir sowohl als Tatort, als auch als Transportmittel in irgendeiner Weise ausschließen. Aber, damit hatten wir ja schon gerechnet."

„Spannen Sie uns doch nicht auf die Folter, wo wurden denn die Gegenstände gefunden und von wem?" preschte Suse ungeduldig vor.

„Ihnen kann es einfach nie schnell genug gehen, Frau Michel, ich komme gleich drauf, sie werden

sich wundern. Der Fundort liegt nicht im Klosterhof, nicht in Söflingen und auch nicht in Ulm. Die Sachen wurden an einer Autobahnraststätte bei Mannheim in einem Papierkorb gefunden."
Die Überraschung war Dr. Roth gelungen. Alle schauten sich etwas konsterniert an. Kiki erinnerte sich, dass ihr erster Zeuge, Herr Dr. Grün, einige Male auf beteiligte Bauunternehmen im Norden hingewiesen hatte und auch der Apotheker hatte in seinem Sermon einige Male gerufen:

„Der hat sich ja überall Geld zusammengerafft. Fragen Sie mal die, die sich an den Hallenbauten im Norden eine goldene Nase versprochen haben, wie er die übers Ohr gehauen hat!"

„Aber das heißt doch nicht, dass alle unsere Verdächtigen aus dem Schneider sind oder?" wollte Kiki wissen.

„Nein, natürlich nicht, sie sind keineswegs außen vor. Es könnte ja sein, dass der oder die Täter extra eine Autofahrt nach Norden unternommen haben, um die Sachen los zu werden. Gleichzeitig führt uns die Spur doch noch in eine andere Richtung, als wir bisher angenommen hatten."

„Dann haken wir das hier doch vollends ab und reisen Richtung Norden", schlug Manni forsch vor. Dr. Roth schüttelte den Kopf. Dann berichtete er noch Genaueres über den Fundort der Gegenstände, die Zeit und die genauen Umstände. Es war ein absoluter Zufall gewesen, dass einer der Putzmänner in den Müllsack hineingeschaut hatte, bevor er ihn zugebunden hatte. Die Sachen hatten lose zwischen dem übrigen Müll gelegen und nur das Aufblitzen eines Schlüssels veranlasste den Mann, genauer nachzuschauen. Es sah so aus, als habe er nichts übersehen. Die Spurensicherung hatte noch einmal die ganze Sache überprüft. Fingerabdrücke waren sichergestellt worden.

Die Fotos der Frauen hatten in der Geldbörse gesteckt und Dr. Roth ließ sie jetzt den Kollegen zur Ansicht weitergeben. Suse erkannte gleich die Sängerin, die mit einem wunderschönen Starfoto mit Widmung, vertreten war. Auch von den anderen vier Zeuginnen waren drei mit ihrem Konterfei dabei.

„Wir scheinen mit unserer Liste richtig zu liegen", freute sich Suse, „außer einer, sind die anderen vier uns durchaus bekannt."

„Lassen Sie uns überlegen, wer in letzter Zeit eine Reise beziehungsweise eine Fahrt in den Norden unternommen hat oder aber gemacht haben könnte. Diese Sängerin, diese Frau Mutelli, die wir vorher schon fast ausgeschlossen hatten, könnte durchaus die Gegenstände für zwei von ihr gedungene Mörder zur Entsorgung nach Norden mitgenommen haben."

„Diese Frau ist doch Italienerin", ließ auch der Staatsanwalt, ihr Foto in den Händen haltend, wieder vernehmen, „lassen wir hier auch die Mafia nicht ganz außer Acht. Immerhin ging es hier nicht um Peanuts, das kann man wohl sagen, auch wenn ich das dem Toten, er ruhe in Frieden, nicht unterstellen würde. So gut kannte ich ihn schon."

„Ach du meine Güte, eine Sängerin wird sich doch nicht Mörder einkaufen und auch noch gleich zwei davon", mischte sich Kiki forsch in Dr. Maisers Überlegungen ein. „Und wenn wir bei jedem Mord gleich an die italienische Mafia denken würden! Oft ist die einheimische Mafia nicht weit, bei solch finanzschweren, lukrativen Geschäften, die dann allerdings manchmal auch aus dem Ruder laufen." Kiki musste bei ihren Worten wieder einmal an die Finanzschiebereien in Berlin denken.

„Es muss ja nicht so sein, liebe Frau Kollegin, ich will damit nur sagen, dass die Frage nach einer Fahrt in Richtung Norden eine neue Fragestellung beinhaltet und das bei all unseren Verdächtigen. Sie sind also aufgefordert, Ihre bisherigen Vernehmungen jeweils zu ergänzen."

„Na dann treffen wir uns noch einmal mit der attraktiven Ulmer Weiblichkeit, ich habe nichts dagegen einzuwenden, im Gegenteil." Manni schaute auffordernd in die Runde.

„Telefonisch ist ja auch Einiges zu machen. Ich bin nicht der Meinung, dass wir unseren Zeugen jeweils tief in die Augen schauen müssen, um ihre Glaubwürdigkeit zu testen", lehnte Suse den Vorschlag ihres Kollegen etwas spitz ab.

Dr. Maiser wollte bezüglich der weiteren Arbeit nicht zurückstehen und hatte einen Vorschlag für Suse und Manni:

„Sie beide haben ja heute Nachmittag die Möglichkeit, die betroffenen Ehemänner genauer zu befragen und diese Fahrten ins Allgäu, na ja, die könnten doch auch in eine andere Richtung gegangen sein, da sollten Sie schon noch einmal nachhaken."

Jetzt verstand Kiki gar nichts mehr. Was sollte das jetzt heißen? Die Fahrten Baders mit seiner Geliebten zusammen ins Allgäu hatten doch erwiesenermaßen vor seinem Tod stattgefunden, jetzt sollten die noch einmal überprüft werden? Wollte der Herr Staatsanwalt jetzt die Täter noch vor dem Mord ermitteln. Sollte etwa Bader sein eigener Mörder sein?

„Halt Dich zurück, er weiß es nicht besser", sagte sie sich zähneknirschend.

„Sollen wir den Herrn Apotheker nicht doch übernehmen?", erkundigte sich Federle gerade.

„Den überlassen Sie besser mir", entschied Dr. Roth. „Für heute Nachmittag habe ich ja die zweite Pressekonferenz angesetzt. Sie glauben nicht, was diese Sache für einen Wirbel gemacht hat. Schauen Sie in die Zeitungen. Lesen Sie es. Auch in den überregionalen Blättern ist heute diese Hallengeschichte mit Insolvenz und Verschwendung von Steuergeldern mit Todesfolge der Aufmacher. Ich möchte Sie bitten, mich und Herrn Dr. Maiser heute Nachmittag um 14.00 Uhr durch ihre Anwesenheit zu unterstützen, ich rechne mit Ihnen. Viel können wir ja nicht sagen, aber das wenige, das wir haben, werde ich entsprechend aufbereiten.
Bis dahin könnten Sie beide", er wies auf Federle und Kiki, „den Kollegen Knopf und Frau Michel unterstützen und sich noch einmal um die vierte Zeugin kümmern, vielleicht ist sie ja jetzt zu sprechen.
Dann wäre da noch der andere Geldgeber, der angeblich verreist sein soll. Haken Sie nach, wann er zurückkommt und wo er sich aufhält. Es würde mich nicht wundern, wenn der Herr Direktor dabei wäre,

zufällig irgendwo in Norddeutschland irgendwelche Stelen-Standorte zu planen. Es fließt dort zwar keine Donau, aber wer weiß, wo diese Herrschaften noch so ihre Tagungen und Konferenzen abhalten, um Steuergelder für nutzlose Kontakte zu verbraten.
Wir sollten bis heute Nachmittag so viele Zeugenbefragungen wie möglich durchgeführt haben, sonst zerreißen die Zeitungsleute uns in der Luft."

„Da bin ich ganz Deiner Meinung, lieber Christian", pflichtete ihm Dr. Maiser bei, „an die Arbeit, Kollegen!"

Aha, sie waren also per Du, die beiden, die sich jetzt die Hand schüttelten. Irgendwie hatte Kiki den Eindruck, als würde sich Dr. Roth und auch der Staatsanwalt, gar nicht so ungern dieser überregionalen Pressemeute stellen.
In Berlin hatte sie meist mit Kollegen zusammengearbeitet, die diese Informationspflicht gegenüber der Öffentlichkeit eher gescheut oder sogar verabscheut hatten. Die meisten hatten sich davor gedrückt, wenn es nur irgendwie ging. In Ulm war dies ihre erste Pressekonferenz und ihr schien es, als würden sich die leitenden Ermittler fast auf die Präsentation ihrer Arbeit und möglicherweise auch ihrer Person freuen. Vielleicht lag sie damit aber auch falsch, sie konnte sich täuschen.

17

Kiki wollte sich in zehn Minuten mit Federle treffen, um die weiteren Schritte zu planen. Erst mal musste sie nach ihren Pflanzen schauen. Suse drängte sich hinter ihr ins Büro.

„Und, wie geht es Dir heute, hast Du von ihm geträumt, von deinem Friets?" fragte sie neugierig und begutachtete das Fleißige Lieschen, das prachtvoll auf dem Fensterbrett blühte.

„Was Du immer denkst", Kiki wehrte ab, „das hab ich Dir doch gestern Abend schon gesagt, dass noch gar nichts passiert ist."

„Na, wenn ein Kuss nichts ist für Dich..., das hat sich am Telefon aber ganz anders angehört. Das nehm ich Dir nicht ab, dass Du nicht insgeheim schon angesprungen bist auf diesen geheimnisvollen Casanova."

„Casanova, was Du immer hast, Du hast selbst gesagt, dass es nur Gerüchte sind, die ihn in diese Ecke stellen und dass Du nicht aus eigener Erfahrung sprichst."

„Vielleicht bin ich nicht sein Typ oder er wollte nicht mit einer Kollegin anbandeln. Du weißt selbst, dass das immer etwas schwierig ist, vor allem, wenn es dann nicht mehr klappt. Aber dann kam eben so eine rothaarige Schönheit aus Berlin, namens Kiki und er hat seine Vorsätze in den Wind geschlagen."

„Lass es gut sein, Suse, ich werde sehen, wie sich das Ganze entwickelt und Du bist dann die erste, der ich alles haarklein erzählen werde."

Das Telefon auf Kikis Schreibtisch klingelte.

„Wir sollten uns ranhalten, Kiki, die Zeit läuft", erinnerte Federle sie an ihre Verabredung, „willst du rüberkommen oder soll ich zu Dir...?"

„Nein, bin schon auf dem Weg", unterbrach Kiki ihn und schob Suse aus ihrem Büro.

„Treffen wir uns in der Mittagspause?", fragte sie noch.

„Ich glaube, wir haben heute keine Zeit dafür", wimmelte Kiki ab, „sei froh, wenn es für eine Rote Wurst drüben reicht, heute ist doch Mittwochsmarkt mit Wurststand."

Damit entwischte sie in Federles Büro und ließ Suse stehen.

Friets strahlte Kiki an. „Wie ein Honigkuchenpferd", stellte sie fest, das hatte ihre Omi immer gesagt, wenn jemand so richtig glücklich leuchtete.

„Hallo, was zaubert da so ein so beglücktes Lächeln auf Dein Gesicht?"

„Na was wohl", strahlte Federle, „Dich gibt es, das ist doch wohl genug", und er schob ihr einen Stuhl vor seinem Schreibtisch zurecht.

„Ich muss Dir etwas ganz Dringendes sagen, Friets, auch wenn Du dann vielleicht beleidigt bist", konnte Kiki sich nicht zurückhalten und schnappte sich den Stuhl, „ich habe wirklich Schwierigkeiten, wenn Du mir immer so die verschiedenen Sachen zurichtest. Du hältst mir die Türe auf, Du stellst mir den Stuhl zurecht.... Du bist einfach zu höflich zu mir, ich bin das nicht gewöhnt."

„Aber das hat man mir so beigebracht. Ich will höflich sein, das gehört zu mir dazu. Und die meisten Frauen lieben gerade das an mir", erwiderte Federle verständnislos.

„Ach schau an, die meisten Frauen, welche Frauen denn?"

„Na, vielleicht...meine Mutter oder meine Großmutter", Federle verzog das Gesicht und zog die Schultern hoch, „aber Kiki, das ist jetzt doch nicht das Thema", versuchte er von seinem vorschnellen Ausspruch abzulenken.

„Lieber Fritz, daran solltest Du Dich gewöhnen, dass ich nicht die „meisten Frauen" bin und ich mich etwas bevormundet fühle, wenn ich meine Sachen nicht selbst regeln kann.

„Gut", stimmte Federle zu, „ich werde mir das merken. Kleine Ausrutscher kann es ja immer mal geben. Aber, an was Du Dich gewöhnen solltest ist, dass ich nicht Fritz heiße sondern Friets, mit der Betonung auf dem ie, langes i, wie wir schon in der Grundschule gelernt haben. Es ist nun einmal so und ich bin daran gewöhnt von Kindesbeinen an. Meinst Du, Du kannst Dir das merken?"

„Wir versuchen es einfach beide, ja? Und jetzt lass uns anfangen." Während dieses kleinen Hickhacks, hatten sie ziemlich dicht voreinander gestanden und Kiki hatte etwas beunruhigt seine Nähe gespürt. Ob es ihm wohl genau so erging? Sie hätte ihn ohne weiteres küssen können. Zum ersten Mal fiel ihr auf, dass Friets nur geringfügig größer war als sie selbst. Sie hatte sich immer darüber gefreut, dass sie mit hohen Schuhen die meisten Männer noch überragte.

Auch jetzt bot sich ihr eine Gelegenheit, ihre Größe auszunutzen. Sollte sie oder sollte sie nicht? Vielleicht wartete er ja nur auf einen Kuss von ihr. Er sah sie noch einmal lächelnd an und setzte sich dann in den Sessel hinter seinen Schreibtisch.

Dieser Mann beunruhigte sie deutlich. Selbst den feinen Geruch seiner Olivendusche hatte sie genussvoll wahrgenommen. Sie wollte sich nicht davon beeindrucken lassen. Die Arbeit durfte nicht darunter leiden.

„Wie gehen wir vor?" fragte sie Federle.

„Als erstes denke ich, dass wir noch einmal telefonisch unsere beiden noch ausstehenden Zeugen anrufen. Ich versuche es bei diesem Herrn Schnurzer, mal sehen, ob der eventuell früher von seiner Reise zurück ist."

„Vergiss nicht zu fragen, wo er sich aufhält", erinnerte ihn Kiki „und wenn wir seine Handynummer hätten, könnten wir ihn ja schon einmal zur Tatzeit befragen. Wenn er sich seit letzter Woche irgendwo donauabwärts befindet, ist sein Alibi sowieso gebongt."

Als Federle gerade die Hand nach dem Hörer ausstreckte, klingelte das Telefon. Federle hielt, nachdem er zugehört hatte, die Muschel bedeckt und fragte Kiki:

„Erwartest Du diese Frau Zummermann?"

„Ach du meine Güte, meine Vermieterin, die „Miss Marple von Söflingen", wie Suse sie nennt, was will denn die hier?"

„Sie sitzt unten im Besucherraum und möchte Dich sprechen."

Tschüss, traute Zweisamkeit! Kiki blieb nichts anderes übrig, als nach unten zu gehen und Frau Zummermann zu sich ins Büro zu bitten. Da saß ihre Vermieterin im Besucherraum und sah Kiki lächelnd entgegen. Heute trug sie eine knallrote Mütze auf dem Kopf, oben ein hellgrünes Samtjäckchen und die Beine umspielte ein dunkelgrüner Rock mit hellgrüner Borte aus einem seidenähnlichen, flatternden Stoff. Die roten Schuhe mit einem leicht erhöhten Absatz rundeten die ganze Erscheinung ab. Mit ihrer umgehängten roten Tasche wirkte sie wie ein alt gewordenes Model aus der Vogue oder der Frauenzeitschrift Brigitte.

„Das freut mich", sagte sie zur Begrüßung, „dass ich einmal hier hereinschnuppern darf. Man ist halt doch ein bisschen neugierig, wie es in diesem alten Bau aussieht. Wenn man so wie ich, immer ohne Fehl und Tadel lebt, hat man ja auch keine Gelegenheit hier herein zu kommen und das ist gut so. Mir tun die Verbrecher halt auch immer so leid, die hier rein müssen. Sie waren ja nicht immer so schlecht. Irgendwie wird der Mensch halt auch so gemacht, von seiner Umgebung."

Kiki hatte die volle Markttasche an sich genommen und stieg langsam hinter der schmalen, grünen Gestalt die Treppe zu ihrem Büro empor.

„Ein imposanter Bau ist das schon", redete Frau Zummermann vor sich hin, ohne irgendwie in Atemnot zu geraten. „Sie wissen wahrscheinlich nicht, dass das einmal ein großer Warenspeicher war und ich finde es immer wieder gut, dass dieses Bauwerk im letzten Krieg nicht zerstört worden ist. Vielleicht blieb es uns deshalb erhalten, weil es ziemlich direkt neben dem Münster steht. Haben Sie, liebe Kiki, es sich schon einmal genau von außen angeschaut? Diese vielen kleinen Gauben, wenn Sie wissen, was das ist, sind einfach bezaubern". Kiki lotste sie in ihr Büro.

„Oh, das ist aber winzig, Ihr Büro", staunte Frau Zummermann und wandte sich sofort Kikis Pflanzen zu. „Klein, aber fein. Da haben Sie ja ein kleines Gärtchen angelegt" und es war nicht zu glauben, die Besucherin prüfte mit ihrem Zeigefinger rasch, ob alle Pflanzen auch nicht zu trocken stünden.

„Nicht zu viel gießen", mahnte sie dann, „das mögen sie nicht."

„Aber sie sind sicher nicht gekommen, um mein Grünzeug zu begutachten, wir sind mitten in der Arbeit." Kiki schob ihr einen Stuhl hin. Jetzt wollte sie doch wissen, was Frau Zummermann auf dem Herzen hatte.

„Ich komme wegen Verschiedenem. Also erst einmal wollte ich Ihnen sagen, dass es auf dem Markt die ersten Radieschen gibt."
Während sie dies sagte, zog sie ein Büschel knallroter kleiner Rettiche aus ihrer überquellenden Markttasche.

„Die müssen Sie probieren. Sie sind kein bisschen scharf und schmecken...hm, himmlisch." Sie kramte in ihrer Handtasche und beförderte tatsächlich ein Taschenmesser zutage. Die restlichen Rettiche, das zertrennte Gummiband und das abgeschnittene Kraut ließ sie mit elegantem Schwung wieder zwischen Salat und Möhren fallen.

„Hier", sie reichte Kiki mit großer Geste eines der kleinen Knöpfchen und begann selbst genussvoll an einem zu knabbern.

„Das ist gut für den Kreislauf und für das Herz. Mir Söflinger, missat Sia wissa, mir megat Rettich"! Suse blieb nichts anderes übrig, als in das weiße Fleisch zu beißen. Frau Zummermann hatte nicht zu viel versprochen.

„Schmeckt lecker", sagte sie und kaute genussvoll an dem kleinen Gemüse.

„Gel, ganz mild send dia, dia ka mr au ohne Brot essa", freute sich die Spenderin über Kikis Zustimmung, „i kann Ihne au sage, wos dia gibt. Beim Gaissmaier, der hot sein Stand fascht direkt vorem Stadthaus. Megat Sie nommol oin?"

„Nein danke", wehrte Kiki ab, „was gibt es denn noch, Frau Zummermann, nur wegen der milden Radieschen werden Sie doch nicht zu mir gekommen sein?"

„Ha noi, i han schon no meh zum schwätza", lachte Frau Zummermann und fuhr fort: „Zum zweiten", und sie verfiel, Kiki registrierte es dankbar, wieder in ihr gewohntes Hochdeutsch, „zum zweiten wollte ich Sie ins Theater einladen. Die Sache ist die, ich habe ein Abonnement für die Oper. Jetzt bekomme ich heute überraschend Besuch von einem alten Freund, da möchte ich die Zeit nicht im Theater verbringen und die Traviata, die habe ich in meinem Theaterleben x-mal gesehen. Verstehen Sie mich nicht falsch, ich lasse mir sonst keine Premiere entgehen, da ist alles zugange, was Rang und Namen hat im Ulmer Kulturbetrieb, hier ein Küsschen, dort ein Prösterchen und die Premierenfeiern sind nicht ohne. Da kann man so manches besprechen, ganz intim und „entre nous", wenn Sie wissen, was ich meine. Aber mein Freund ist mir wichtiger, den sehe ich nicht alle Tage. Der ist Schriftsteller, kommt aus Nürnberg und schreibt auch fürs Theater. Mein Abo-Billet wäre für heute Abend also frei und ich wollte Sie fragen, ob Sie nicht Lust hätten, für mich hinzugehen."

Als Kiki zögerte, schob sie noch nach: „Es ist für die Akteure auf der Bühne nicht so schön, wenn Plätze oder gar ganze Reihen frei bleiben. Ein volles Haus bedeutet eben auch einen starken Beifall. Ich schenke Ihnen die Karte gerne."

Das war jetzt ein ganz überraschendes Angebot. Damit hatte Kiki überhaupt nicht gerechnet. So wie Frau Zummermann den Neuen Bau, hatte Kiki das Ulmer Stadttheater, ausgenommen die Kantine, noch nicht von innen gesehen. Von außen fand sie es sehr imposant, mit den großen Fensterscheiben und der bunten Werbung darin. Ob sie aber heute in die Oper gehen sollte? Vielleicht war ja am Abend das Wetter gut und sie könnte mit Federle in einem Café sitzen, draußen im Klosterhof und ein Glas Wein trinken. Andrerseits wollte sie das freundliche Angebot ihrer Vermieterin auch nicht so einfach ausschlagen.

„Übrigens, die Mutelli singt heute Abend die Violetta, die stand doch auf unserer Liste der Verdächtigen, da wäre es fast dienstlich, wenn Sie hingingen", hörte sie die drängende Stimme ihrer Vermieterin.

Das war jetzt aber ein starkes Argument. Die Mutelli auf der Bühne zu sehen, ohne Jeans und Bluse, und nicht nur ihre Sprechstimme zu kennen, sondern sie in Kostüm und Maske und in Aktion zu erleben, mit Leidenschaft und Trauer und allem, was dazu gehörte.

Sie könnte ja ihren Co-Ermittler fragen, ob er Lust dazu hätte. Federle war doch ein gebildeter Mann, vielleicht möchte er ja mit ihr.... Und schon war sie aufgesprungen und mit einem „Bin gleich wieder zurück!", aus dem Büro gefegt.

Federle schreckte hoch, als sie, nach einem kurzen Anklopfen die Türe aufriss. Er zog hastig die Beine vom Schreibtisch. Er hatte sein Handy in der Hand und offensichtlich jemanden in der Leitung.

„Nein", hörte sie ihn jetzt abweisend sagen, „es geht wirklich nicht. Ich kann heute nicht. Lass uns ein anderes Mal darüber reden. Ich muss jetzt wirklich Schluss machen. Tschüss!" Und damit klappte er sein Handy zu.

„Oh", war das mal wieder die Mama oder die Großmutter", bezog Kiki sich auf seinen Versprecher mit den Frauen. „Oder etwa einer unserer Zeugen?"

„Was Du immer denkst, meine Familie ist weit weg und mit denen kann ich doch keine Verabredungen treffen", Federle schien Kikis Ironie nicht wahrhaben zu wollen. Etwas verunsichert sagte er dann eilig: „Den Herrn Schnurzer habe ich erreicht. Herkommen will er nicht, er sähe keine Veranlassung dazu. Er hat aber zugestimmt, dass wir in einer halben Stunde zu ihm kommen können. Frau Tarik

arbeitet bei einer Sparkasse, sie will uns in ihrer Mittagspause treffen."
Kiki erklärte Federle, was ihr Frau Zummermann vorgeschlagen hatte.

„Und dazu kommt die zu uns hier ins Präsidium? Haben wir nichts Besseres zu tun, als uns über unsere Freizeitgestaltung Gedanken zu machen?" meinte Federle kopfschüttelnd.
Kiki war fast ein bisschen beleidigt.

„Du möchtest doch immer etwas mit mir unternehmen. Wie wäre es denn heute Abend mit einem Opernbesuch, natürlich mit mir zusammen?"

„Ein Bierle, wie Du immer so schön sagst, liebe Kiki, wäre mir lieber. Andererseits", Federle betrachtete Kiki intensiv. „Dich in großer Abendgarderobe zu erleben, hat auch etwas. Ja, warum eigentlich nicht", entschloss er sich dann, „La traviata ist sowieso meine Lieblingsoper und ich war jetzt schon länger nicht mehr im Theater."

„Super", freute sich Kiki, dann sage ich zu." Sie stürmte hinaus und zurück in ihr Büro.
Frau Zummermann hatte es inzwischen nicht auf ihrem Stuhl gehalten. Sie stand wieder am Fenster, knabberte an einem neuen Radieschen und meinte:

„Viel Licht haben die ja nicht hier und Sie auch nicht. Da sollten Sie mal das Büro des Baubürgermeisters im Rathaus sehen, da schwimmen Sie geradezu im Licht, so viele große Fenster hat der. Ist halt ein alter Bau hier.", seufzte sie. „Na ja, aber Sie haben es sich trotzdem schön gemacht", wandte sie sich wieder Kiki zu.

„Also", sagte diese strahlend, „wir nehmen Ihr Angebot an, Frau Zummermann."

„Aber", Frau Zummermann war verunsichert, „wir? Ich habe nur eine Karte zu vergeben. Wollten Sie mit einer Kollegin...?"

„Nein, mit einem Freund, genauso wie Sie. Aber eben nicht reden, sondern gemeinsam die Musik genießen. Und um die weitere Karte machen Sie sich mal keine Sorge.
So, das war jetzt zweitens, liebe Frau Zummermann, gibt es denn jetzt auch noch ein drittens?"

„Aber ja, liebe Frau Wunder, es handelt sich um eine Information über unseren Fall."
Meine Güte, musste Kiki denken, immer „unser Fall", „unsere Liste", das hört sich ja an, als wäre diese Frau meine engste Mitarbeiterin oder gar meine Chefin, hoffentlich kommt jetzt etwas Substantielles und nicht wieder irgend ein Vorschlag, den wir sowieso schon bearbeitet haben.

„Wie bitte?", die Frau vor ihrem Schreibtisch, hatte etwas gesagt, was Kiki aufhorchen ließ. „Was haben Sie eben gesagt, von was war die Rede?"

„Ich glaube", lächelte Frau Zummermann verständnisvoll, „ich glaube, Sie sind in Gedanken schon bei dem heutigen Opernereignis mit ihrem Freund und überlegen sich schon Ihre Garderobe.

„Also", begann sie dann noch einmal ihre Ausführungen von vorne. „Ich will es Ihnen ganz genau erklären. Ich habe eine Putzhilfe. In meinem Alter kann man nicht mehr alles so sauber halten, wie es sein sollte. Zweimal die Woche kommt meine Mira jeweils einen Vormittag zu mir und schrubbt und wienert, dass es nur so eine Freude ist. Und diese Mira hat eine Tochter, die in der Nacht des 1. Mai mit einem Freund an der Blau zugange war.

Ich brauche Ihnen nicht zu erklären, was das bedeutet. Mira hat es so gesagt und sie wird es wohl auch wissen. Also, die Kleine ist gerade mal siebzehn und die Eltern haben einen wachen Blick auf sie und wollen sie möglichst noch zu Hause halten. Sind halt Muslime und da haben die Väter noch ziemlich das Sagen.

Ich habe am Montag mit meiner Putzhilfe beim Pausenvesper über den Mord gesprochen und ihr aus der Zeitung vorgelesen und ihr auch gesagt, dass wir Zeugen suchen, die etwas gesehen hätten." Frau Zummermann sammelte sich kurz.

„Und", Kiki war elektrisiert. „Hat diese Tochter etwas gesehen?"

„Ja, es kommt ja noch." Frau Zummermann ließ sich nicht aus der Ruhe bringen.

„Jetzt hat die Tochter der Mutter anvertraut, dass sie möglicherweise etwas über die Täter wissen würde. Sie und ihr Freund hätten zunächst laute Stimmen gehört. Einen Streit sozusagen. Irgendwie sei es um Geld gegangen. Sie hätten auch zwei oder drei Personen, Männer wie sie meint, gesehen, die miteinander gerungen hätten. Das Ganze habe sich aber am anderen Ufer abgespielt und deshalb konnten sie es nicht deutlich wahrnehmen.

Die beiden Verliebten hätten sich in ihrer Zweisamkeit nicht stören lassen wollen und hätten sich auf eine weiter entfernte Bank verzogen. Nachdem es dann ruhiger geworden war, seien sie nach etwa zehn

Minuten über die kleine Brücke gegangen und dann eng umschlungen die Gasse an der Klostermauer entlang zur Klingensteiner Straße, um zur Linie 1 zu gehen. Es sei immerhin schon nach Elf gewesen und die Straßenbahn, die sie noch erreichten, fuhr dann auch pünktlich von der Endhaltestelle um Elf Uhr dreißig ab."

„Haben die beiden dann die streitenden Männer überhaupt nicht gesehen?" fragte Kiki ungeduldig.

„Doch, haben sie", Frau Zummermann nickte eifrig. „Als sie so eng umschlungen die Gasse entlang gingen, sind ihnen zwei Männer ziemlich eilig hinterher gerannt. Sie seien erschrocken, denn man wisse ja nie, was die von einem wollten. Aber sie sind nur vorbeigestürmt. Sie und ihr Freund mussten sich sogar trennen, so schnell drückten sich die beiden vorbei. Sie hätten sich geärgert und noch gerufen: He, was soll das! Die beiden hätten aber überhaupt nicht reagiert.

Aber da waren sie anscheinend schon fast an der Straße vorne angekommen und Dilek, Miras Tochter, hat die beiden im Licht der Straßenlaterne laufen sehen. Auch von vorne, also ihre Gesichter hat sie dann noch ziemlich deutlich gesehen, weil sie ganz eilig in ein Auto gestiegen sind, das direkt unter der Lampe am Bürgersteig geparkt war. Die hatten es furchtbar eilig, das ist Dilek aufgefallen."

„Und da haben sich die beiden bis heute nicht gemeldet?" Kiki konnte sich nur wundern. „Das stand doch in allen Zeitungen, Das ist doch Stadtgespräch. Weshalb kommt diese Dilek erst jetzt mit ihren Informationen?"

„Na, der Vater des Mädchens ist anscheinend ein bisschen streng. Die Eltern sollten halt nicht wissen, dass sich die Tochter mit ihrem Freund dort an der Blau aufgehalten hat. Sie hat den Eltern erzählt, dass sie mit einer Freundin ins Kino ginge und dann noch zu ihr nach Hause. Jetzt hat Dilek doch das Gewissen gedrückt und sie hat sich ihrer Mutter anvertraut. Aber es ist doch noch nicht zu spät, denke ich."

„Nein, es ist wirklich nicht zu spät. Frau Zummermann, Sie sind ein Engel", strahlte Kiki, „wo finde ich denn die junge Frau?"

„Sie ist Schülerin am Hans- und Sophie Scholl-Gymnasium, in der elften Klasse, wohnen tut sie am Eselsberg, in einem der Hochhäuser am Stifter-Weg. Jetzt ist sie aber in der Schule, ihr Freund sicher auch. Er heißt... warten sie mal" und dann zog sie umständlich ihre Geldbörse aus der Handtasche und entfaltete einen Zettel. „Also, hier steht es, er heißt Stefan Köberle und ist eine Klasse über ihr." Sie reichte Kiki den Zettel.

„Darf ich Sie ganz unfein schnell hinausbegleiten?" Kiki war aufgestanden und fieberte vor Tatendrang. „Ich muss meinen Chef und die Kollegen über diese neue Lage informieren. Wir haben heute Nachmittag eine Pressekonferenz, wenn wir da schon Phantombilder von den möglichen Tätern hätten, das wäre super."

Kiki begleitete Frau Zummermann eilig die Treppe hinunter. Sie versicherte ihr immer wieder, wie wichtig diese Information für den Fortgang der Ermittlungen sei und bedankte sich überschwänglich bei ihr.

„Dann hat sich unsere Zusammenarbeit doch gelohnt", strahlte die Informantin beim Abschied, „jetzt geht es voran mit unserem Fall."
Die volle Markttasche an der Hand und zufrieden lächelnd machte sie sich auf den Heimweg, den Lautenberg abwärts hinüber zur Bushaltestelle, um am Ehinger Tor in die Linie 1 umzusteigen.

18

Jetzt war Eile geboten. Kiki holte Federle, der nicht wusste wie ihm geschah, aus seinem Büro.

„Schnell, komm mit, wir müssen zu Roth. Strudel sage ich nur. Es gibt Neuigkeiten." Und obwohl er sie an den verabredeten Termin bei Schnurzer erinnerte, zog sie ihn mit der Bemerkung, „das kann warten", zum Vorzimmer ihres Chefs. Frau Bleicher, die Sekretärin, merkte schnell, dass sie etwas Eiliges zu besprechen hatten und meldete sie sofort an. Dr. Roth saß hinter seinem Schreibtisch, einen Stapel Papiere vor sich; er legte den Stift weg, als Kiki, gefolgt von Federle, den Raum betrat.

„Was gibt es denn so Wichtiges? Hoffentlich neue Erkenntnisse?" Mit einer Handbewegung forderte er sie auf, sich zu setzen.

„Sie sind, wie mir scheint, ein schnelles Team", sagte er lächelnd. „Ich glaube, mit Ihnen beiden habe ich zwei gute Ermittler zusammengespannt. Auch Ihre Berichte sind ausführlich, informativ und kommen auf den Punkt", lobte er sie, noch bevor sie den Mund aufgemacht hatten. Dabei sah er sie wohlwollend über seine Lesebrille hinweg an.
Kiki konnte sich über so viel Lorbeeren nur wundern. Bis dato hatte Dr. Roth sie kaum zur Kenntnis genommen und wenn, dann mit einem nicht sehr wohlwollenden Blick für ihre, zugegeben manchmal flapsigen Bemerkungen. Aber für Lobreden war jetzt wirklich nicht die Zeit.

Hastig begann sie, dem leitenden Ermittler und ihrem Kollegen von Frau Zummermanns neuen Tatsachen zu berichten. Alles sprudelte aus ihr heraus: Die Maiennacht, die ja nun nicht gerade sehr maienwarm gewesen sei, die beiden Verliebten, die einem Streit aus dem Weg gegangen waren, die späte Uhrzeit und der Aufbruch zur Linie 1, der Heimweg der beiden das Klostergässle entlang, der von zwei vorbeieilenden Männern unterbrochen wurde, das Auto am Straßenrand, das helle Licht der Straßenlampe und die Namen und das Alter der beiden Zeugen.

Dr. Roth und Federle waren ziemlich ärgerlich, über die verspätete Meldung der jungen Leute, aber obwohl sie noch einige Fragen hatten, konnte Kiki ihnen nicht mehr sagen, als das, was ihr Frau Zummermann mitgeteilt hatte und auch das war nur aus zweiter oder gar dritter Hand.

„Ob das alles der Wahrheit entspricht, kann ich natürlich nicht sagen, aber meine Vermieterin ist eigentlich eine sehr gewissenhafte Person, sie interessiert sich sehr für unseren Fall und ist eher zu genau und ziemlich pingelig", wobei Kiki an die Tiraden über ihr abgestelltes Fahrrad im Flur denken musste, „sie war zig Jahre Kostümbildnerin im Theater und…", Kiki verstummte. Was hatte das jetzt mit dieser Zeugenvernehmung zu tun, fragte sie sich selbst, setzte aber gleich wieder an: „Deshalb finde ich, wir sollten die beiden Jugendlichen so schnell wie möglich vernehmen."

„Unbedingt, ich denke, ich werde selbst mit Frau Michel hinfahren und die beiden herbringen." Dr. Roth wirkte wie elektrisiert. Er nahm seine Lesebrille ab und erhob sich rasch von seinem Schreibtischstuhl. „Ich kenne Herrn Bauer, den Rektor, persönlich, er wird uns keine Schwierigkeiten machen. Das sieht ja gut aus. Chapeau, wie man französisch zu sagen pflegt, Chapeau Ihnen beiden!" Er stand auf und kam eilig um seinen Schreibtisch herum. „Haben Sie denn bei den anderen Zeugen schon etwas erreicht? Die Zeit ist knapp und wir sollten die Ergebnisse unserer Recherchen unbedingt noch heute Vormittag zusammentragen."

Kiki dachte schuldbewusst an milde Radieschen, verbunden mit der Arie der Violetta. Aber andererseits, wenn das alles stimmte, was von Frau Zummermann gekommen war, konnte sich Dr. Roth nicht beklagen.

„Wir haben jetzt im Augenblick einen Termin mit diesem Herrn Schnurzer, er ist von seinen Reisen zurück und wir erreichen ihn sicher noch in seinem Büro", sagte Federle und sah hastig auf seine Uhr. „Die letzte Geliebte ist auch aufgetaucht. Die sprechen wir noch in der Mittagspause."

Eilig verließen sie das Büro. Etwas enttäuscht war Kiki schon. Sie hätte zu gerne die beiden Schüler befragt. Vielleicht hatte der Chef ja ihre Enttäuschung gespürt. Bevor sie das Vorzimmer verließen, riss er die Türe zu seinem Büro auf und rief ihnen nach:

„Übrigens, Frau Wunder, wenn Sie nachher Zeit haben und im Haus sind, wäre es mir Recht, Sie würden an der Vernehmung der Jugendlichen teilnehmen. Herr Federle, wenn Sie dann die Eltern der Schüler ermitteln könnten?"

Jetzt musste alles flott gehen. Kiki wollte so schnell wie möglich wieder zur Dienststelle zurück. Schnell liefen sie die Treppen hinunter und eilten ins Fischerviertel, das Quartier mit den meisten alten Ulmer Gebäuden. Beide waren bester Laune. So gelobt zu werden von ihrem Chef, das kam sicher nicht so oft vor und Federle, der schon einige Jahr länger in der Dienstelle arbeitete, bestätigte es Kiki, während sie im Laufschritt über den Weinhof, am Stadtarchiv vorbei, in die Königsgasse einbogen.

„Sind das jetzt meine oder deine Berichte, die so ungemein informativ sind", witzelte Kiki, als sie so eilig nebeneinander hergingen. Oder sollen wir das Lob trennen, Deine sind informativ und meine kommen auf den Punkt."

Federle amüsierte sich.

„Ach, nehmen Frau Kriminalassistentin, doch einfach alle drei Adjektive auf Ihr Konto, dann werden Frau Kriminalassistentin bald Frau Kriminalrätin und wer weiß was noch sein", riet er Kiki lachend, während er, mit einer tiefen Verbeugung, die Türe zu einem alten Gebäude in der Königsgasse aufstieß und sie für Kiki mit elegantem Schwung geöffnet hielt.

„Hinein mit der informativen, ausführlichen und punktgenauen Rechercheurin, darf ich bitten."

Kiki blickte Federle huldvoll von oben herab an. Sie versuchte es zumindest und schritt, wie sie fand, auch königlich kerzengerade an ihm vorbei in den Vorraum. Das hoch erhobene Haupt hatte ihr leider die Sicht auf die kleine Stufe verwehrt, die sie nun ganz unköniglich in den Raum hineinstolpern ließ.

„Oh, der Ritter, ah, Retter", stöhnte sie, als Federle sie glücklicherweise noch auffing und damit vor einem Sturz bewahrte. „Fühlt sich nicht schlecht an", schoss es ihr durch den Kopf, als Federle sie so in seinen Armen hielt. Und dies, wie sie bei sich feststellte, etwas länger als nötig.

„Kommen Sie nur herein", hörten sie eine tiefe Stimme aus dem Nebenraum, „ich habe Sie schon erwartet."

Das Gesicht nahe an ihrem, sah Federle Kiki tief in die Augen.

„So steht das wohl in Romanen", schoss es ihr durch den Kopf, „er sah ihr tief in die Augen". Friets kam immer näher, so, als erwartete er etwas Bestimmtes. Dann löste er übertrieben langsam seine Arme von ihr. Sie wandten sich der offenen Türe des angrenzenden Büros zu.

Kiki staunte nicht schlecht. Das war ein Büro, da hätte man das ihrige zwanzig Mal hineinstellen können und es wäre immer noch Platz gewesen. Auch der Schreibtisch hatte Maße! „Aber Hallo!" dachte Kiki anerkennend. Da hatten die Gemeinderäte aber geklotzt, als sie diesem Herrn Direktor sein Domizil genehmigt hatten.

Der ganze große Raum und wohl auch die restlichen Büros, waren in einem sehr alten Gebäude untergebracht. Aber, hier waren, nicht wie im Polizeirevier, die kleinen Räume beibehalten worden, nein, das Haus war wohl ausgeräumt und dann neu gestaltet worden. Da liefen die Deckenbalken offen durch den Raum und waren zur dekorativen Gestaltung genutzt worden.

Das übrige Ambiente brauchte sich nicht zu verstecken. Die allermodernsten Möbel, sehr geschmackvoll ausgewählt, wie Kiki anerkennend bemerkte, ergaben einen wundervollen Gegensatz. Alt und neu, er war sehr gelungen, dieser Arbeitsraum. Da musste man schon einen finanzkräftigen Gönner haben, wenn man in einem solchen Büro residieren durfte.
„Nehmen Sie doch Platz, ich komme gleich", tönte es vom Schreibtisch her. Und obwohl sie angeblich erwartet worden waren, hatte der Herr Direktor noch Einiges zu erledigen. Zu früh sollte man sich Gästen auch nicht zuwenden, das sähe ja aus, als hätte man keine Arbeit!
Während sie sich in einer Ecke des Büros in den Besuchersesseln niederließen, überlegte Kiki angestrengt, was sie in der Besprechung vor kurzem über den Mann und seine Stellung in der Stadt gehört hatte.
Was war es denn gewesen, weshalb die Kollegen gelacht hatten? Er sei zunächst...was gewesen? Sie wusste nicht mehr genau, was es war, Bäcker, oder Ingenieur oder was? Das konnte sie jetzt nicht klären, da musste sie später Federle fragen oder noch besser Manni, der war in Ulm aufgewachsen und wusste über den Tratsch in der Stadt bestens Bescheid.
Auf jeden Fall, das wusste sie noch, sei er der Duzfreund des Kulturbürgermeisters und durch ihn vom einfachen Was-auch-immer ohne jede Qualifizierung, über verschiedene selbst erdachte Titel, heute zum Direktor eines Stelen-Informations-Institutes aufgestiegen. „Alle Achtung!", musste sie denken, „das muss einer erst einmal durchpowern." Aber, sie war sich sicher, das gab es in jeder Stadt, dass sich die

Mächtigen solche Günstlinge hielten, mehr oder weniger offen, die ihre Ideen verwirklichen sollten und die ihnen bei Bedarf zur Verfügung standen. Früher hatten sich die Fürsten und Könige ja auch Zwerge oder solche Spaßmacher gehalten, die sie je nach Belieben belohnen oder bestrafen konnten.

„Na ja, er hat aber doch etwas länger dazu gebraucht, für das Treppchen zum Herrn Direktor", kam es ihr in den Sinn, als sie den älteren Mann betrachtete, der sich jetzt kurz hinter dem Schreibtisch erhob, um sich zu ihnen zu setzen.

Sie überließ es gerne Federle, die Vernehmung zu führen und betrachtete den Mann vor sich, wie der mit vorquellendem Bauch in seinem Sessel versunken war. So sahen also Direktoren aus! Eigentlich hatte der Mann vor ihr etwas Froschähnliches, so aufgeblasen, wie er da saß. Nur der graue Dreitagebart deutete eher auf einen ergrauten Biber hin, zumal seine Vorderzähne beim Sprechen lang und deutlich zu sehen waren. Da hatte sich das Zahnfleisch wohl schon altershalber zurückgezogen. „Kiki, könnten Sie sich konzentrieren?", hörte sie im Geist wieder einmal ihre Ausbilderin mahnen.

„Sie waren also keineswegs an der Finanzierung der Hallen des Toten beteiligt?", hörte sie Federle gerade sagen.

„Nein, zu keiner Zeit, ich war mit diesem Toten zwar befreundet, aber um in eine solche Hallenlandschaft zu investieren, müsste man schon Einiges in der Hinterhand haben, was bei mir nicht der Fall ist."

„Diese Freundschaft hörte also beim Geld auf, wie man so schön sagt", versuchte Federle die etwas gespannte Atmosphäre zu lockern.

„Ja, durchaus." Herr Schnurzer richtete sich etwas in seinem Sessel auf. „Ihnen kann ich es ja sagen, wir sind, das heißt wir waren eine Skatrunde, ich, der Kulturbürgermeister und Herr Bader. Und bei einer solchen Freizeitfreundschaft spielt Geld nun wirklich keine Rolle, es sei denn beim Einsatz, den man durchaus aus der Hosentasche bezahlen kann, ha, ha, ha!"

Federle zeigte sich von dieser hochrangigen Freundschaft wenig beeindruckt:

„Wann haben Sie sich denn das letzte Mal getroffen?", wollte er wissen.

„Am Donnertag vor zwei Wochen", gab Schnurzer Bescheid. „Wir trafen uns immer donnerstags, aber letzten Donnerstag war ich ja schon unterwegs nach Linz."

„Seither haben Sie Herrn Bader nicht mehr gesehen oder gesprochen?"

„Sie sagen es. Wir waren erst diesen Donnerstag wieder verabredet, im Blümle, das ist das alte Ulmer Gasthaus in der Rabengasse. Da sitzt man sehr schön und vor allem, man ist unter sich. Aber, jetzt müssen wir uns wohl nach einem neuen Skatbruder umschauen."

„Und Ihre Reise?" hakte Federle nach.

„Wie schon erwähnt, war ich übers Wochenende auf einer Reise, aber nicht im Norden Deutschlands, sondern donauabwärts, in Linz."

„Linz sagt Ihnen sicher etwas, Frau Wunder", wandte er sich, mit einem charmanten Lächeln an Kiki, „wir kennen ja alle die Linzertorte, ha, ha, ha!" Er lachte laut über seinen kleinen Scherz und fuhr dann fort. „Meine Frau ist Kultur-Beauftragte meines Institutes und in dieser Eigenschaft waren wir zusammen in der diesjährigen Kulturstadt Linz. Ich kann Ihnen gerne Referenzen geben, mit wem wir dort alles zusammen waren, das reicht vom dortigen Kulturbürgermeister bis zum OB. Außerdem waren auch von Ulm einige Stadträte mit dabei. Die Namen gebe ich Ihnen gerne.

Ulm will sich doch in absehbarer Zeit als Kulturhauptstadt bewerben", gab er sich etwas geheimnisvoll. „Wissen Sie, wir sind Spitze im Süden, wie unser Slogan heißt, aber das reicht doch nicht. Wir müssen noch spitzer werden, ha, ha, ha, ha!

Aber nicht nur meine Gattin war in puncto Lobby unterwegs. Sie wissen vielleicht nicht ganz über die Aufgabe meines Instituts Bescheid", fuhr er dann eifrig fort, „ich möchte im Auftrag der Stadt Ulm, die Donau mit allen Anrainerstaaten durch Informationsstelen verbinden und da sind Kontakte das Allerwichtigste. Ich habe also versucht..."

„Darf ich sie unterbrechen", hakte Kiki ein, bevor dieser Mann vor ihnen jetzt die ganze Geschichte seiner, wie die Kollegen meinten, erfolglosen Tätigkeit ausbreiten würde, „können Sie sich denn erklären, wie Sie auf unsere Liste der möglichen Geldgeber gekommen sind?"

Direktor Schnurzer verneinte kopfschüttelnd. Auf seine Frage konnte und wollte ihm Kiki auch nicht sagen, wie diese Liste im Präsidium zustande gekommen war. Nachdem sie ihm bedeuteten, sie würden seine Angaben noch einmal überprüfen, ließen die beiden Ermittler den schwergewichtigen, grauen Herrn in seinem großen Büro an seinem großen Schreibtisch zurück. Kiki nahm noch den Blick wahr, den er ihr zuwarf, bevor sie die Türe hinter sich schlossen. Solche taxierenden Blicke ihrer Figur, konnte sie für den Tod nicht ausstehen. Was dachte der sich eigentlich, der alte Affe, dass er sie mit seinem Direktorentitel beeindruckt hätte oder mit seinem Büro oder mit was?

Hätte sie sich nur nicht umgedreht.

„Gut, er scheint mit all dem nichts zu tun zu haben", sagte sie heftiger als sie wollte, „aber hast Du auch nur ein Wort des Bedauerns über den Tod seines Skatfreundes gehört?"

Federle musste lachen. „Das war jetzt ein Gespräch! Was den Mord betrifft, scheint er ja aus dem Schneider zu sein. Da bin ich Deiner Meinung. Das sind eindeutig zu viele Zeugen und was für welche! Das mit dem Geld müssen wir unbedingt noch überprüfen. Der gibt sich ja als einer der Ärmsten aus. Hast Du die Hochglanzbroschüren für dieses Schwindelinstitut gesehen, die auf dem Glastischchen lagen? Die sind superteuer, sage ich Dir. Und das alles, um ein solch unsinniges Projekt wie diese Stelengeschichte zu verkaufen!

Aber lass uns nachschauen, ob die beiden Zeugen schon im Präsidium sind und um zwölf müssen wir dann noch mit dieser Frau Tarik sprechen.

Tatsächlich, die beiden Jugendlichen waren schon hier. Herr Dr. Roth hatte die beiden in getrennte Vernehmungszimmer gesetzt. Weshalb, war für Kiki nicht einsichtig. Sie waren doch zusammen gewesen und konnten ihre Aussagen doch nur ergänzen.

Kiki sah, als sie eintrat, ein ausgesprochen hübsches, junges Mädchen vor Suse Michel am Tisch sitzen. Dass diese Tochter den Vater beunruhigte, konnte sie verstehen. Sie war mit einem sehr kurzen Minirock bekleidet und unter ihrer knappen Jacke schaute ein bedrucktes, bauchfreies T-Shirt hervor. „I like", konnte Kiki entziffern. Wen diese hübsche junge Frau liebte, oder auch was, blieb ihr verborgen. Die Turnschuhe an den Füßen waren von der Marke, die heute alle Jugendlichen trugen, zumindest die, deren Eltern es sich leisten konnten.
Wie eine Muslimin sah dieses Mädchen ja nun überhaupt nicht aus. Keine Kopfbedeckung, kein langer Rock. Ganz im Gegenteil! Waren wohl ganz fortschrittliche Menschen, die Eltern. Kiki erinnerte sich, dass auch sie mit siebzehn ziemlich unterwegs gewesen war, überall wo es etwas zu feiern gab, war sie dabei. Allzu lange war das bei ihr ja auch nicht her. Auch Siria und Christof hatten immer darauf bestanden, zu wissen, wo sie war. Und das Treffen mit einer angeblichen Freundin, die in Wirklichkeit Roland oder Max hieß, hatte sie auch betrieben. Die Eltern mussten ja nicht immer alles wissen.
Dilek schien etwas nervös zu sein. Wahrscheinlich war es ihr erster Besuch auf einer Polizeiwache. Sie strich sich, während sie berichtete, immer mal wie-

der die blonde Haarsträhne aus dem runden Gesicht. „Eigentlich noch ein richtiges Kindergesicht", stellte Kiki fest, aber die dichten Haare schon von schwarz nach blond gefärbt. Allerdings nicht sehr sorgfältig. Sie hatte eine angenehme Stimme und erzählte trotz ihrer Aufregung flüssig von ihren Erlebnissen in der Mordnacht. Was sie berichtete, war so ziemlich dasselbe, was Frau Zummermann schon von Dileks Mutter erfahren und an Kiki weitergegeben hatte. Für Suse war es allerdings neu und da der Bericht auf Band genommen wurde, fragte sie auch immer wieder nach.

„Würden Sie die Männer denn wieder erkennen?", wollte Kiki dann wissen.

„Ich glaube schon", meinte Dilek etwas zögernd.

„Es war halt schon dunkel und so genau hab ich auch nicht hingeschaut."

„Wir versuchen es einfach und machen ein Phantombild der beiden."

Kiki begleitete das Mädchen in die Abteilung, die für solche Suchbilder zuständig war. Kollege Kolb vom Erkennungsdienst, war ein freundlicher Mann und begann sofort, sehr geduldig mit Dilek die einzelnen Merkmale der Männer durchzugehen.

Die Zeugin sollte sich zunächst auf einen der Männer, dann erst auf den zweiten konzentrieren. Langsam und nach vielem Hin und Her und noch einmal eine andere Nase und wieder ein neues Augenpaar, entstand dann doch relativ bald das Bild eines durchschnittlich aussehenden jüngeren Mannes mit gelocktem Haar.

Aber das hatte die junge Zeugin schon gleich zu Anfang gesagt, dass es sich bei den beiden um einen jüngeren und einen älteren Mann handelte. Auch der ältere erschien in relativ kurzer Zeit auf dem Bildschirm. Als Kiki sich die Gesichter näher ansah, meinte sie sogar, eine Ähnlichkeit festzustellen. Das wäre etwas, wenn es sich bei den beiden um Vater und Sohn oder um sonst ein verwandtschaftliches Verhältnis handeln würde! Und noch besser, wenn es tatsächlich ihre gesuchten Täter wären.

Denn das war natürlich noch keineswegs sicher, Bilder hin oder her. Die beiden konnten sonst etwas an diesem Flüsschen gewollt haben. Sie konnten dort spazieren gegangen sein und den Toten gesehen haben, wie er da lag und sich gedacht haben, nichts wie weg. Oder sie waren vom Klosterhof her gekommen, hatten die Auseinandersetzung gehört und wollten sich, wie die beiden Jugendlichen, nicht darin verwickeln lassen. Es könnte auch das Einbrecher-Duo sein, hinter dem die Kollegen seit einigen Tagen her waren und das sie immer noch an der Nase herum führte. Es gab tausend andere Möglichkeiten, dachte Kiki, aber es gab eben auch die, dass sie es waren, ihre Täter.
Erst mussten sie sie aber haben, vorher war jede Spekulation zwar erlaubt und sogar erwünscht, aber dennoch ziemlich müßig. Da gab es doch ein Sprichwort, mit einem Bärenfell. Das hatte die Omi manchmal von sich gegeben, wenn Kiki sich in Wunschträumen, über Reisen verlor, die sie machen

würde, sollte sie einmal ganz, ganz viel Geld haben. Ach die Omi mit ihren Sprüchen! Ja, jetzt fiel es ihr wieder ein. „Das Fell nicht verteilen, bevor man den Bären erlegt hat". Was die Großmutter wohl mit Bären zu tun gehabt hatte! Lebte ihr ganzes Leben lang mitten in Berlin und hatte bestenfalls die Bären im Tiergarten besucht. Aber mal sehen, ob diese beiden auf den Ausdrucken nicht doch ihre Bären waren und sie ihnen tüchtig die Krallen stutzen würden.

Dileks Freund, Stefan Köberle, war inzwischen von Suse und Dr. Roth befragt worden. Er bestätigte im Großen und Ganzen die Angaben seiner Freundin und als ihm die Phantombilder vorgelegt wurden, war er auch damit einverstanden.

„Doch", stimmte er zu, „das hat die Dilek super getroffen, so haben die beiden ausgesehen. Ziemlich genau so, doch, doch."

„Wir müssen Sie beide wahrscheinlich noch zu einer Gegenüberstellung bitten", teilte ihnen Dr. Roth das weitere Vorgehen mit.

Dann wurde Stefan seinem Vater überlassen, der inzwischen eingetroffen war, um ihn abzuholen. Dilek nahm er gleich mit und da es für den Unterricht schon zu spät war, würde er sie bei ihren Eltern am Eselsberg abliefern. Man sah den beiden Jugendlichen an, dass sie erleichtert waren, nur als willkommene Zeugen und nicht als gesuchte Täter in diesen Mauern agieren zu müssen.

Viertel vor Elf war es inzwischen geworden. Kiki fand Federle in seinem Büro.

„Doktor Roth will noch eine kurze Besprechung vor der Mittagspause. Kommst Du?"

Sie trafen die Kollegen im Besprechungszimmer. Alfons Abele, alias Herr *Wind*, stürmte mit Fotokopien der Phantombilder herein, in seinem Gefolge der Staatsanwalt. Er wirkte jetzt noch mausiger als zwei Stunden zuvor. Sein Schnurrbart stand so wirr ab, dass Kiki unwillkürlich an die Tasthaare einer Spitzmaus denken musste.

„Lass diese blöden Tiervergleiche Kiki", schalt sie sich wieder einmal. „Das ist ein honoriger Mann, der es in seinem Leben zu etwas gebracht hat. Komm du erst einmal in eine so hohe Position, wer weiß, mit wem dich dann die Kollegen vergleichen."

Diese Marotte, die Menschen immer mal wieder ins Tierreich zu versetzen, ärgerte Kiki selbst. Aber sie konnte nichts dagegen machen. Vielleicht machte sie es deshalb, weil sie es in ihrem Leben bisher nur mit Zootieren zu tun gehabt hatte. Viele, Tieren und Menschen gemeinsame Eigenschaften, sprangen ihr oft so unvermittelt in die Augen, dass in den Gesprächspartnern vor ihr, mehr oder weniger deutlich die Physiognomie der Tiere auftauchte. Dies geschah vor allem dann, wenn sie nur zuhörte und sich nicht genug auf das Gespräch konzentrierte.

Nur bei Federle, und sie lächelte kurz noch einmal zu ihm hinüber, hatte sie an gar kein Tierchen denken müssen, weder an ein scheußliches noch an ein possierliches. Er war einfach ein wirklich sehr attraktiver Mann.

Gut, gesteh es dir jetzt einfach ein, er ist ein attraktiver Mann. Er gefällt dir und du findest es spannend, mit ihm zusammenzuarbeiten. Und, setzte sie ehrlicherweise noch hinzu, es gefällt dir überhaupt, mit ihm zusammen zu sein!

Doktor Roth bat um Aufmerksamkeit und dann besprachen sie kurz die neueste Entwicklung im Fall Strudel. Der Einsatzleiter schien sehr erleichtert zu sein und nannte die Phantombilder der beiden Männer einen wichtigen, wie er hoffe, sogar den wichtigsten Fortschritt in ihren Ermittlungen. Dabei wies er anerkennend auf Kiki als Informantin hin.

Das war zuviel. Soviel Lob an einem Vormittag war ja nicht auszuhalten! Schnell schob Kiki Frau Zummermann in den Vordergrund.

„Ach, schau an, die Frau Zummermann schon wieder, wo die ihre Nase überall drinstecken hat!" Manni konnte sich nicht zurückhalten.

„Ja, auch ältere Frauen haben ihre Qualitäten, lieber Manni", konterte Suse vergnügt und berichtete von ihren Recherchen. An keiner Stelle hatte sich eine Reise in den Norden bestätigt.

Federle gab das gleiche Ergebnis bekannt und abwechselnd mit Kiki erzählten sie dann noch von ihrem Besuch bei diesem Direktor Schnurzer.

Hier mischte sich eifrig der Staatsanwalt ein:

„Das habe ich mir gleich gedacht, dass Herr Direktor Schnurzer mit der Sache nichts, aber auch gar nichts zu tun hat. Ich spiele mit ihm hin und wieder Karten und er ist ein durch und durch integrer Mann. Und erfolgreich dazu. Er würde sich hüten, sein Geld in eine so unsichere Sache wie eine solche Multifunktionshalle zu stecken. Er hat den Bader doch gut gekannt!"

Ach, sieh mal an, dieser Herr Maiser konnte doch tatsächlich emotional werden, wenn es um seine Bekanntschaften ging. Interessant auch, dass Direktor Schnurzer nichts über diesen vierten Mann in ihrer

Skatrunde erwähnt hatte. Das sollte wohl nicht unbedingt bekannt werden. Wie auch immer, als Tatverdächtiger war Direktor Schnurzer durch seine Reise außen vor, darüber waren sich alle einig.
Die Befragung der Frau Tarik müsste dann noch in seinen Bericht einfließen, meinte Doktor Roth und bat Federle und Kiki um eine kurze Information vor der Pressekonferenz.

„Ja, liebe Kolleginnen und Kollegen, die Spuren deuten jetzt doch noch in mehrere Richtungen als wir zunächst angenommen hatten. Im Augenblick sind die Kollegen in Nordhorn und in Dormagen dabei, die beteiligten Handwerker und Geldgeber für die beiden insolventen Großhallen da oben zu ermitteln. Kollege Albers hat den Kontakt zu den Nordlichtern hergestellt. Unsere Ermittlungsergebnisse sind den Kollegen dort bekannt. Wir haben ihnen auch sofort die Phantombilder der beiden Männer übermittelt und sie haben, nach der Befragung einer Mitarbeiterin Baders, möglicherweise auch schon einen Hinweis auf zwei Handwerker, die in die Insolvenz verwickelt waren."

„Dann ist für uns ja der Fall gelöst", Manni war sichtlich enttäuscht, „sollten wir uns nicht doch dort oben mit unseren Ergebnissen einbringen?"

„Noch ist gar nichts gelöst, Herr Knopf, so einfach können wir es uns nicht machen. Oder haben Sie die Täter schon in der Tasche? Die Kollegen dort oben benötigen durchaus unsere Erkenntnisse."
Herr Roth sah von seinen Papieren auf und blinzelte erdmännchenhaft über seine Brille hinweg in die Runde.

„Wen sollten wir denn zu den Nordlichtern schicken, was meinen Sie Herr Knopf? Wollen Sie etwa in den sauren Apfel beißen oder geben wir jemand anderem eine Chance, den Fall vollends zu lösen?"

„Och", grinste Manni Kiki unverschämt an, „wenn die schöne Frau Wunder mir ihre Unterstützung zusagt, könnte ich mich schon überwinden."

„Ach so ist das", Dr. Roth sah Manni aufmerksam an und lächelte dann hinterhältig, „eine Dienstfahrt mit Ihren Absichten kann ich leider nicht unterstützen, Herr Knopf, dann muss ich eben doch das Gespann Federle-Wunder abordnen."

„Wie, was?" Kiki schaute überrascht in die Runde. Mannis Vorstoß hatte sie schon unvorbereitet getroffen, aber dass sie jetzt mit Federle..... Na gut, sie würde das schon überstehen und im Norden hätte sie ja gewisse Vorteile gegenüber diesem Charmeur. Aber hatte nicht Suse davon gesprochen, dass Federle ursprünglich auch aus Norddeutschland kam. Das konnte ja spannend werden.

Blitzartig schossen ihr die unterschiedlichsten Gedanken durch den Kopf. Aber, konnte sie das Angebot beziehungsweise die Anweisung überhaupt ablehnen? Sicherlich nicht und sie wollte es auch nicht. Eine Reise mit Federle, nicht schlecht!

Ein kurzer Blick zu Friets zeigte ihr, dass er wohl auch schon in Gedanken das Für und Wider abwog.

„Warum höre ich nichts von Ihnen beiden?" Doktor Roth schaute sie abwartend an. „Sollte ich da etwas....?"

„Danke für Ihr Vertrauen", unterbrach Kiki ihren Chef eilends. „Gerne, ich fände es wirklich toll, wenn ich bei der endgültigen Lösung des Falles beteiligt wäre. Und gerne auch mit dem Kollegen Federle, kein Problem."

Ein Blick zu Suse zeigte ihr, dass diese sich kaum das Lachen verkneifen konnte. Was die sich jetzt wohl so dachte! Wahrscheinlich hatte sie mit ihren Vermutungen nicht ganz unrecht.

„Kommen Sie beide heute nach der Pressekonferenz in mein Büro, dann kann ich Ihnen noch weitere Instruktionen geben. Für alle gilt, die beiden Fotos sind ab jetzt Grundlage Ihrer Ermittlungen. Versuchen Sie noch einmal Ihr Glück bei den verschiedenen Zeugen. Nur weil die persönlichen Gegenstände des Toten auf einer Raststätte in der Nähe von Mannheim gefunden wurden, müssen die Täter nicht zwangsläufig von dort oben kommen. Die männliche Ulmer Bevölkerung ist immer noch im Rennen."

Mit diesen nebulösen Sätzen löste er die Besprechung auf. Dr. Maiser eilte nach einem kurzen Gruß in die Runde hinaus.

19

Sie wollten Frau Tarik im Café Häfele treffen. Seit dem Umzug in das neue Domizil hieß es eigentlich Theatercafé. Es lag kurz hinter der Donaubrücke in Neu-Ulm.

„Für mich ist es immer noch das Café Häfele", meinte Federle, „es wird Dir gefallen."
Mit den Rädern waren sie in ein paar Minuten dort und bestellten sich einen Kaffee. Es war noch kurz vor Mittag und Kiki dachte sehnsüchtig an ihre Rote Wurst vom Markt und sie wollte keines der verführerisch aussehenden süßen Teilchen probieren.

„Erst sauer, dann süß, hat meine Omi mir beigebracht", wehrte sie die Anpreisungen des Kollegen ab. Er war des Lobes voll über die vorhandenen Kuchen und Torten und konnte es sich nicht versagen, eine der hoch gelobten Konditorkreationen zu bestellen.

„Vier Sterne würde ich sagen", sagte er zu der freundlichen Bedienung, mit dem Blick auf die Sachertorte, die sie ihm servierte. Dann verspeiste er die Köstlichkeit mit so vielen Mmhs und Ohs, dass Kiki fasst schwach geworden wäre.
Sie musste an ihre erste gemeinsame Mahlzeit im Gasthof zum Kreuz, in Söflingen, denken. Da hatte der Mann neben ihr genauso genussvoll seine Bratwurst gegessen. Sie wunderte sich über sich selbst. Noch vor ein paar Tagen hatte sie dieses geräuschvolle Genießen wirklich gestört. Inzwischen fand sie es durchaus erträglich. Weshalb sollte man bei Mahl-

zeiten die einem schmeckten nicht gewisse Laute von sich geben dürfen, sie sprach ja auch mit ihren Pflanzen.

„Hat diese Isolde aus dem Kreuz sich eigentlich mal bei Dir gemeldet?", wollte sie wissen.

„Nein, leider nicht. Sie hat entweder keine Neuigkeiten oder keine Zeit. Ich denke, das Letztere wird eher zutreffen. Wir können ja mal wieder zusammen zum Essen dorthin gehen. Was unsere gemeinsame Reise betrifft..."

Er brach ab, denn eine junge, sehr attraktive Frau war in der Türe erschienen und kam mit fragendem Blick auf sie zu. Federle schien sehr beeindruckt.

„Bei uns sind Sie richtig. Frau Tarik?" Federle stellte sich und Kiki vor. „Nehmen sie doch Platz." Die Frau war etwas irritiert, als er ihr den Stuhl zurechtrückte, bevor er sich wieder setzte. Federle zeigte sich von seiner charmantesten Seite. Kiki musste innerlich lachen, wie er vorsichtig und sehr einfühlsam die Befragung begann.

Die beiden Männer auf den Blättern kannte sie nicht, hatte sie nie gesehen, auch nicht in Verbindung mit Bader. Sein Tod sei wirklich tragisch, meinte sie betroffen. Er sei ein durchaus liebenswerter Mensch gewesen und die Zeit mit ihm sei eine gute Erinnerung für sie. Mit Geld hätte er leider nicht umgehen können, leider.

Kiki musste an ihre Wurst denken. Ihr Magen meldete sich. Diese Befragung war vergeudete Zeit. Frau Tarik hatte bis Sonntag Urlaub gehabt und hatte Bader, wie sie sagte, seit Monaten nicht mehr getroffen. Die letzten zwei Wochen hatte sie in Ägypten verbracht. Leider, wie sie den beiden mitteilte, ein purer Reinfall. Sie hatte die Reise last minute gebucht und war als alleinstehende Frau dort kaum über das Hotel hinaus gekommen. Viel hatte sie nicht gesehen. Die Hotelanlage sei von meist betrunkenen Russen besetzt gewesen und die Musik hätte Tag und Nacht gedröhnt und sie selbst am Strand verfolgt. Von Erholung also keine Spur.

Federle teilte ihr charmant lächelnd mit, dass er es nicht verstehen könne, dass eine so attraktive Frau allein reiste.

„Ach wissen Sie, Herr Federle, das kann durchaus reizvoll sein!" flirtete sie noch ein wenig mit ihm, bevor sie ihren schnell hinuntergekippten Espresso bezahlte und wieder an ihren Sparkassenschalter entschwand, „ich habe nur den falschen Urlaubsort gewählt, ein anderes Land und ich wäre sicher nicht lange alleine geblieben."

Kiki hätte sich nicht gewundert, wenn Federle sie noch nach ihrer Adresse gefragt hätte. Daher also kam der Spruch der Kollegen vom Casanova Federle. Jetzt hatte sie ihn in Aktion erlebt und musste sagen, er machte das nicht schlecht.

Nun aber nichts wie aufs Rad und zurück über die Donau zum Münsterplatz. Erst musste etwas in den Magen, dann war sie wieder zu haben. Federle hatte sich offensichtlich an seiner Torte satt gegessen. Er sei nicht so für Würste, ließ er Kiki wissen. Eine gute, vollständige Mahlzeit sei ihm wichtig. Er wollte versuchen, ihre anderen Zeugen noch mit den Fotos zu konfrontieren, vielleicht könnte er ihnen die Bilder faxen.

Kiki war alles recht. Sie wollte sich schon in die Schlange vor dem Würstchenstand am Eingang zur Platzgasse stellen, da sah sie, dass Suse sich schon fast bis vorne an den Tresen vorgearbeitet hatte. Sie bedeutete ihr, zwei Rote mitzubringen und wartete dann hungrig auf die köstliche Mahlzeit.

„Hier kommt das leckerste, beste, heißeste Würstchen aller Zeiten", Suse drückte ihr die Wurst in die Hand.

Sie suchten sich zwei der herumstehenden Stühle und genossen ihre Mahlzeit. Heute war der Münsterplatz sonnig, aber leider voller Markstände. An anderen Tagen, hatte man eine weite Sicht in die Runde und das aufragende Münster vor sich. Kiki hatte schon einige Male hier in der Aprilsonne gesessen.

Schöne Plätze hatte dieses Ulm, das war ihr schon bald aufgefallen. Natürlich kannte sie noch nicht viel von der Stadt, aber was sie bisher gesehen hatte, gefiel ihr. Der öffentliche Raum war den Ulmern anscheinend Einiges wert. Es gab immer mal wieder einen Brunnen und viele Möglichkeiten, sich auf Bänken auch außerhalb der Cafés und eleganten Restaurants aufzuhalten.

Heute hatten sie sich hinter die Marktstände in eine Nische des Münsters verzogen. Der Hauptzugang zur Kathedrale war verschlossen und der Zugang daneben zum Inneren und zum Turm wurde von Touristen einzeln und in Gruppen frequentiert. Kiki gefiel es, hier draußen die Menschen zu beobachten, wie sie staunend emporblickten und dann dieses Ulmer Wahrzeichen auf ihre Kameras bannten.

„Jetzt erzähl mal", drängte Suse neben ihr, genussvoll kauend. „Wie steht es mit Euch beiden?"
Kiki ließ sich nicht aus der Ruhe bringen.

„Welche beiden meinst Du?"

„Ach, lass Dir nicht alles aus der Nase ziehen. Wann fahrt Ihr denn nach Norddeutschland und wie steht die ganze Sache überhaupt?"
Kiki konnte es nicht lassen, Suses Neugierde wenigstens etwas zu befriedigen. Sie erzählte von ihren doch etwas gewandelten Gefühlen und dass Friets am Abend mit ihr in die Oper ginge; in La traviata.

„Das finde ich merkwürdig, dass Du mit Deinem Lover in die Oper gehst, anstatt ins Bett. Das wäre nichts für mich. Ich kann Opern nicht ausstehen. Ihr Berliner seid halt keine Schwaben."

„Was bitte hat die Oper mit meiner Herkunft zu tun? Ihr habt doch hier das tolle Theater und da strömen Abend für Abend die Schwaben rein und schauen sich die Aufführungen an. Also Suse, manchmal bist Du schon..." Kiki verstummte, weil ihr kein passendes Adjektiv einfiel.
Suse war nicht so schnell beleidigt. Sie lachte nur und wischte sich den Mund mit der Serviette.

„Lass uns wieder an die Arbeit gehen. Ich muss schauen, was Manni noch erreicht hat. Bisher hat keine unserer Zeuginnen die Männer erkannt. Bei Euch doch auch nicht."
Kiki erzählte von der Begegnung mit Frau Tarik.

„Schade", bedauerte Suse, „da hat unser Kollege Manni aber mal wieder was versäumt. Do hettr jetzt nommol so a ganz jonge, schene Frau agucka könna."

Lachend drängten sie sich durch die letzten Marktbesucher. Kiki fiel ihr leerer Kühlschrank und Frau Zummermanns heiße Empfehlung bezüglich der leckeren Radieschen ein.
Als Suse sie an ihre geplante Reise in den Norden erinnerte, hatte sie schon ein Büschel der leuchtend roten Knöpfchen erstanden.

„Das macht nichts", sagte sie lachend, „die kann ich in zwei Tagen auch noch essen." Im Weitergehen versuchte sie sich wieder einmal im schwäbischen Dialekt: „Weißt Du, mir Söflenger, mir meget Rettich halt so gern."

Federle lehnte dann, ein paar Minuten später, das angebotene Radieschen rundweg ab. Er sei zwar fast ein Schwabe, aber keineswegs ein Söflinger und mit einem Rettich „ka ma mi jaga!" Doch, so heiße das im Schwäbischen, versicherte er Kiki, ein „a" nach dem anderen.

„Hoscht Du des jetzt übrhaupt vrstanda?" wollte er wissen.
Kiki bestätigte, dass sie durchaus schon Schwäbischkenntnisse erworben habe und das mit dem Jagen ihr auch bekannt sei.
Von zwei ihrer Zeugen hatte Federle schon die telefonische Versicherung, dass sie mit den vorgelegten Fotos der beiden Männer nichts anfangen konnten.
Federle hatte es gut gemacht. Er hatte die beiden Bilder eingescannt und einfach an alle verschickt, von denen er eine Mailadresse hatte. Die Rückmeldung von zweien der „diffizilen" Männer, stand noch aus: vom Apotheker und von Direktor Schnurzer. Ei-

gentlich glaubten aber weder Kiki noch Federle daran, dass es sich bei den beiden Gesuchten um zwei Ulmer handelte.

Die Fahndung war inzwischen bundesweit angelaufen, aber als sie noch einmal die Fakten durchgingen, kamen sie zu dem Schluss, dass den, an der Autobahnstrecke bei Mannheim gefundenen persönlichen Gegenständen des Toten ein hohes Gewicht beizumessen sei. Kiki erinnerte Federle noch einmal an die Hinweise ihrer Zeugen auf die Geldgeber im Norden, als das Telefon klingelte.

Es konnte nur der Apotheker sein, so wie es Kiki aus dem Hörer entgegenschallte. Nein, sie hatte nicht abgenommen, sie saß nur daneben, aber Herr Riedle schrie wieder einmal so laut, dass sie bequem mithören konnte. Er kenne die zwei Männer nicht, rief er, aber sie sollten unbedingt nach Norden schauen. Die zwei hätten doch Gesichter, wie man sie häufig da oben finde. Er habe es gleich gesagt, Ulmer ermorden niemanden und Söflinger schon gleich gar nicht.

„Also, gucket, dass r die zwoi verwischet. Mein Schwiegrsoh war jo an Filou, abr ombrenga het man au net glei braucha."

Damit legte er auf und Kiki und Friets mussten schon wieder einmal herzlich lachen. Der war einfach ein Original, ein schwäbisches. Dieser Apotheker!

Herr Schnurzer hatte sich auch geäußert, eine Mail war gekommen. Die hatte er allerdings nicht selbst verfasst. Eine Praktikantin, wie es in Klammer hieß, teilte mit, Direktor Schnurzer habe keinen der Männer auf den zugesandten Bildern erkannt.

Frau Tarik war außen vor, die brauchten sie nicht mehr zu befragen und die anderen Zeugen würden von Manni und Suse kontaktiert werden. Für sie beide hieß das, die Ulmer Seite konnten sie fast vergessen, zumindest, was die beiden Verdächtigen anging.

Inzwischen war es schon nach dreizehn Uhr und während Federle noch kurz den Chef über ihre Ergebnisse unterrichtete, verzog sich Kiki in ihr Büro.

„Hallo, du fleißiges Lieschen", sprach sie das üppig blühende Gewächs auf ihrem Fensterbrett an und prüfte, wie Frau Zummermann am Vormittag, den Stand der Trockenheit der Topferde. Sie war sich nicht ganz sicher, ob sie nicht vorsorglich doch etwas Wasser nachgießen sollte.

„Hallo, ich verreise nämlich und da will ich natürlich nicht zurückkommen und du bist bis zur Unkenntlichkeit verdorrt." Das Fleißige Lieschen hielt sich schweigend zurück. Sollte sie oder sollte sie nicht? Ein paar Tropfen konnten nicht schaden. Auch die grünen Pflänzchen daneben, das Bohnenkraut, das bald blühen sollte, der Salbeistrauch und der kleine Rosmarin bekamen noch einige Tropfen ab.

„Wer weiß, wann ich wieder zurück bin. Ich verreise, ich verreise", sang sie vor sich hin.

Irgendwie machte ihr die Aussicht, unterwegs zu sein, in den Norden zu fahren, supergute Laune. Sie spürte es selbst, wie sich ihre Stimmung ganz von alleine in die Höhe schraubte. Es war ihr durchaus bewusst, dass es nicht nur die Fahrt war und die Hoffnung, die beiden Täter zu fassen, sondern vor

allem die Aussicht, mit Friets einen oder mehrere Tage zu verbringen. Auch gut, jetzt nannte sie ihn in Gedanken auch schon Friets. Na ja, jeder hatte das Recht auf seinen eigenen Namen und sie war ja nicht lernunfähig. Den Fritz hatte sie schon weggesteckt.
Kurz setzte sie sich noch an ihren Computer und begann, den Bericht über ihre Ergebnisse vom Vormittag zusammenzufassen.
Dann war es Zeit für die Pressekonferenz. Sie wollte auf keinen Fall zu spät kommen. Als sie zum großen Besprechungsraum kam, war er leer.

„Manni, was ist los, ist die Konferenz abgesagt worden?" rief sie ihrem Kollegen hinterher, der eilends auf die Eingangstüre zustrebte.

„Komm, schnell, sie ist verlegt worden, ins Stadthaus!" gab ihr Manni Bescheid.
Auf dem kurzen Weg nach nebenan erfuhr sie, dass der Andrang der Pressemeute so groß war, dass ihr Besprechungsraum nicht ausgereicht habe. Der Polizeipräsident habe im Stadthaus nachgefragt und die Chefin dort habe ganz ohne Probleme und schnell entschlossen ihren Saal zur Verfügung gestellt. Dr. Roth war voll des Lobes, was für eine freundliche und rasch entscheidende Person sie sei.

Das konnte ja heiter werden, so viel Presse! Federle stieß zu ihnen und sie eilten über den Hof und die Gasse zum Eingang des Stadthauses.
Diesen Bau hatte Kiki seit ihrem Hiersein schon erkundet. Sie war noch nicht in einer der vielen Veranstaltungen gewesen, hatte sich aber vorgenommen, eines der nächsten Konzerte zu besuchen. Im Veran-

staltungsprogramm waren tolle Abende mit moderner Musik und auch mit Jazzmusik angekündigt. Sie musste sich eben die Zeit nehmen und die Abende nicht immer mit Frau Zummermann verquatschen. Es war halt sehr bequem, nach Hause zu kommen und die Beine hochzulegen. Außerdem wollte sie jetzt im Frühling auch das viele Grün vor ihrer Terrasse genießen und das gelang ihr nur am Abend und natürlich auch am Wochenende.

Als sie jetzt die Türen aufstießen, musste sie wieder daran denken, was sie von ihrer Vermieterin über das Zustandekommen des Gebäudes gehört hatte. Es hatte anscheinend große Meinungsverschiedenheiten über dieses Bauwerk gegeben. Das Für und Wider war ungemein heftig ausgetragen worden. Ein Bürgerentscheid hatte dann wohl endgültig zum Entstehen des Bürgerhauses geführt, das ein so renommierter Architekt, wie der Amerikaner Richard Meier, dann ausführen durfte. Kiki gefiel der Bau. Sie hatte in den beiden oberen Stockwerken eine tolle Fotoausstellung von Donata Wenders gesehen und fand die Räume wunderschön. Die Durchblicke und Ausblicke waren traumhaft und als sie auf dem Balkon stand, war das Münster mit seinem hochragenden Turm noch ein Stück näher gerückt. Doch, dieses Gebäude war gelungen und wie sie dem Flyer entnehmen konnte, wurde es sehr vielfältig genutzt. Das bedeutete auch, dass es von den Menschen in der Stadt angenommen wurde und dazu war es ja da.
Jetzt konnte sogar ihre Presseinformation hier stattfinden. Das war ein Gedränge auf der Treppe in den

ersten Stock, unglaublich. Der Saal war voller Menschen, die sich gespannt mit Schreibblöcken und Kameras auf den Stühlen reckten.

Herr Roth, ihr Chef und der Staatsanwalt, Dr. Maiser, saßen vorne auf dem Podium, das Münster in ihrem Rücken. Der Tisch vor ihnen war bestückt mit vielfarbigen Mikrofonen, deren Kabel sich nach beiden Seiten zu den Anschlüssen an den Seitenwänden schlängelten.

Manni, Federle und Kiki hielten nach weiteren Kollegen und nach Sitzgelegenheiten Ausschau. Dr. Roth hatte sie erspäht und winkte heftig in ihre Richtung. Sollten sie etwa nach vorne kommen? Kiki war sich nicht sicher, wen er mit seinen Gesten meinte. Fragend zeigte sie auf sich und Dr. Roth nickte heftig. Federle sah sie grinsend an.

„Herr Roth braucht weiblichen Beistand. Bei so viel überregionalem Interesse macht es sich doch gut, wenn sich auch eine weibliche Ermittlerin präsentiert." Dann flüsterte er noch, so nahe an ihrem Ohr, dass sein Atem sie kitzelte: „Und wenn diese weibliche Ermittlerin noch so attraktiv ist wie Du...!"

Kiki reagierte nicht und drängte sich seitlich vorne auf die kleine Bühne. Sie hatte keine Probleme, sich dazuzusetzen. Ob sie viel zur Information der Öffentlichkeit beitragen können würde oder auch sollte, würde sich zeigen.

Der leitende Ermittler begann mit seinen Ausführungen. Die Zeugenvernehmungen vor Ort wurden genau so erwähnt, wie die bisherige Ergebnislosigkeit in diese Richtung.

Dann kam relativ bald der Knüller. Die Zeugenaussagen der Schülerin und ihres Freundes, wurden vorgestellt, der baldige Durchbruch angekündigt. Die Phantombilder sollten doch bitte in der Presse erscheinen, sie lägen am Ausgang auf einem Tisch zur Mitnahme aus.

Dann kamen die Fragen der Reporter: Weshalb waren die Zeugenaussagen nicht früher erfolgt? Was hatte die Gerichtsmedizin genau festgestellt? War der Fundort auch der Tatort? Wo befand sich der Tatort genau? War Söflingen ein Problemstadtteil? War die Kriminalität in Ulm besonders hoch? War die Insolvenz Baders der Grund für seine Ermordung? Welche Rolle spielten die verschiedenen Geliebten des Ermordeten? War die Ehefrau völlig unverdächtig? Was war die Tatwaffe? Und so weiter und so fort. Die Fragen schienen kein Ende zu nehmen.

Kiki kam erst zum Einsatz, als es darum ging, zu berichten, auf welchen Umwegen die Phantombilder der beiden Tatverdächtigen entstanden waren. Natürlich blieben die Namen der beiden Jugendlichen und auch der von Frau Zummermann unerwähnt. Doch diese Story interessierte nicht nur die Blöd-Zeitung, sondern ganz allgemein. Man konnte das gesteigerte Interesse direkt greifen. Hier kam das menschliche, allzu menschliche zum Vorschein und das gab „Fleisch an die Knochen", wie ein Reporter meinte. Dafür interessierten sich natürlich vor allem die Leserinnen der Regenbogenpresse. „Ein Liebespaar und zwei Mörder", oder noch mehr reißerische Aufmacher. Kiki sah die Leitartikel der Zeitungen anderntags schon vor sich. Sie versuchte, so sachlich es ging zu berichten, um so wenig wie möglich. „Fleisch" beizusteuern.

So stand Kiki, völlig ungeplant, ziemlich im Mittelpunkt des allgemeinen Interesses und musste mehrere Blitzlichtattacken über sich ergehen lassen. Als einer der Journalisten dann noch wissen wollte, seit wann eine so interessante Kriminologin, wie Frau Wunder, sich in Ulm aufhalte, beendete Dr. Roth ziemlich abrupt die Fragestunde.

„Danke, Frau Wunder, das war hervorragend, wie Sie das gemacht haben", verabschiedete sich der Staatsanwalt von Kiki. Und auch von den beiden männlichen Kollegen wurde ihr, beim Gang zum Neuen Bau, in bewundernden Worten große Medienwirksamkeit bescheinigt.

„Die werden sich aber nicht mit unserer Verschwiegenheit abfinden", meinte Manni, „die Meute hat Lunte gerochen."

Und auch Federle war der Meinung, Kiki solle sich vorsehen nach Feierabend bei ihren Gängen durch Söflingen.

„Da wird jetzt an jeder Ecke einer lauern mit Mikro und Kamera, Du wirst schon sehen!"

„So viele Gänge mache ich heute nicht mehr. Wir sind doch ins Theater verabredet und das beginnt heute schon um neunzehn Uhr."

„Oh", tat Federle zerknirscht, „das habe ich ja ganz vergessen. Aber, Verabredung ist Verabredung. Wo sollen wir uns treffen?"

„Treffen wir uns einfach im Theater, um kurz vor Sieben? Einverstanden?"

„Also", funkte Manni dazwischen, „ich hätte Dich abgeholt, wenn Du mit mir ausgegangen wärst, eine solche Frau lässt man doch nicht alleine auf die Straße!"

„Ja, ja, Manni", grinste Kiki, „Du lebst halt noch im vorletzten Jahrhundert, wo die Frauen nur in männlicher Begleitung das Haus verlassen durften. Nach Deiner Vorstellung sollte ich wohl eine Burka tragen heute Abend und in Deiner Begleitung mindestens drei Schritte hinter Dir gehen, das hättest Du wohl gerne. Wo ist übrigens unsere Kollegin Suse? War sie nicht da?"

„Sie hat mich angerufen, dass sie es nicht schafft. Sie war doch mit den Phantombildern unterwegs. Schade, Dein Auftritt hätte ihr sicher gefallen."

Federle und Kiki gingen sofort ins Büro zu Dr. Roth. Sie wollten die Reise nach Norddeutschland besprechen. Die Kollegen aus Nordhorn hatten signalisiert, dass ihnen die kleine Verstärkung aus Ulm willkommen wäre. Sie hatten anscheinend schon mehrere Hinweise auf die gesuchten Männer erhalten, aber noch keine Ergebnisse erzielt.

Von Dormagen gab es keine Resultate und so erhielten sie den Auftrag, sich nach Nordhorn zu begeben, wie Dr. Roth sagte, um dort die Kollegen zu unterstützen. Sollte sich in Dormagen etwas ereignen, würden sie es als erste erfahren und sie wären dann ja schon auf der Strecke unterwegs.

Federle bat dringend darum, mit dem eigenen Wagen fahren zu dürfen und da einige der Dienstfahrzeuge gerade zur Überholung in der Werkstatt waren, stimmte Roth zögernd und nicht sehr begeistert zu. Wie der Leiter sie angewiesen hatte, stellten sie daraufhin mit Hilfe ihrer Kollegen und unter emsiger Beteiligung Herrn *Winds* einige Mappen mit ihren bisherigen Resultaten zusammen: Zusammengefasste Berichte, Zeugenaussagen, Protokolle, Tatortbeschreibungen, Berichte der Spurensicherung und Fotos aller Art.

Punkt fünf Uhr verabschiedete sich Kiki von Suse und Manni und fuhr gemächlich nach Hause. Der Tag hatte ihr gefallen und sie hoffte, dass der Abend noch schöner werden würde. Manni hatte ihr noch den guten Rat gegeben, die Zimmertüre im Hotel nachts ja gut verschlossen zu halten, damit nicht irgendwelche männlichen Wesen, also zum Beispiel zwei Verbrecher oder so, zu ihre ins jungfräuliche Bettlein schlüpfen könnten und Suse hatte ihr dabei zweideutig zugezwinkert und gemeint, „da reicht doch einer!"

„Mal sehen, was sich machen lässt", hatte Kiki nur erwidert und sich schmunzelnd davon gemacht.

20

Jetzt hieß es sich sputen. Es war kurz vor halb sechs Uhr, als Kiki ihren Rucksack in die Ecke pfefferte. Glücklicherweise hatte sie beim großen Ausmisten ihrer Berliner Wohnung einige schicke Kleider nicht weggegeben. Eines hatte sie für heute Abend schon ins Auge gefasst, ein grünes, superschmales Teil, das kurz über den Knien endete und ihre Beine betonte. „Welch ein Glück", dachte sie, „schöne Beine zu haben." Ihre Freundin Isabel war ziemlich scharf auf das Teil gewesen und hatte sofort danach gefragt, als Kiki ihr sagte, dass sie einige ihrer Sachen verschenken würde.

Nach der schnellen Dusche musste sie sich erst einmal kurz flach legen. Sie war von diesem quirligen Tagesablauf doch etwas geschafft. Von der Couch aus schaute sie aus der geöffneten Terrassentüre ins Grüne und fühlte sich plötzlich rundum glücklich. Irgendwie freute sie sich tierisch auf diesen Abend, auf die Musik, auf den Mann an ihrer Seite, auf die Reise am nächsten Tag und auf einfach alles, was sich in den nächsten Tagen in ihrem Leben so ereignen würde. Das Glück war unterwegs zu ihr, da war sie sich plötzlich ganz sicher.
Die mittägliche Bratwurst hatte offensichtlich ihren Dienst getan und ihr Magen grummelte. Die Radieschen fielen ihr ein. Nein, einen Rettich konnte sie jetzt nicht gebrauchen, Söflingerin hin oder her.

Wer weiß, wie sie mit einem solchen Radieschen im Magen riechen würde! Heute wollte sie einen reinen Atem haben, mindestens so rein, wie die Macher es in der Werbung im TV immer verkündeten. Sie wollte für alle Eventualitäten gerüstet sein und nicht aus Radieschengründen auf einen Kuss verzichten müssen.

Ein winziger Rest Brot fand sich noch in ihrem Kühlschrank; sie knabberte lustvoll an den harten Kanten. Im Theater in Ulm gab es doch sicher auch eine Kleinigkeit zu essen, das war doch inzwischen so üblich. Bis dahin konnte sie es noch aushalten.

Das Kleid war ihr etwas zu weit geworden. Die Strapazen der letzten Wochen hatten ihr doch zugesetzt. Sie steckte ihr Haar mit zwei großen glitzernden Kämmen nach oben und fand, dass etwas Schminke nicht schlecht wäre. Schwarz umrandete Augen kamen immer gut an! Mit den hochhackigen Schuhen würde sie mindestens so groß sein, wie Federle und sie freute sich schon darauf, Auge in Auge vor ihm zu stehen.
Eigentlich wollte sie mit den Rad zum Theater fahren, aber das enge Kleid war sicher nicht dienlich und einen Riss im Rock, der sie womöglich wieder nach Hause trieb, wollte sie auf keinen Fall riskieren. Blieb die Linie 1 und die hielt ja fast direkt vor der Haustüre. Schade, dass sie keine passende Handtasche hatte. Aber sie konnte ja ihren Rucksack an der Garderobe abgeben.
Als sie die Türklinke der Haustüre in der Hand hatte, fiel ihr die Theaterkarte ein. Ach du meine Güte, da

wäre sie jetzt fast ohne Eintrittskarte losgejagt. Frau Zummermann war da und hatte sie, wie sie sagte, schon erwartet. Sie schaute ziemlich überrascht und bekam den Mund kaum zu, als sie Kiki die Tür öffnete und sie in Kleid und hohen Schuhen vor sich sah. Dann rief sie begeistert:

„Da haben Sie sich aber ganz schön herausgeputzt. Super, wie Sie aussehen, Kiki! Nur die Jacke, die passt eigentlich nicht so ganz zu ihrem Outfit, die ist zu sportlich. Wenn Sie möchten, leihe ich Ihnen gerne eine passende."

Kiki hatte es eilig und wollte zunächst nichts davon wissen, aber ihre Vermieterin war schon ins Schlafzimmer geeilt und was sie da aus ihrem Schrank hervorholte, das war absolut toll. Eilends zog Kiki das Leopardenjäckchen über und nahm die kleine grüne Handtasche, die sie ihr empfahl und die farblich zu ihrem Kleid passte.

Schnell alles aus dem Rucksack umgeräumt, die Theaterkarte geschnappt und los ging es zur Straßenbahn. Sie wollte doch nicht zu spät kommen, zu ihrem ersten Treffen mit Friets.

Er war schon da.

„Ui, ui, ui, der hat sich aber in Schale geworfen!", grinste sie anerkennend, als sie eilig durch die hohe Glastüre das Foyer betrat und Federle zwischen den vielen elegant gekleideten Theaterbesuchern entdeckte. Kiki war begeistert.

Er war ja sonst schon ein Mann „der auf sich hielt", wie ihre Oma immer betonte, wenn sie von einigen der Männer, die in ihrem Leben eine wichtige Rolle gespielt hatten, berichtete, aber heute übertraf er sich selbst.

„Chic sieht er aus", musste Kiki denken, „absolut elegant" und sie war froh, dass sie auf Frau Zummermann gehört hatte. Sie brauchte sich wahrlich nicht zu verstecken.

„Aber Hallo", begrüßte Federle sie und versuchte doch tatsächlich ihr einen Handkuss zu geben. „Da hat sich ja heute eine herausgeputzt. Du siehst supertoll aus!!"

Er war ganz aus dem Häuschen und Kiki stellte fest, dass sie sich tatsächlich Auge in Auge gegenüber standen. Es lohnte sich eben doch, sich hin und wieder in Schale zu werfen. Friets nahm ihr die Jacke ab und wollte sie noch auf ein Glas Sekt einladen.

„Auf keinen Fall", wehrte Kiki ab, „ich habe seit meiner Bratwurst heute Mittag nichts mehr gegessen, Alkohol auf meinen leeren Magen, das halte ich nicht aus. Dann bin ich betrunken und singe mit, das möchtest Du sicher nicht erleben." Begierig sah sie auf die Butterbrezeln, die an der Theke angeboten wurden. Leider klingelte es schon zum zweiten Mal und so konnte Federle nur noch rasch eine Bestellung für die Pause aufgeben.

Tatsächlich war der Theatersaal nicht ganz gefüllt und Kiki verzichtete auf ihren Platz in der fünften Reihe und nachdem sie kurz noch gewartet hatten, setzten sie sich zusammen an den Rand der zwölften Reihe, wo einige wenige Plätze frei geblieben waren. Ein schöner, lichter Raum war das hier. Nicht verschnörkelt aber auch nicht besonders modern. „Nüchtern", wie Kiki feststellte. Hier sollte wohl das wirken, was sich auf der Bühne tat. Und es wirkte.

Schon die Ouvertüre war ein Genuss. Das Orchester spielte wunderbar und der Dirigent hatte die Musik einfühlsam und mitreißend einstudiert. Das Geschehen war Kiki bekannt, sie hatte diese Oper einmal in Berlin gehört und legte auch zu Hause immer mal wieder die CD ein. Da ging es ja zu auf der Bühne, diese Partygesellschaft mit Violetta als Mittelpunkt! Tanzen, trinken, Musik und Rausch! Elsa Mutelli auf der Bühne zu erleben, war ein Genuss. Sie sah jetzt unglaublich verändert aus und wenn Kiki nicht von Frau Zummermann gewusst hätte, dass sie es war, die dort oben sang und litt und jubelte, hätte sie die junge Frau aus der Kantine ganz sicher nicht wieder erkannt. Und eine Stimme war das, großartig!

Oben auf der Bühne überschlug sich das Geschehen. Plötzlich tauchte zwischen all den Partylöwen ein Mann auf, der sich als der große Liebende präsentierte. Ach Friets, musste sie denken, während sie ihn heimlich von der Seite betrachtete, wenn Du doch auch der große Liebste wärst! Vielleicht könnte ich mich auf dich einlassen. Federle schien Kikis Blick gespürt zu haben. Sachte holte er ihre Hand in die seine und Kiki durchrieselte ein heftiger Schauer.

Aber dann begann auf der Bühne das Unheil. Alfredos schrecklicher Vater wollte seinem Sohn das Glück nicht gönnen. Und diese gutmütige Violetta ließ sich auch noch auf den Handel ein.

Nein, dachte Kiki, das hätte ich nicht mit mir machen lassen, nicht um alles auf der Welt. Und sich dann auch noch zurückziehen, ohne es mit dem Geliebten zu besprechen, wie kann sie nur!

Das Licht ging an. Pause. Kiki konnte nicht anders, sie strahlte Friets an. Es war ein ziemliches Gedränge auf der ersten Etage. Eilig strebten sie dem kleinen Tisch zu, den Federle für sie reserviert hatte und auf dem Butterbrezeln und Sekt für sie bereit standen. Andere Zuschauer hatten wohl dieselbe gute Idee gehabt und die kleinen Tische füllten sich mit plaudernden kleinen und größeren Gruppen.

„Tut mir leid", sagte Kiki und griff gierig nach einer Brezel. Ich habe einen solchen Hunger, ich kann jetzt nicht über die Musik sprechen, ich muss erst einmal etwas essen." Und damit biss sie heißhungrig in das Gebäck.

„Mmmh", jetzt war sie es, die genussvoll Töne von sich gab. „Mmmh, schmeckt das gut."

„Ich sehe es", stimmte Federle zu, „und ehrlich gesagt, wenn es sie nicht gäbe, die Brezel müsste man erfinden!"

Dieses schwäbische, ineinander verschlungene Backerzeugnis war neben den Seelen etwas, was Kiki schon schätzen gelernt hatte. Brezeln sah man in dieser Stadt überall, in den Auslagen der Bäckereien, auf den Theken in Cafés, in den Tüten der schmausenden Schülerinnen, in den Händen von Kleinkindern im Kinderwagen. Als sie Frau Zummermann darauf angesprochen hatte, meinte sie:

„Ja, unsere schwäbische Brezel ist etwas ausgesprochen Feines und Nützliches! Hier werden alle Kinder mit der Brezel großgezogen. Wie das die Eltern in anderen Städten machen, wenn sie ihre Kinder beruhigen wollen, keine Ahnung! Drück einem Kleinkind eine Brezel in die Hand und es beginnt glücklich zu nagen. Es freut mich, dass sie Ihnen schmeckt."

Federle schien also auch ein Fan der Brezel zu sein. Und ihre war auch noch dick mit Butter beschmiert. Sie mochte das gerne, wenn schon Butter, dann aber richtig. Der Sekt wurde nicht kalt. Kiki merkte erst jetzt, dass sie auch ziemlichen Durst hatte und trank noch ein Glas Mineralwasser.
Als sie Federle ihre Gedanken zu Violettas Verhalten mitteilte, lachte der laut auf.

„Das kann ich mir denken, dass Du dir das nicht gefallen lassen würdest."

Sie waren sich einig darüber, dass es eine sehr mitreißende Aufführung war. Die Kostüme waren toll und das Bühnenbild, mit einem riesengroßen Tisch senkrecht in der Mitte der schrägen Bühne zum Publikum hin platziert, fanden sie beide absolut gelungen.
Die Klingel rief zum großen Finale und wie selbstverständlich nahm Friets wieder Kikis Hand in die seine. Irgendwie gefiel ihr das ziemlich gut. Auch ihre Beine nahmen angenehmen Kontakt zueinander auf. Die Musik tat ein Übriges und sie gab sich ganz ihren Gefühlen hin. Wie schön war das, einmal wieder weg von allen Gedanken an die Arbeit, an die Berliner und an Wolf. Nur Musik sein, von oben bis unten, ganz erfüllt!
Auf der Bühne nahm das Schicksal seinen Lauf. Schade, dass diese Violetta dann auch noch sterben musste, wo sich doch kurz vor Schluss noch einmal alles zum Guten wendete. Aber die Tragik gehörte nun einmal zur Oper.
Wie wäre es denn sonst weitergegangen? Die beiden hätten wahrscheinlich geheiratet und Violetta wäre für die Aufzucht der Kinder zuständig gewesen und

Alfredo hätte die Firma seines Vaters übernommen. Kiki fragte sich, was von diesen beiden Alternativen wohl die bessere wäre. Tod oder Heirat. Verdi hatte sich für die Tragödie entschieden und das war gut so, sonst wäre dieser Stoff nicht auf der Theaterbühne gelandet.

Der Beifall war heftig und ausdauernd. Kiki nahm sich vor, nicht zum letzten Mal hier gewesen zu sein.

„Wir sollten uns auch einmal eine Aufführung des Sprechtheaters anschauen", sagte sie zu Federle, als er mit ihren beiden Jacken von der Garberobe zurückkam.

Sie wollten zusammen noch eine Kleinigkeit essen gehen, vor allem Kiki bestand darauf. Friets bot ihr die drei nächsten Lokale an und sie sollte wählen: Gasthof zur Sonne, gleich über die Straße, mit gut bürgerlicher Küche, fast direkt daneben das italienische Lokal Franko oder das thailändische Esslokal Bambus, direkt vis-a-vis.

„Bei der Kleinigkeit entscheide ich mich für Thailand. Eine Suppe reicht mir."

Es wurde noch eine sehr angenehme Stunde mit Friets. Er erzählte ein wenig von sich, wie er nach Ulm gekommen war, wo er wohnte und wie er sich hier im Schwabenland fühlte. Trotzdem hatte Kiki den Eindruck, dass er nicht so gerne über sich sprach. Dagegen löcherte er Kiki ziemlich ausdauernd und wollte alles über sie und Berlin und ihre Familie wissen. Allmählich wurde ihr die Fragerei zu viel, sie wollte nicht alles preisgeben, was sie bisher gemacht und erlebt hatte. Kiki beendete die Fragestunde indem sie feststellte, dass in zehn Minuten ihre Trambahn käme.

„Schade, jetzt kann ich Dich nicht einmal nach Hause bringen, ich bin mit dem Rad hier", sagte er dann bedauernd, „es sei denn, wir gehen gemeinsam das Stück nach Söflingen und ich schiebe mein Rad."

„Auf keinen Fall, ich fahre mit der Linie 1." Gemeinsam gingen sie dann hinüber zum Theater und holten Federles Rad. Kurz bevor er es vom Laternenpfahl löste, drehte er sich zu Kiki um, umfasste ihr Gesicht und küsste sie zart auf die Lippen. Genau das hatte sie sich gewünscht, den ganzen Abend schon. In Kiki drängte alles diesem Mann entgegen. Sie drückte sich heftig an ihn und seine Hände waren nicht mehr zu halten. Der Kuss wurde zum leidenschaftlichen Handgemenge.

„Wir können doch nicht hier..., wie zwei...", stammelte Kiki.

„Können wir zu Dir? Bei mir geht es nicht, ich habe Besuch zu Hause", schmachtete Friets ihr ins Ohr.

Aus den Augenwinkeln sah und hörte Kiki ihre Straßenbahn heranrauschen. Sie riss sich los und konnte im Davonlaufen nur noch rufen:

„Ich muss los, wir sehen uns morgen früh! Schlaf gut!" Damit warf sie ihm noch Handküsse zu und stürzte in die fast schon geschlossene Türe des Waggons.

Das war ein innerer Aufruhr, der jetzt in ihr tobte! Der Mann, den sie da zurückgelassen hatte, war sicher auch enttäuscht. Warum hatte sie ihn denn nicht mit zu sich nach Hause genommen? Andauernd diese Vorsicht, die sie immer noch nicht abgelegt hatte.
Aber sie hatten ja ihre Reise vor sich und wer weiß...? Da konnte doch so allerhand passieren.
Zuhause mussten erst einmal die Theaterklamotten weg, sie fühlte sich doch nicht ganz so wohl darin. Dann gab es eine schnelle Katzenwäsche, wie sie es zu Hause immer genannt hatten und die strubbelige Zahnbürste musste es immer noch tun, es gab noch keine neue. Weshalb vergaß sie nur immer wieder diese Zahnbürste?

„Früher haben sich die Leute Knoten in die Taschentücher gemacht, damit sie ihre Besorgungen nicht vergessen. Mit den Papiertaschentüchern geht das leider nicht mehr. Aber ich werde schon irgendwann daran denken."

Sie war so erhitzt, dass sie auf eine Bettflasche verzichtete und sich mit einem wohligen Seufzer in die Kissen fallen ließ. Wenn jetzt dieser Mann neben ihr liegen würde oder unter ihr oder über ihr! Ach, wäre das schön!
Sie durfte nicht zu vorsichtig sein. Sie musste wieder Vertrauen fassen und sich auf eine neue Beziehung einlassen. Ihre Großmutter kam ihr in den Sinn, wie sie immer mal wieder riet:

„Du musst nach dem Glück greifen, Kind, wir leben nur einmal, merk Dir das und eines Tages kann es dann zu spät sein!" Na, ihre Oma war offensichtlich kein Kind der Traurigkeit gewesen, was die immer über ihre Verflossenen erzählte! Die hatte anscheinend öfters nach dem Glück gegriffen!

Aber eine schlechte Erfahrung ließ sich einfach nicht so leicht abschütteln. Wieder einmal wurde sie so wütend auf diesen Wolf, der sie so bitter enttäuscht und verletzt hatte.

Alles war gut gegangen, bis zu dem Zeitpunkt, als sie das ewige Gemeckere und die ewig schlechte Laune nicht mehr aushalten konnte. Sie hatte auf einem Gespräch mit einer Moderatorin bestanden und Wolf hatte sich am Ende dazu bereit gefunden, mit ihr zu einer Beratungsstelle zu gehen. Erfreulicherweise hatten sie schon nach zwei Wochen einen Termin bekommen.

Das Gespräch selbst war ergebnislos verlaufen. Sie hatte geredet und geredet und Wolf hatte geschwiegen. Die Empfehlung der Psychologin, auf jeden Fall wieder zu kommen, hatte Wolf zu Hause mit einigen abfälligen Bemerkungen über diese Besserwisser abgetan. Damit war die Krise aber nicht beendet. Kiki hatte Wolf erklärt, so nicht mehr weitermachen zu wollen.

„Du willst Dich also von mir trennen, ja?" Er hatte so getobt und gewütet, dass Kiki direkt Angst bekommen hatte. Sie konnte sich noch gut daran erinnern, wie sie in ihr Zimmer geflüchtet war und nur noch gehofft hatte, dass Isabel bald nach Hause kommen würde. Wolf war dann nach einiger Zeit zu ihr gekommen und hatte sich entschuldigt. Ihm seien die Nerven durchgegangen, es solle nicht wieder vorkommen. Er weinte und bat sie darum, ihn nicht zu verlassen.

Aber Kiki war zutiefst verletzt. Wie konnte ein Mann, den sie liebte oder doch zu lieben glaubte, ihr einen solchen Schrecken einjagen. Dass er sie nicht geschlagen hatte verwunderte sie noch heute. Immerhin war er schon mit erhobenen Fäusten vor ihr gestanden.

Aber er hatte sie dann auf ganz andere Weise verletzt und dies sehr gründlich. Und – er hatte sich dazu Zeit gelassen.

Sie hatten sich getrennt, Wolf musste ausziehen und tat dies auch einige Wochen später, klaglos. Dann kam die Zeit ohne ihn, ohne den Mann, in den sie sich verliebt hatte, mit dem sie viele schöne Stunden verbracht hatte. Sie war ziemlich verzweifelt und dankbar, dass Isabel sich als eine so wunderbare Freundin erwies. Langsam begann sie dann wieder am allgemeinen Leben teilzunehmen. Und gerade dann, etwa nach drei Monaten, machte Wolf sich wieder bemerkbar. Sie traf ihn ganz zufällig in der Mensa, dann einige Wochen später auf einem Jazzkonzert und dann immer häufiger. Wolf, der zunächst nur aus der Ferne gegrüßt hatte, kam ihr immer näher. Er saß am Nebentisch, er stand neben ihr an der Theke, er saß sogar im Kino hinter ihr. Aber, damals sprach er sie nicht an. Es blieb bei einem kurzen Nicken oder Winken.

Es störte sie zwar, ihn öfter in ihrer Nähe zu sehen, aber es beunruhigte sie nicht. Er hatte sicher seine Arbeit beendet und wieder mehr Zeit, auszugehen.

Sie konnte ihm auch nicht vorschreiben, wohin er gehen durfte und wohin nicht.

Dann kamen die Sommermonate und sie fuhr mit ihrer Freundin in die Bretagne. Das waren unbeschwerte Tage. Wolf war weit weg, Berlin war weit weg, alles war wunderschön und Wind und Sonne und die herrlichen Abende am Meer waren zur Erholung wie geschaffen.

Damals hatte sie sich entschieden, die Uni aufzugeben und sich auf der Polizeihochschule anzumelden. Etwas Neues lag vor ihr und sie war gespannt, ob das jetzt das Richtige für sie sein würde. Siria und Christof waren von ihrer Entscheidung nicht begeistert und Noah hatte sich an die Stirne getippt und gefragt:

„Ja spinnst Du eigentlich jetzt, was soll das denn? Willst Du jetzt bei denen sein, die mich verprügeln, wenn ich mal wieder gegen die rechte Brut demonstriere?"

Kiki hatte sie nicht so recht davon überzeugen können, dass ihr Wunsch, zur Kriminalpolizei zu gehen, gerade dazu dienen sollte, solchen rassistischen Widerlingen das Handwerk zu legen. Aber sie war guten Mutes, dass ihre Entscheidung am Ende doch akzeptiert würde.

Auch ihre Oma war anfangs recht skeptisch gewesen, hatte aber, nachdem Kiki ihr alle ihre eigenen Bedenken und Überlegungen auseinandergesetzt hatte, doch gemeint:

„Ich denke, Du bist alt genug und weißt, was Du tust. Solange Du auf der richtigen Seite stehst, wird es schon das Richtige sein. Du weißt, bei mir bist Du immer willkommen."

Damit hatte sie Kiki in den Arm genommen und liebevoll geküsst.

Nach ihrer Rückkehr aus Frankreich hatte dann so ganz langsam der Terror begonnen. Erst rief Wolf hin und wieder an und fragte sie Belangloses, ob sie dies oder das wisse, ob dies oder das noch bei ihr liegen geblieben sei, ob sie zu dieser oder jener Veranstaltung ginge. Dann, ein paar Wochen später kamen die Anrufe bei Nacht. Es klingelte und niemand war in der Leitung. Auch ihr Mobiltelefon wurde benutzt. Anfangs was es nicht so schlimm. Etwa einmal pro Woche mussten sie aus dem Bett, sie oder Isabel, um das Telefon abzunehmen. Sie legten den Hörer dann schon gar nicht mehr auf. Das ging so während der ersten Wochen in der neuen Ausbildung. Irgendwann holte sich Kiki ein anderes Handy, um die lästigen Telefonate abzustellen.

Dann war wieder für einige Wochen Ruhe und sie glaubten schon, die Sache sei ausgestanden. Es war auch nicht ganz sicher, ob die Anrufe nur Kiki galten oder eventuell doch Isabel. Sie hatte sich vor kurzem auch von ihrem Freund getrennt und der war ziemlich stinkig gewesen.

Aber sie hatten sich zu früh gefreut, die Anrufe häuften sich und jetzt mit einem deutlichen Gestöhne im Hintergrund. Kiki war sauer. Jetzt rief sie ihrerseits Wolf an und fragte ihn rundheraus, ob er sie belästige. Er stritt es zwar ab, meinte jedoch:

„Das geschieht Dir ganz recht, wer weiß, wen Du inzwischen noch so abserviert hast, wie mich." Und dann sagte er etwas, das Kiki nie und nimmer von ihm erwartet hätte, er sagte: „Du Schlampe." Kiki war sprachlos, erwiderte nichts und legte auf. Dass ihr ehemals Geliebter sie einmal so beschimpfen würde, war nicht zu fassen!

Aber vor allem dieses Schimpfwort gab ihr zu denken. Ein Mann, der so über eine Frau dachte, konnte durchaus derjenige sein, der sie belästigte.

Und dann begannen die Briefe zu kommen. Briefe mit obszönen Anträgen, mit Drohungen, mit widerlichen Unterstellungen. Zunächst war es nur einer pro Woche, dann wurden es immer mehr.

Isabel war dafür, die Polizei einzuschalten, aber sie hatten außer den Briefen nichts in der Hand. Wo sollten die Polizisten denn ansetzen? Isabel drängte:

„Ich denke, Du bist jetzt bei dieser Truppe, da kannst Du Dir das doch nicht gefallen lassen, ausgerechnet Du!"

Aber Kiki wollte nicht ungerecht sein. Sie hätte erklären müssen, wen sie in Verdacht hatte und das wäre nur Wolf gewesen. Aber hundertprozentig sicher war sie sich eben doch nicht.

Die Lage verschärfte sich zusehends. Irgendwann begannen zusätzlich die persönlichen Belästigungen. Zunächst fühlte Kiki sich verfolgt, als sie eines Abends auf dem Heimweg war. Es war nicht spät, doch schon dunkel und sie hörte Schritte hinter sich. Als sie die Haustüre aufschloss und sich rasch umsah, konnte sie nichts erkennen.

Da habe ich mich wohl getäuscht, dachte sie.

Dann hörte sie immer öfter Schritte hinter sich, wenn sie eine Abendveranstaltung verließ. Langsam war sie sich sicher, dass ihr jemand folgte. Ein paar

Mal sah sie auch einen Schatten in einem Torweg verschwinden, als sie sich umdrehte. Inzwischen hatte sie das Gefühl, sie selbst sei paranoid und bilde sich das Ganze nur ein.

Zu dieser Zeit hatte erfreulicherweise die Belästigung durch Anrufe und Briefe nachgelassen und sie und Isabel waren sehr erleichtert.

Sollte sie jetzt noch Anzeige erstatten? Es war ja offensichtlich vorbei. Aber die Schritte in ihrem Rücken blieben und langsam machte sich in Kiki ein Gefühl der Angst breit. Sie versuchte, ihre abendlichen Ausgänge möglichst mit Isabel oder anderen Freundinnen und Freunden zu kombinieren. Aber das gelang nicht immer. Wenn sie mit ihnen über ihre Ängste sprach, merkte sie, dass sie nicht so ganz ernst genommen wurde. Wer sollte das denn sein, der hinter ihr her war, sich aber nie zeigte? Das mit Wolf war jetzt doch schon über ein Jahr her und der sollte immer noch etwas von ihr wollen? Die Freunde schüttelten die Köpfe und waren wenig überzeugt.

Sie glaubte es ja selbst nicht, ausgerechnet Wolf! Dann aber musste sie wieder an das gezischte „Du Schlampe" denken und sie war sich fast sicher, dass er dahinter steckte. Und wer sonst sollte sie nachts verfolgen und bedrängen? Langsam kreisten ihre Gedanken immer öfter um diese Gestalt, die vorhanden, aber nicht zu fassen war.

Plötzlich war dann wieder alles beim alten. Die nächtlichen Schritte hatten aufgehört, Briefe und Anrufe blieben weiterhin aus. Kiki und Isabel atmeten auf. Endlich hatten sie wieder Ruhe. Drei Mona-

te geschah gar nichts mehr. Doch es war eine trügerische Ruhe, eine Ruhe vor dem Sturm.
Im späten Sommer, als Kiki schon ihr zweites Semester an der Polizeihochschule absolviert hatte, gab es wieder so merkwürdige Vorkommnisse. Eines Tages lag vor ihrer Wohnungstüre eine braune Tüte. Als sie verwundert diese Tüte aufhob und hineinsah, ließ sie sie erschrocken wieder fallen. Sie klingelte heftig und hoffte, dass Isabel zuhause wäre.

„Schau in die Tüte, weißt Du etwas darüber?" Kiki war froh, dass ihr die Freundin die Türe öffnete.
Nach einem Blick auf Kikis angewiderte Miene griff Isabel vorsichtig nach dem Paket. Fast hätte auch sie es wieder fallen gelassen, als sie den Inhalt sah.

„Fleisch, was soll denn das sein? Fleisch? Wer legt uns denn Fleisch vor die Türe?"
In der Küche dann, bei näherem Betrachten des Fleischklumpens, stellten sie fest, dass es sich um das Herz eines Tieres handeln musste.

„Wenn ich jetzt Bio studieren würde, könnte ich Dir vielleicht sagen, von welchem Tier es stammt. Aber in meinen Vorlesungen kommen Körperteile, dem Himmel sei Dank, nicht vor. Du wirst Dich doch aber auch irgendwann einmal damit befassen müssen, wenn so ein blindwütiger Verbrecher das Herz seiner Angebeteten durchbohrt."
Kiki war nicht zum Scherzen zumute. Isabel eigentlich auch nicht. Ihr Galgenhumor sollte nur über den Schrecken hinwegtäuschen, der beiden offensichtlich in die Glieder gefahren war.

„Weißt Du an was mich das erinnert?", Isabel starrte angewidert auf das blutverschmierte braune Papier, „an das Märchen von Schneewittchen. Der Jäger sollte doch der Stiefmutter Schneewittchens Herz bringen, aber der ließ Schneewittchen am Leben und brachte der Königin das Herz eines Rehleins."

„Märchen nützen mir jetzt auch nichts." Kiki war außer sich. Ihr war speiübel und sie hatte das Gefühl, sich übergeben zu müssen.

Wer tut mir, und ich denke, es gilt immer noch mir, wer tut mir so etwas an?

Die Frage war aber auch, was sollte ihr solch ein blutendes Herz sagen? Was sollte das bedeuten? Das war schon eine ganz gemeine Provokation und Kiki nahm sich auf Isabels Drängen hin vor, ihre Ausbilderin, Frau Dr. Jakobs, zu informieren.

Die Professorin nahm die Sache nicht auf die leichte Schulter. Sie riet Kiki zu erhöhter Aufmerksamkeit, aber auch, noch etwas abzuwarten, was weiter erfolgen würde. Nachdem sie die Angelegenheit endlich besprochen hatte, war Kiki etwas ruhiger.

Äußerlich ruhig, musste sie manchmal denken. Von der Taille aufwärts oder eigentlich vom Hals an. Aber darunter, das Gefühl, im Fadenkreuz eines sie verfolgenden Mannes zu stehen, machte ihr ziemlich zu schaffen. Sie rechnete täglich mit neuen Vorkommnissen.

Und tatsächlich, die nächtlichen Anrufe begannen wieder, ziemlich regelmäßig. Kikis Nächte wurden zum Albtraum. Schon seit längerem schlief sie sehr schlecht und als Frau Jakobs sie eines Tages auf ihr schlechtes Aussehen ansprach, brach sie völlig unerwartet in Tränen aus.

Jetzt war es Zeit, etwas zu unternehmen. Ihre Ausbilderin war ihr bei der Meldung behilflich und die Anspielungen der Kollegen, von selbst Schuld bis nicht so schlimm, wies sie vehement zurück. Hier war ein Stalker am Werk und dem musste das Handwerk gelegt werden.

Kikis Verdacht wurde ernst genommen und eine Fangschaltung installiert. Wolf wurde, vor allem am Abend, überwacht. Doch der Täter schien sich und ihr wieder eine Ruhepause zu gönnen.

Leider konnten die Kollegen nicht verhindern, dass drei Wochen später, als Kiki am frühen Morgen die Türe öffnete, wieder das Herz eines Tieres, notdürftig verpackt, auf der Fußmatte lag, dieses Mal durchstochen von einem Küchenmesser. Isabel war für ein paar Tage weggefahren und nicht greifbar.

Kiki reagierte hysterisch. Sie schrie und weinte, ließ alles vor der Türe liegen und fuhr, leise vor sich hin schluchzend, zu Siria in die Buchhandlung. Ihre Mutter informierte die Polizei und nahm ihre Tochter mit zu sich nach Hause.

Jetzt gab es Anhaltspunkte. Auf der Verpackung konnten Fingerabdrücke sichergestellt werden und Wolf wurde von Kikis Verdacht informiert und zur Sache vernommen. Er stritt zunächst alles ab. Wieso sollte er nach so langer Zeit diese Frau noch belästigen? Er habe inzwischen schon andere Freundinnen gehabt, man könne sie ruhig befragen. Er sei nicht gewalttätig. Wenn Kiki Wunder das behaupte, sei das eine Lüge.

Aber welch ein Glück, tatsächlich, es waren die Abdrücke von Wolf auf der Verpackung. Endlich hatten

sie den Täter ertappt. Sofort wurde das Verbot der Annäherung ausgesprochen und ein Verfahren wegen Belästigung eingeleitet. Alles schien gut zu sein.
Leider begann für Kiki jetzt eine Zeit erhöhter Angst. Weshalb gerade jetzt, war ihr zunächst nicht so ganz klar. Sie benötigte psychologische Hilfe und in den Gesprächen wurde deutlich, dass sie sich die Mitschuld an Wolfs Verhalten gab. Hätte sie nicht...hätte sie doch...wäre sie nicht...hätte sie früher... und so weiter und so fort. Ihre Selbstvorwürfe waren völlig unhaltbar, doch die Angst blieb. Sie verstärkte sich noch, als ihr bewusst wurde, dass Wolf ja keineswegs in irgendeiner Form weggesperrt war. Er lebte weiterhin in seiner Wohnung und konnte jederzeit wieder zuschlagen.
Die Nächte blieben für Kiki ein Horror. Es kamen keine Anrufe mehr, keine durchbohrten Herzen und keine widerlichen Briefe. Aber auch das Ausbleiben all dieser Schrecknisse beunruhigte sie. Bereitete Wolf etwa einen ganz großen Schlag vor. Was würde er als nächstes machen? Wollte er sie denn endgültig vernichten, gar töten? Genügte es denn wirklich, ihm dieses Annäherungsverbot zu erteilen? Wurde er dadurch tatsächlich unschädlich gemacht?
In ihren schlaflosen Nächten schmiedete Kiki Fluchtpläne aller Art. Wie würde sie sich verhalten, würde Wolf eines Tages vor ihr stehen, möglicherweise auch noch im Dunkeln. Was könnte sie tun, wie sich verteidigen?
Sie wurde die eifrigste Teilnehmerin im Unterricht zur Selbstverteidigung. Zusätzlich ging sie einmal

die Woche in ein Sportstudio und lernte Aikido. Je mehr sie übte, desto sicherer fühlte sie sich.

Monate waren vergangen und nichts war mehr passiert. Kiki hatte den Abschluss ihrer Ausbildung nicht so glänzend geschafft, wie sie sich das immer vorgestellt hatte. Ihre Nerven waren nicht die besten gewesen und wenn Siria und Christof sie nicht so liebevoll unterstützt hätten, wer weiß, ob sie nicht sogar vorzeitig aufgegeben hätte.

Tief in ihrem Inneren war sie auch enttäuscht darüber, dass die Polizei so wenig Macht hatte, um einen so miesen Verbrecher wie diesen Wolf, der ihr angenehmes Leben so zerstört hatte, aus dem Verkehr zu ziehen und nachhaltig zu bestrafen.

Dieser einst so Vertraute, dieser zunächst so fürsorgliche und liebevolle Wolf, war letztlich dann der Grund für ihren Weggang aus Berlin. Aber die Ängste wirkten nach und nicht umsonst kontrollierte sie Abend für Abend Läden und Fenster und die Terrassentüre.

Sie musste jetzt dringend einschlafen. Heute Nacht war alles in Ordnung, sie fühlte sich sicher und geborgen unter ihrer Decke. Jetzt konnten die schönen Träume kommen. Immerhin hatte sie die Aussicht, am nächsten Morgen mit einem interessanten Mann an der Seite auf Dienstreise zu gehen. Was wollte sie mehr.

In dieser Nacht schlief Kiki tief und fest und ohne Alpträume.

21

Die Vorfreude trieb Kiki aus den Federn. Sie konnte sich nicht erinnern, was sie geträumt hatte. Es musste jedenfalls etwas Schönes gewesen sein, denn sie fühlte sich pudelwohl als sie ihre kleine Morgengymnastik absolvierte.

Heute hatte sie es nicht besonders eilig, denn sie war früh aufgestanden. Sie musste etwas frühstücken, das war absolut wichtig. Sie wollte nicht mit knurrendem Magen neben Federle sitzen.

Als sie die Terrassentüre öffnete, strömte ihr der helle Tag entgegen. Sonne, Sonne, Sonne. Was konnte es Besseres geben?

Frühstücken war besser gesagt, als getan. Sie beschloss, in die Bäckerei um die Ecke zu gehen. Zunächst holte sie sich in der gut sortierten Schreibwarenhandlung noch die Ulmer Allgemeine Zeitung. Mal sehen, was sie über die Pressekonferenz zu sagen hatten.

Im Stehcafé saß schon am frühen Morgen eine Runde Frühaufsteher und genoss die frischen Semmeln. Kiki nahm einen Kaffee und eine beschmierte Herrensemmel und als sie merkte, dass ihr Magen noch nicht zufrieden war, genehmigte sie sich noch eine der frisch gebackenen Butterbrezeln.

Der Kaffee war gut und Brötchen und Brezel waren dick beschmiert. Sie musste aufpassen, die Zeitung nicht mit den Butterfingern zu beschmutzen. Interessant, was die Presse so aus den Fakten machte!

Sie selbst war tatsächlich mit auf einem großen Bild und sah ganz gut aus, zwischen der „Maus" und dem „Erdhörnchen". Interessiert überflog sie den Artikel. Die Presse schob jetzt alles nach Norddeutschland, die einheimische wenigstens. Dort würde man die Täter sicher fassen. Von ihr selbst war die Rede als einer aparten, jungen, neuen Kraft im Ulmer Präsidium, auf die man wohl große Hoffnungen setze, sonst hätte sie nicht als Kapazität mit dem Leiter der Sonderkommission Strudel und dem Staatsanwalt auf dem Podium gesessen. Sie habe liebenswürdig und kompetent der Presse Auskunft erteilt. Weshalb sie nicht auch noch ihre Kleidung beschrieben und ihr genaues Aussehen! Dieser Artikel reichte Kiki vollauf. Auf weitere Pressestimmen konnte sie gerne verzichten.

Sie überlegte, ob sie etwas Proviant auf die Reise mitnehmen sollte? Oder würden sie in einer Raststätte einen kurzen Stopp einlegen? Oma Lilli hatte vor ihrer Abreise aus Berlin zu ihr gesagt: „Iss gut und ausreichend, damit Du bei Kräften bleibst in Deinem stressigen Job".
Na also, sagte sie sich, nehme ich doch eine Butterseele und eine Brezel mit. Die können wir ja dann teilen. Vor allem aber brauchte sie noch ein paar Fläschchen mit Wasser. Zwei kleine würden genügen.
Sie merkte, dass sie schon für Federle mitplante und ärgerte sich darüber. Was war das denn jetzt? Hatte sie schon Muttergefühle, bevor sie mit diesem attraktiven Mann überhaupt im Bett gewesen war!

„Ja, ja, wenn Frauen zu sehr lieben!" Es war nicht zu fassen! „Was geht es mich an", fragte sie sich säuerlich, „ob dieser Mensch etwas zu essen und zu trinken hat, soll er doch selbst für sich sorgen!" Die Seele und die Brezel hatte sie für sich gekauft. Die Fahrt würde einige Stunden dauern und sie würde alles alleine aufessen.

Auf der anderen Straßenseite hatte die italienische Eisdiele eben ihre Türe geöffnet. Kiki dachte sehnsüchtig an das leckere Eis, das sie hier schon geschleckt hatte. Sobald sie wieder zurück war, wollte sie hier vorbei gehen und vielleicht mit Friets einen gemütlichen Cappuccino trinken und natürlich ein Spaghetti-Eis essen, das mochte sie am liebsten. Jetzt musste sie sich zurückhalten und sich selbst unmissverständlich klar machen, dass um acht Uhr dreißig morgens die Zeit für ein Eis noch nicht gekommen war.

Als sie nach Hause kam, wollte sie schon bei Frau Zummermann klingeln, um sie auf ihre Rolle als „wichtige Informantin aus Söflingen", wie der Untertitel des Artikels heute lautete, hinzuweisen. Dann schien es ihr doch noch zu früh, die alte Dame möglicherweise aus dem Bett zu holen. Sie hatte die Ulmer Allgemeine Zeitung abonniert und würde schon wissen, wer mit dieser Informantin gemeint war.

Federle und sie wollten sich im Hof des Präsidiums treffen. Kiki schnappte sich ihre schon gepackte Reisetasche, verstaute sie auf dem Gepäckträger und trat in die Pedale.

Im Hof des Neuen Baus schaute sie sich um, ob sie Federles Privatwagen erspähen könnte. Suse hatte doch gestern von einem Porsche gesprochen, aber außer diversen Dienstfahrzeugen sah sie weder einen Porsche noch sonst ein privates Auto. Also stellte sie ihre Tasche erst einmal bei der Kollegin im Empfangsraum ab.

Federle saß an seinem Schreibtisch als Kiki die Türe zu seinem Büro öffnete.

„Hallo, schöne Reisegefährtin", begrüßte er sie mit einem warmen Lächeln und stand auf. Es sah ganz danach aus, als wolle er die am Vorabend begonnene Nähe wieder herstellen. Irgendwie mochte sie das nicht, hier in der Dienststelle, wo jeden Augenblick jemand hereinplatzen konnte.

„Ich muss noch nach meinem Garten schauen" bremste Kiki „und die weitere Pflege organisieren, bis gleich!"

Suse wollte wissen, wie der gestrige Abend verlaufen war. Scheinheilig wehrte Kiki ab: „Kein Kommentar."

Obwohl Suse sichtlich enttäuscht war, übernahm sie es, täglich nach Kikis Pflanzen zu schauen. Sie versprach es hoch und heilig und schwor sogar bei ihrer Freundschaft, alles für sie zu tun, sie wollte sogar mit ihnen sprechen.

„I schwätz e bissele schwäbisch mit dene", ärgerte sie Kiki noch ein bisschen, „und dann blühet dia, Du wirsch se net wieder erkenna, wenn da zruckkommscht!"

„Leider verstehen sie kein Schwäbisch, und Dein breites schon gleich gar nicht. Aber Du kannst es ihnen ja in der Zwischenzeit beibringen. Viel Vergnügen dabei!" Und fort war Kiki.

„Im Gegenteil, Dir wünsche ich viel Vergnügen!" rief Suse ihr nach und hätte Kiki sich noch einmal umgesehen, hätte sie bemerkt, wie ihre Kollegin recht hinterhältig lächelte.

Zusammen gingen die beiden Dienstreisenden die breite Mitteltreppe hinunter. Federle hatte sein Gepäck wohl schon im Auto gelassen. Ganz selbstverständlich griff er sich Kikis schwere Reisetasche und zog sie mit sich in Richtung Rathaus.

„Wahrscheinlich kennst Du die teuerste Tiefgarage der Republik unter den Gebäuden der Neuen Mitte noch nicht. Du als Radfahrerin hast darin ja nichts zu suchen. Aber Du musst sie Dir einmal genau anschauen. Ein kleiner Palast mit einem rotem Teppich für alle Auto fahrenden Bürger!"

„Und Bürgerinnen", konnte sich Kiki nicht verkneifen, ihn zu berichten.

„Na klar", Federle sah sie etwas verwundert an, „es gibt sogar eine ganze Reihe von reservierten Parkplätzen, extra für Frauen. Wenn Du also mal ein Auto hast…"

Sie waren bei einem schicken roten Auto angekommen. Tatsächlich, es war ein Porsche. Ein altes Modell zwar, aber doch ein superschneller Wagen. Kiki war noch nie in einem solchen Gefährt gesessen und freute sich irgendwie auf das Erlebnis. Jetzt sollte sie also mit hundertsechzig Sachen über die Autobahn brettern. Mal sehen, ob ihr das gefiel.

„Die Mitfahrgelegenheit kostet allerdings eine kleine Mautgebühr." Federle hatte ihre Tasche verstaut, nahm ihr Gesicht zwischen seine Hände und küsste sie hingebungsvoll auf den Mund.

„So, jetzt kannst Du einsteigen, die Maut war ganz köstlich."

Der Kollege war ein umsichtiger Fahrer und die erste halbe Stunde auf der Autobahn schwiegen sie beide. Kiki spürte noch den Kuss und Friets konzentrierte sich auf den Verkehr. Es fühlte sich schon merkwürdig an, in einem so schnellen Auto zu sitzen. Kiki spürte die Beschleunigung im ganzen Körper, wenn Friets überholte. Sie war sich nicht so ganz klar darüber, ob es ihr gefiel oder ob es ihr eher unangenehm war. Etwas langsamer wäre ihr schon lieber gewesen.

Dann begannen sie, sich zu unterhalten. Der Fall Strudel beschäftigte sie und Kiki holte einige Unterlagen vom Rücksitz. Sie gingen die Fakten noch einmal durch, vor allem auch die Berichte aus den beiden Städten im Norden. Es sah tatsächlich so aus, als wären die beiden gesuchten Männer in Nordhorn ansässig. Identifiziert waren sie noch nicht, sie waren von den Kollegen dort nicht angetroffen worden.

Kiki schlug vor, doch an der Raststätte, auf der die persönlichen Gegenstände des Toten gefunden worden waren, anzuhalten und einen Kaffee zu trinken. Sie sahen sich das Gelände an und fragten nach dem entsprechenden Mitarbeiter. Leider war dieser im Augenblick nicht vor Ort, aber seine Kollegen wussten alle Bescheid und berichteten ausführlich über die Umstände des Fundes.

„Haben Sie denn die Täter schon gefasst?", wollte eine der Kellnerinnen wissen.

„Der Fall hat ja wirklich großen Wirbel verursacht, sogar in unserem Käseblatt stand etwas darüber und den Artikel im Stern mit den vielen Fotos haben wir natürlich auch gelesen. Die Reporter waren sogar hier und haben Bilder gemacht."

Federle gab Bescheid, dass sich die Spuren inzwischen vervielfacht hätten und der Fund an ihrer Raststätte natürlich ein Meilenstein in der Aufklärung sei.

Etwas Neues war bei ihrem Stopp nicht herausgekommen, aber der Kaffee war gut und ein leckeres Croissant hatte es auch gegeben.

Als sie gingen, sah die Kellnerin ihnen nach und Kiki kam sich supersportlich vor, als sie ihre langen Beine elegant in den roten Sportwagen schwang.

Beide vermieden es, über das Nächstliegende zu sprechen, über sich selbst und ihre angebahnte Beziehung. Irgendwann begann dann Federle von seiner Herkunft im Norden zu erzählen. Seine Eltern waren tatsächlich aus Wangen im Allgäu nach Kiel gezogen. Sein Vater hatte dort eine Stelle in der Verwaltung einer Werft bekommen und seine Mutter war mitgegangen. Er selbst liebe die See, wie er sagte, und das bergige Allgäu mit dem wunderbaren Bodensee gleichermaßen.

„Und den schwäbischen Dialekt liebe ich auch. Den habe ich vorwiegend von meiner Mutter gelernt, aber auch von meiner Großmutter. Bei der habe ich oft meine Ferien verbracht."

„Wenn ich diese Sprache doch etwas besser verstehen würde." Kiki berichtete von ihren Schwierigkei-

ten und bat Federle, bei ihrem Zusammensein auf dieses Kauderwelsch, wie sie es nannte, zu verzichten. Federle protestierte zwar dagegen, versprach jedoch sich in ihrer Gegenwart zurückzuhalten.
Irgendwann schloss Kiki die Augen. Sie war müde von der kurzen Nacht und döste etwas vor sich hin. Kurz nach ein Uhr holte sie dann den Reiseproviant aus ihrem Rucksack. Natürlich teilte sie mit Friets großzügig ihr gebuttertes Gebäck. Leider hielten die halben Stücke nicht sehr lange vor und sie beschlossen, noch einen Halt einzulegen und etwas zu essen.

Gegen sechzehn Uhr kamen sie dann in Nordhorn an. Eine schöne Stadt war das. Diese mit roten Ziegeln gebauten Häuser hatten etwas Besonderes und gefielen Kiki ausnehmend gut.
Die Kollegen von der dortigen Polizeistation hatten sie schon erwartet und empfingen sie sehr interessiert; sie begutachteten Kiki ziemlich kritisch.
„Merkwürdig", dachte Kiki, „dass sich die Menschen, die zusammen arbeiten, oft so ergänzen. Die beiden Kollegen, die da vor ihnen saßen, erinnerten sie an ein Plakat, das sie vor kurzem erst in Ulm in ihrem bevorzugten Copyshop, in der Hafengasse, gesehen hatte. Dick und Doof, dachte sie amüsiert, als sie die beiden Männer vor sich betrachtete, während Federle Unterlagen weiterreichte und berichtete. Dick war der eine zwar, er schob einen ungeheuren Ballon von Bauch vor sich her, aber doof waren sie wohl beide nicht, auch nicht der dürre Lange neben ihm.

In einer ersten Besprechung berichteten sie über ihren Erfolg bei der Suche nach den beiden möglichen Tätern. Leider seien diese bis heute nicht aufgetaucht. Die Zeugin sei zuverlässig und sich ziemlich sicher, dass sie die beiden kannte. Sie hatte einige Zeit in der Baufirma der beiden als Sekretärin gearbeitet, hatte dann aber, wegen des cholerischen Verhaltens ihres Chefs, gekündigt und die Firma gerne hinter sich gelassen. Weitere Umfragen zur Bestätigung der Identität bei Nachbarn und Freunden hatten sie hintangestellt, um die beiden nicht zu warnen. Jetzt übernahm der dünne Kollege den Bericht:

„Bei den Männern handelt es sich offenbar um Vater und Sohn. Die Frau des Älteren, also die Mutter des Jüngeren, ist vor einem halben Jahr an einem Schlaganfall gestorben. Seither leben sie zusammen in einer Villa am Ortsrand, betreiben aber noch ein Büro in der Stadtmitte."

„Genauer gesagt", mischte sich der andere wichtig ein, „die Baufirma Zander hat ihren Sitz in einem der drei Hochhäuser in der Innenstadt. Villa und Geschäftsräume stehen seit Tagen leer. Keiner ist zu erreichen, keine Sekretärin, kein Mitarbeiter, keine Bauarbeiter, keine Putzhilfe, niemand."

„Ja, und wie mein Kollege eben sagte", fuhr der andere fort, „sie betreiben eine Baufirma und wie wir ermittelt haben, waren sie maßgeblich beteiligt am Rohbau der hiesigen Multifunktionshalle. Das Betongerippe steht immer noch so da, wie es Euer Toter hinterlassen hat. Was damit geschieht, wissen wir nicht. Das werden wohl wieder die Steuerzahler ausbaden müssen. Genau wie bei Euch in Ulm." Er lachte mit einem tiefen Bass und nickte bestätigend mit dem Kopf.

„Wir haben uns diskret umgehört und es wurden mehrfach Vermutungen geäußert, dass die Firma der Herren Zander durch die Insolvenz des Herrn Bader an den Rand des Zusammenbruchs getrieben wurde. Da sind wir aber gerade noch am Ermitteln. Möglicherweise könnte das als Motiv in Frage kommen. Morgen Vormittag haben wir einen Termin beim hiesigen Finanzamt."

Nachdem sie sich noch längere Zeit über die Ermittlungen hier und dort ausgetauscht hatten, fragte Federle nach einer Unterkunft und ob die Kollegen irgendwo für sie reserviert hätten. Das war leider nicht der Fall. Aber sie empfahlen den beiden ein ruhiges, kleines Hotel Garni in der Fußgängerzone. Ab acht Uhr sei dort tote Hose, wie man so schön sagt und sie würden höchstens frühmorgens von den anliefernden Firmenwagen gestört.

„Wer weiß", meinte er augenzwinkernd zu Federle, „vielleicht ist die Nacht ja kürzer als erwartet" und zu Kiki gewandt fügte er freundlich lächelnd hinzu „aber vielleicht sind wir dann auch schon frisch und munter unterwegs, wenn unsere beiden Verdächtigen belieben aufzutauchen und wir sie heute Nacht irgendwo zu fassen kriegen." Diese Möglichkeit sollte wohl die augenzwinkernde Empfehlung an Federle wieder ausgleichen.

Dann empfahlen sie ihnen einige Lokale, in denen sie gut essen konnten und verabredeten sich für den nächsten Morgen.

Vor der Türe bewunderten sie noch Federles roten Porsche und tauschten einige wichtige Daten bezüglich Baujahr und Schnelligkeit aus. Sie wunderten sich ein wenig, dass Federle den Wagen für eine Dienstfahrt benutzen durfte. Er würde das auf keinen Fall erlauben, auch nicht wenn Not am Mann sei, meinte der mit dem dicken Bauch, womit er noch einmal seinen Rang als Chef der Truppe betonte.

Das Hotel war nicht ausgebucht. Kiki hatte mit ihrem Mobiltelefon angerufen und zwei Zimmer bestellt.
„Wieso denn zwei", fragte Friets sie enttäuscht, „würde uns nicht auch eines reichen? Wir könnten doch Reisekosten sparen, oder eine Suite mieten."
Kiki schaute ihn nur amüsiert an und ging nicht auf seinen Vorschlag ein. Sie lotste ihn durch die Stadt zur Tiefgarage an der rückwärtigen Zufahrt. Wenigstens hatte er kein Navi in diesen roten Schlitten eingebaut. Es fiel Kiki erst jetzt auf, dass keine nervige Frauenstimme ihre Fahrt gestört hatte.
Na ja, dachte sie, er fährt ja auch gerne Rad, so wie ich, und liebt die Oper, was will ich mehr.
Die beiden gebuchten Zimmer im Hotel lagen dann doch im gleichen Stockwerk und auch noch nebeneinander.
„Es existiert leider keine Verbindungstüre", rief Federle aus seinem Zimmer zu Kiki hinüber, als er seine Unterkunft inspiziert hatte. Neugierig fragend, „Wie ist es bei Dir?" schaute er schon einen Augenblick später zu Kiki hinein. Mit der Bemerkung: „Ich muss mich jetzt ein wenig ausruhen, dann klopfe ich

bei Dir und wir gehen etwas essen," drängte sie ihn aus der Türe.

Das konnte ja spannend werden! Offenbar schien er sich nicht auf eine einsame Nacht eingestellt zu haben. Wenn sie ehrlich sein sollte, sie auch nicht.

Das Zimmer war nicht sehr groß, aber sehr freundlich eingerichtet. Kiki wusste nicht, ob sie ihre Tasche überhaupt auspacken sollte. Vielleicht hatten sie ja morgen schon die beiden Verdächtigen gefunden und fuhren wieder zurück nach Ulm.

Sie musste darüber nachdenken, wie es weitergehen sollte. Sie warf sich aufs Bett, döste vor sich hin und erinnerte sich an die letzte Nacht. Wie hatte sie sich diesen Mann an ihre Seite gewünscht! Diese Opernmusik war aber auch etwas so Aufwühlendes, Leidenschaftliches gewesen. Was sollte sie machen, zustimmen und ihren aufgeregten Hormonen nachgeben oder vorsichtig sein und abwägen und womöglich die Gelegenheit mit diesem Friets ein für alle Mal verpassen? Nein, das würde sie nicht.

„Und es sind nicht nur die Hormone", gestand sie sich ein, „ich bin ein bisschen in diesen gut aussehenden, aufmerksamen Mann verliebt."

Sie beschloss, das Glück am Schopf zu fassen. Es war entschieden.

Nachdem sie sich geduscht und ein elegantes, tief ausgeschnittenes T-Shirt übergezogen hatte, klopfte sie leise an Federles Türe. Es kam keine Antwort und sie verstärkte ihr Pochen. Immer noch nichts.

Vorsichtig drückte sie die Klinke nach unten. Die Türe war verschlossen. Ob er eingeschlafen war? Immerhin hatte er einige Stunden hinter dem Steuer gesessen. Sie klopfte heftiger. Nichts.

Unten an der Rezeption wurde ihr gesagt, dass Herr Federle schon das Hotel verlassen hatte. Ein kleiner Zettel gab ihr Auskunft:

„Schaue mir mal die Baufirma an! Bin bald zurück! Warte auf mich. Friets."

Kiki blieb tatsächlich nichts anderes übrig als zu warten. Enttäuscht ließ sie sich in einen Sessel sinken und griff nach einer der ausliegenden Zeitschriften. Jetzt hatte sie extra dieses aufregende T-Shirt für diese Gelegenheit eingepackt und wollte ihn damit beeindrucken. Hoffentlich blieb er nicht zu lange weg. Sie wollte doch ein Glas Wein mit ihm trinken und noch eine Kleinigkeit essen.

Eine Stunde verging und Friets war immer noch nicht erschienen. Draußen vor dem Fenster war es inzwischen dunkel geworden. Was sollte sie tun? Bleiben, alleine ausgehen, nach ihm suchen?

Sie entschied sich dafür, ihn zu suchen. An der Rezeption hinterließ sie eine Nachricht und erkundigte sich nach dem Domizil der Baufirma Zander.

Das Hochhaus, offensichtlich ein Bürogebäude, sah ziemlich finster aus. An der Fassade war ein großes Schild mit dem Hinweis auf die Baufirma Zander angebracht. In einem dieser Büros mussten sie residieren.

Die Straße lag ziemlich einsam da. Der Feierabendverkehr schien abgeschlossen und die Kulturinteressierten der Stadt waren in ihren Vorträgen und Kinosälen angekommen. Von Federle keine Spur. Im sechsten Stock allerdings schien eine einsame Lampe zu brennen. Kiki knipste die kleine Taschenlampe an ihrem Schlüsselbund an und ging die Namen an den Klingelschildern durch. Tatsächlich, im sechsten Stockwerk befand sich die Firma Zander. Sie überlegte, was sie tun sollte. Irgendwo musste Federle ja abgeblieben sein. Sein Handy war wohl abgeschaltet. Auf ihre wiederholten Anrufe hatte er sich nicht gemeldet.

Vorsichtig umrundete sie das Gebäude und hoffte nur, dass kein aufmerksamer Nachbar die Polizei auf sie hetzte. Aber die Tageschau war gerade vorbei und irgendeine Rosamunde Pilcher oder ein Tatort würde sie schon vor dem Fernseher festhalten.

Tatsächlich, sie hatte Glück, ein Kellereingang war nicht verschlossen. Ziemlich fahrlässig, einen Zugang zu einem Bürogebäude offen stehen zu lassen. Langsam und möglichst geräuschlos, drückte Kiki die Türe auf. Regungslos stand sie einige Minuten in der Türöffnung und spähte ins Dunkel. Im Flur vor ihr war es ganz still, nichts zu sehen, nichts zu hören!

Was sollte sie tun? Die Gedanken rasten ihr durch den Kopf. Sie hatte zwar ihr Handy in der Tasche, aber die Telefonnummern der Nordhorner Polizeistation oder der Kollegen, hatte sie leider nicht eingespeichert. Eigentlich sollten sie bei einem solchen Vorgehen immer zu zweit agieren. Das war prinzipiell richtig. Da zeigte man größere Präsenz und man fühlte sich selbst sicherer. Doch woher jetzt den Federle nehmen? Vielleicht befand er sich ja in der Gewalt der Verbrecher. Immerhin hatte sie trotz seiner angekündigten Rückkehr nichts von ihm gesehen und auch nichts gehört. Sie war also ganz alleine und auf sich selbst gestellt.

Sollten die beiden gesuchten Bauunternehmer tatsächlich die Mörder sein, dann war Federle womöglich in Gefahr. Kiki lief es kalt über den Rücken. Sie musste eine Entscheidung treffen.

Entschlossen betrat sie den Flur und tastete sich vorsichtig durch die Dunkelheit. Ein kleines grünes Licht bedeutete ihr, dass sie an einem Aufzug angekommen war. Sie fuhr zunächst bis zur Eingangshalle und trat sichernd aus dem hellen Licht in die Dunkelheit. Von der Straße her erhellte wohl eine weit entfernte Straßenlaterne den marmorverkleideten Raum und tauchte ihn in diffuses Licht. Alles lag still und verlassen da. Sollte sich jemand im Erdgeschoss aufhalten, hätte er sicher den Aufzug gehört und sich irgendwie bemerkbar gemacht. Sie wartete einige Minuten und orientierte sich dann mit ihrer kleinen Lichtquelle Richtung Treppenhaus.

Der Lichtschein, den sie von außen wahrgenommen hatte, war definitiv aus dem sechsten Stockwerk gekommen. Leise stieg sie die Treppen aufwärts. Da zeigte sich wieder ihre gute Kondition. Ihr Atem ging kaum schneller als zuvor, aber sie hatte auch keine Eile und ging vorsichtig und sich immer wieder umsehend und horchend, höher. Stockwerk um Stockwerk.

Ob Federle hier war? Oder einer der beiden Gesuchten? Oder gar beide zusammen? Der Jagdinstinkt hatte sie gepackt. Sie würde nicht aufgeben, bevor sie Friets gefunden hatte. Sie wollte wissen, weshalb dort oben, genau in diesem Zanderbüro ein Licht brannte. Wer war da zugange? Was passierte dort? Wo war ihr Kollege geblieben?

Auf dem Absatz des 6. Stockwerks angekommen sah sie eine halb geöffnete Glastüre. Daneben befand sich ein Schild der Firma Zander. Sie zögerte. Jetzt bedauerte sie heftig, dass sie ihre Waffe im Hotelzimmer gelassen hatte. Sie fühlte sich ziemlich hilflos und überlegte angestrengt, wie sie weiter vorgehen sollte.

Zunächst musste sie sich einen Überblick über die Lage verschaffen. Sie schlich sich leise an die halb offene Türe und horchte aufmerksam. Von innen war Geraschel von Papier und leises Gemurmel zu hören. Aber was Kiki tatsächlich elektrisierte, war etwas ganz anderes. Mehrere Geräusche drangen an ihre Ohren, die sie zu kennen glaubte. Einerseits hörte sie ein merkwürdiges, dumpfes Pochen und dazu noch einen sich unregelmäßig wiederholenden kehligen Ton. Es klang, als wollte sich jemand mitteilen, jedoch mit verschlossenem Mund!

Genau das war es! Kiki hörte diesen Ton nicht zum ersten Mal. Sie war schon einige Male in der Situation gewesen, jemand von einem Klebeband zu befreien. Dieser kehlige Ton war der Versuch, sich trotz eines Knebels verständlich zu machen.

„Federle", schoss es ihr durch den Kopf, „das ist Federle!"

Sie wollte schon losstürmen, um ihn zu befreien, als ihr bewusst wurde, dass das ja nicht die einzigen

Geräusche waren. Und gleichzeitig geknebelt zu sein und zu murmeln, das ging auf keinen Fall. Es musste sich noch eine weitere Person im Zimmer aufhalten. Im Augenblick fehlte ihr der sprichwörtliche gute Rat, der so teuer sein sollte. Aber, Rat hin, Rat her, sie musste etwas unternehmen. Was sollte sie tun? Was konnte sie unternehmen?

Sie machte sich klar, dass der Mensch, der dort drinnen Papiere sortierte und mit sich selbst sprach, nicht wusste, dass sie hier draußen stand. Er rechnete auf keinen Fall mit ihrer Anwesenheit hier im 6. Stock. Vielleicht konnte sie etwas unternehmen, wenn sie ihn an die Eingangstüre lockte. Was das genau sein würde, wusste sie im Augenblick nicht. Sie vertraute auf ihre gute Kondition und ihr Training im Aikido, wenn es zu einer Auseinandersetzung kommen sollte. Auf alle Fälle durfte sie Federle nicht im Stich lassen. Sie beschloss, zu klingeln und das Weitere abzuwarten. Der laute Ton zerriss die Stille im Treppenhaus. Kiki hörte, wie ein Mann zur Türe kam und die Sprechanlage betätigte.

„Wer ist da?" fragte er zögernd.

Da sich niemand meldete, fragte er irritiert noch mehrere Male nach. Kiki konnte nicht anders, sie rief:

„Polizei, Hände hoch! Kommen Sie mit erhobenen Händen heraus!"

Der Mann kam tatsächlich heraus, aber nicht um sich abführen zu lassen. Er hatte wohl mit größerer Polizeipräsenz gerechnet und stürmte, trotz ihrer Aufforderung stehen zu bleiben, wie ein wilder Stier an ihr vorbei die Treppe hinunter. Kiki war hin und her gerissen. Sollte sie hinterher oder erst nach Federle suchen? Aber sie hatte keine Waffe und schon zu lange gezögert. Sie entschied sich, den Flüchtigen entkommen zu lassen und betrat vorsichtig die Büroräume.

Hoffentlich war er der Einzige gewesen, der in der Wohnung zugange war. Die Türen zu allen Räumen standen offen und sie sah sich kurz in jeden Raum um. Alle Zimmer waren leer. Im letzten fand sie dann tatsächlich einen sich windenden Federle, festgebunden auf einem Stuhl und mit einem Klebeband über dem Mund.

Vorsichtig nahm Kiki einem Zipfel des Bandes und zog es mit einem kräftigen Ruck ab. Erleichtert und um ihn den Schmerz vergessen zu lassen, küsste sie Friets erst einmal auf den Mund. Leider schmeckte der Kuss nach Klebstoff und hatte keineswegs die erhoffte Wirkung. Federle stöhnte heftig und ausdauernd.

„Hättest Du mich erst los geschnitten, dann hätte ich mir das Band selbst abziehen können, mach schon, meine Hände und Füße sind schon ganz taub."

Kiki überlegte kurz, ob sie ihn überhaupt von seinen Fesseln befreien sollte. Der Kuss hatte ihm anscheinend gar nichts bedeutet.

„Soll ich mich tatsächlich überwinden und dem Herrn Kriminalratsanwärter in seiner misslichen Lage behilflich sein?", fragte sie verschmitzt.

Federle hatte allerdings im Augenblick keinen Sinn für Humor. Als er sich wieder bewegen konnte, rieb er sich ausgiebig die schmerzenden Stellen.

Dann aktivierte er sein Handy, das der junge Mann auf einem Schreibtisch zurück gelassen hatte und bat die Kollegen im Polizeirevier um einen Streifenwagen. Zum Glück hatte er wenigstens nicht vergessen, diese wichtige Nummer zu speichern.

Der dünne Kollege holte sie ab und fuhr sie in rasender Fahrt zur Villa der Zankers. Dort gab es keinerlei Hinweis darauf, dass die beiden Männer sich hier aufhielten. Als sie die Türe öffneten und die Räume inspizierten, fanden sie ein wildes Durcheinander von Kleidungstücken und Reisetaschen. Sie vermuteten, dass Vater und Sohn sich aus dem Staub gemacht hatten und fuhren zum Revier zurück.
Hier berichtete Federle von seinem Reinfall bei der Suche nach den beiden Männern. Auch er hatte den Lichtschein wahrgenommen, hatte jedoch so lange geklingelt, bis der Türöffner betätigt wurde. Er war durch die offen stehende Türe in die Büroräume gelangt und dort leider mit einem Gegenstand niedergeschlagen worden. Er sei nur kurz bewusstlos gewesen, der junge Zanker habe ihn aber schon an Händen und Füßen umwickelt gehabt und ihm außerdem das Handy aus der Tasche gefischt.

„Hattest Du denn keine Waffe mit?" fragte Kiki verwundert.

„Hattest Du denn eine?" stellte Federle die rhetorische Frage. Er hatte natürlich gleich gesehen, dass auch Kiki völlig unbewaffnet in das Haus eingedrungen war. Er war schrecklich sauer auf sich selbst, nicht nur, weil er jetzt am Hinterkopf eine nicht zu kleine Beule hatte.

„Dass ich einmal in so eine Falle tappen würde, hätte ich auch nicht gedacht."

„Wie schön, dass es eifrige Kolleginnen gibt, die einen retten können!" meinte daraufhin Kiki. Ihre Frage, ob sie sich die Beule anschauen solle und ihn irgendwie verarzten, verneinte er vehement und rieb sich den Hinterkopf.

Nachdem sie die Polizeistationen im Umkreis und an den Autobahnen um verstärkte Aufmerksamkeit gebeten hatten, beschlossen sie, für heute Schluss zu machen.

Da sie keinerlei Anhaltspunkte für eine Verfolgung hatten, war daran sowieso nicht zu denken. Allerdings wollten sich die Nordhorner Kollegen auf jeden Fall gleich noch einmal im Büro der Zanders umschauen. Der junge Mann hatte dort ja offensichtlich etwas gesucht, vielleicht brachte sie das ja weiter.

Der Kollege Federle sollte sich nur hinlegen und seinen Schlag auf den Hinterkopf kurieren, damit sei nicht zu spaßen, meinten die Kollegen und verabschiedeten sie.

Federle und Kiki wollten noch etwas zu Fuß gehen, um frische Luft zu schnappen, wie sie sagten. Sie dachten nicht daran, ins Hotel zurückzugehen. Endlich gab es etwas zu essen. Zur Feier des Tages und als Dank für die großartige Rettung, wie Federle sagte, ließ Kiki sich dieses Mal sogar einladen. Im Ratskeller war die Stimmung gut und das Essen lecker. An Gesprächsthemen mangelte es ihnen nicht.

Kiki war doch ganz zufrieden mit sich selbst. Sie hatte ihre Angst überwunden, war umsichtig vorgegangen und hatte sich ganz gut geschlagen. Sicher, es hätte anders ausgehen können, das war ihr schon bewusst. Aber jetzt war es eben gut ausgegangen. Und als das erste Viertel Wein genossen war, stießen sie mit dem darauf folgenden auf Friets wunderbare Rettung an.

„Der junge Zander hätte mir natürlich nichts weiter getan", vermutete Federle, „der war mit seinen Akten beschäftigt. Er wollte so viel als möglich in den Reißwolf stecken und schreddern. Ich denke, das hat eher mit dem Finanzamt zu tun, als mit unserem Fall.

„Wo die beiden sich jetzt wohl aufhalten?" überlegte Kiki.
Sie beschlossen, dass das nicht ihr Problem sei.

„Zumindest nicht jetzt, in diesem Augenblick", flüsterte Federle dicht an Kikis Ohr und fragte, ob sie damit einverstanden sei, das Abendessen zu beenden und zum gemütlichen Teil des Abends überzugehen.
Was er damit meinte, wurde Kiki bewusst als er sie schon auf der Straße heftig umarmte und küsste. Die Beule am Kopf schien vergessen zu sein.

„Meine Lebensretterin", murmelte er, als sie ganz dicht die Treppe zu ihren Zimmern hinaufstiegen und „mein Bett ist groß genug für zwei, komm."

22

Kiki blinzelte und räkelte sich im Sonnenlicht, das durch die beiden Fenster aufs Bett fiel. Das war eine Nacht, davon konnte man nur träumen! Stürmisch und absolut super! Kiki war wie elektrisiert, als sie endgültig aufwachte und den Mann an ihrer Seite betrachtete. Friets atmete leise und gleichmäßig. Völlig entspannt lag er auf dem Rücken neben ihr.

Als sie dann dachte: „Er sieht so süß aus im Schlaf", musste sie grinsen und schüttelte über sich selbst den Kopf. „Wenn Frauen verliebt sind, dann ist alles zu spät", flüsterte sie dem Schlafenden zu. Sie dachte an Suse, die ihre Lover nicht nur Lover nannte, sondern schon die abstrusesten Tiernamen für sie parat gehabt hatte. Natürlich alles in Verkleinerungsform, dass es auch wirklich niedlich klang.

Dabei waren diese Männer doch keineswegs Schäfchen oder Tigerchen oder Katerchen, sie waren gut aussehend, stark und selbstverliebt, zumindest der, der hier vor ihr lag. Und ihr hatte er eine Nacht beschert, aber hallo! Sie war aber auch so ausgehungert gewesen nach Zärtlichkeiten und hatte es dringend gebraucht, einmal wieder eine andere Haut zu spüren. Sie beugte sich zu ihm und kitzelte ihn mit der Zungenspitze am Ohr. „Mal sehen, ob er sich murrend abwendet, oder ...?" Er reagierte!

„Aaah!" Mit geschlossenen Augen gab er tiefe, wohlige Geräusche von sich. Es klang wie das dunkle

Schnurren einer Katze. Vorsichtig die Augen öffnend blinzelte er sie an und murmelte:

„Weitermachen, das andere Ohr!" Als sie sich dann über ihn legte um auch das andere Ohr zu verwöhnen, wurde noch einmal alles andere wichtiger.
Bald darauf hörte das Telefon nicht mehr auf zu klingeln und einer von ihnen musste sich wohl oder übel aus dem Knäuel lösen.

„Ach was?" und „Wie ist das gelaufen?" hörte Kiki Federle fragen.

„Das ist ja prima, wir kommen sofort vorbei!"
Jetzt war sie aber neugierig geworden.
Mit dem Ausruf: „Sie haben sie geschnappt!", verschwand er unter der Dusche. Kiki blieb nichts anderes übrig, als sich dazuzustellen, was bei der engen Kabine nicht so ganz einfach war. Trotzdem machte es Spaß, die Vergnügungen der Nacht im warmen Wasser ablaufen zu lassen und noch einmal ihre beiden Körper zu spüren.

„Jetzt aber los", rief Friets, der eindeutig schneller war, als Kiki sich ausgiebig die Haare föhnte.
Sie schnappte sich in ihrem Zimmer die kaum ausgepackte Reisetasche, betrachtete das unbenützte Bett und bedauerte, dass sie nicht von Anfang an mit einem gemeinsamen Zimmer einverstanden war. Ein Doppelzimmer! Das hätten sie aber bei der Abrechnung der Reisekosten schwer begründen können.

„Kommst Du?" Federle war schon auf der Treppe nach unten und bezahlte die Rechnungen.
Auf dem Nordhorner Revier trafen sie sich dann mit den Kollegen vom vorigen Tag. Diese berichteten

ihnen über die Festnahme der beiden Männer, die inzwischen sicher schon in Ulm gelandet seien.

In der Nacht hatte es einen schweren Unfall auf der Autobahn bei Mannheim gegeben. Eine Fahrstrecke war umgeleitet worden. Ein Fahrzeug war dann mit so hoher Geschwindigkeit auf die regelnden Kollegen an der Strecke zugerast, dass sie versucht hatten den Wagen zu stoppen. Als der Fahrer nicht reagierte, verfolgten sie ihn und informierten die anliegenden Polizeistationen.

Der Wagen raste mit hoher Geschwindigkeit durch einige Dörfer und wurde dann endlich gestoppt. Das Autokennzeichen war mit der Fahndung bekannt gegeben worden und die Kollegen ließen äußerste Vorsicht walten. Die beiden Insassen hätten jedoch bei der Festnahme keinerlei Umstände gemacht. Im Übrigen seien sie völlig unbewaffnet gewesen.

„Sie haben wahrscheinlich gemerkt, dass jetzt alles vorbei ist. Jetzt sind sie also bei Ihnen in Ulm gelandet und ihre Fahrt hierher war fast umsonst", meinte der mit dem Bauch und sah Kiki anerkennend an. Seit dem vorhergehenden Abend wusste er vielleicht, dass sie nicht nur als Reisegefährtin Federles hierher gekommen war, sondern als Polizistin, die ihren Dienst mit Zähigkeit und Können ausübte.

„Sie haben Ihrem Kollegen aus der Patsche geholfen, Respekt! Respekt!", meinte er, „Ohne Sie hätten wir die beiden wohl nicht so schnell gefunden und wer weiß, was ihrem Kollegen noch alles passiert wäre."

„Ich hoffe nur", erwiderte Kiki, „dass es wirklich die beiden Täter von Söflingen sind und sich das Ganze nicht als Luftblase herausstellt!"
Nach einem längeren Telefonat mit Ulm, verabschiedeten sie sich dankend von den Kollegen und verließen ihr „Liebesnest", wie Kiki es für sich nannte. Schade, sie hätte zu gerne noch einige Nächte hier verbracht. Wer konnte wissen, ob sie jemals wieder hierher zurückkommen würde.

Die Fahrt zurück nach Ulm verlief viel entspannter, als die Hinfahrt. Sie drehten den CD-Spieler auf, summten und sangen die Melodien mit und jagten, jetzt mit wirklich hoher Geschwindigkeit nach Süden. Nach einiger Zeit schloss Kiki dann die Augen und versuchte, einen Teil des versäumten Schlafes nachzuholen. Sie schaffte es nicht, sie war zu aufgedreht. Ihre Gedanken waren bei der vergangenen Nacht und der Frage, wie alles weiter gehen würde. Sie spürte schon ein ziemliches Durcheinander der Gefühle! Ob er für sie das Gleiche empfand, wie sie für ihn? Für Liebesschwüre war keine Zeit gewesen. Ihr Zusammensein war so unglaublich heiter und so stürmisch gewesen, dass ihr ganzer Körper noch erfüllt war. Sie gestand sich ein, dass sie sich ein bisschen in ihn verliebt hatte. Aber möglicherweise war es für Friets ja einfach selbstverständlich, mit einer Frau zu schlafen, wenn er mit ihr auf Reisen war. Es gehörte vielleicht einfach dazu, wer konnte das wissen. Gefallen hatte sie ihm anscheinend genau so, wie er ihr. Immerhin war er auch ziemlich um sie herumgeschwänzelt in den letzten Tagen, erinnerte sie sich.

Wie auch immer, beschloss sie ihre Überlegungen, es war traumhaft gewesen und sie war einer Wiederholung nicht abgeneigt. Mal sehen, wie er das sah. Sie wohnten schließlich in derselben Stadt und es lagen nicht hunderte von Kilometern zwischen ihnen. Also, warum nicht.

Suse würde Augen machen! Aber die hatte ja schon die ganze Zeit mit diesem Ergebnis gerechnet. Trotzdem, sie freute sich sicher, dass sie jetzt auch wieder „einen am Bändel hatte". Sie hatte sie ja oft genug verkuppeln wollen. Ob Federle jetzt wirklich ihr Lover wurde, war noch nicht so sicher.
Der Hunger trieb sie in eine der nächsten Raststätten und Federle verwöhnte Kiki mit Kaffee und Croissants und versprach, dass sie zum Mittagessen noch einmal anhalten würden. Immer wieder blickte er Kiki tief in die Augen und sparte nicht mit Komplimenten über ihr Aussehen.

„Blühend, wie eine rote Rose!", meinte er bewundernd und spielte mit den kleinen roten Strähnchen, die sich um ihr Gesicht schmiegten.

„Ein bisschen dick aufgetragen", lachte sie. Aber es war ihr nicht ganz unrecht. Irgendwie hörte sie so etwas auch mal gerne. Fast hätte sie erwidert, wie süß er ausgesehen hatte, als er so schlafend vor ihr lag. Sie konnte sich gerade noch zurückhalten.

„Jetzt müssen wir hier in der Raststätte nicht sämtliche Allgemeinplätze der bekannten Seifenopern abspulen!", dachte sie amüsiert, freute sich aber doch, über seine bewundernden Komplimente.

Zum Essen bogen sie dann noch einmal von der Autobahn ab und suchten sich einen Gasthof.

„Soviel Zeit muss sein", meinte Federle und erinnerte Kiki an ihre Großmutter, die diesen Spruch auch in ihrem Repertoire hatte, wenn es um das Essen ging. Ihre Oma wollte Kiki allerdings jetzt nicht ins Spiel bringen. Einen so attraktiven Mann verglich man nicht einfach mit Oma Lilli und mit deren Berliner Schnauze. Außerdem, die Familie zum Beginn einer Beziehung zu oft zu erwähnen, war, wie sie überlegte, nicht sehr klug. Da dachten doch viele Männer gleich an Heirat, Ehe und Kinder und bekamen schon in den ersten Tagen Panik. Außerdem, heiraten und Kinder erziehen, das wiederum konnte sie sich bei Federle nun keineswegs vorstellen.

Sie genossen das Essen zu zweit, das lecker war und ausreichend für Kikis Bärenhunger. Die genussvollen Töne, die Federle wieder einmal hören ließ, störten sie heute keineswegs. Ganz im Gegenteil!

In Ulm angekommen, fuhr Friets wieder in diese angenehme Tiefgarage mitten in Ulm. Von hier war es nur ein Katzensprung zum Präsidium. Die Kolleginnen und Kollegen der Soko Strudel fanden sich zur Begrüßung im Besprechungszimmer ein. Die beiden Zurückgekommenen berichteten ausführlich über ihre spannenden Erlebnisse in Nordhorn. Das Allerspannendste, das sich sicher einige von ihnen insgeheim fragten, ließen sie allerdings außen vor.

Kikis Vorgehen bei der Rettung Federles fand einen sehr bedenklich dreinblickenden Dr. Roth. Er sprach ihr durchaus seine Anerkennung aus, betonte jedoch gleichzeitig, wie leichtsinnig sie gewesen war. Was wäre passiert, wenn der junge Mann eine Waffe gezogen hätte?

„Gut, er hatte keine, aber wenn…, dann säßen Sie vielleicht heute nicht mehr hier!"

Er brachte alle Argumente vor, die Kiki sich selbst auch schon vorgehalten hatte. Es war ja nicht so, dass sie keine Angst gehabt hatte. Sie atmete jetzt noch tief durch, bei dem Gedanken daran, wie sie wartend und überlegend vor der Glastüre stand. Und wie sie heftig erschrocken war, als der junge Zanker aus der Türe an ihr vorbeistürmte! Aber ein Schuldbekenntnis wollte sie hier und jetzt auf keinen Fall ablegen.

„Aber jetzt ist sie ja da", meinte Suse anerkennend, „und sie hat immerhin unserem Kollegen Federle das Leben gerettet."

„Nun übertreib mal nicht", musste Manni sie wieder einmal ausbremsen, „der hätte ihn halt sitzen lassen, der Zanker, und dann hätten die Nordhorner Kollegen ihn schon befreit."

Ach so, so war das also, Manni wollte wohl keine Heldin in ihr sehen. Ja, wenn er es gewesen wäre, dann…!

„Ich muss nachher noch kurz mit Dir reden", flüsterte er Kiki zu, „über eine Begegnung der dritten Art!"

Kiki konnte sich keinen Reim darauf machen, atmete aber auf, als sich das Gespräch nun den beiden Festgenommenen zuwandte. Manni berichtete, dass sie die beiden Männer, die im Untersuchungsgefängnis untergebracht waren, am Vormittag schon vernommen hatten. Sie seien übrigens bei ihrer Festnahme nicht bewaffnet gewesen und der Jüngere von beiden hatte den Überfall auf Federle zugegeben. Zum Mord an Bader schweigen sie sich bisher aus, obwohl die beiden Jugendlichen sie ziemlich sicher identifiziert hatten.

„Aber Ihr könnt sie ja selbst befragen, vielleicht habt Ihr mehr Glück."

Roth, als leitender Ermittler, legte dann die nächste Vernehmung fest, auf den folgenden Vormittag. Sie müssten morgen eben alle eine Sonderschicht einlegen, um den Fall abzuschließen. Die beiden Rückkehrer seien sicher müde, hätten eine lange Fahrt hinter sich und für heute sei die Schicht erst einmal zu Ende. Er verabschiedete sich eilig. Na ja, auch er hatte ja schließlich ein Privatleben.

Kiki wurde von Suse in Beschlag genommen. Dicht auf den Fersen folgte sie ihr ins Büro und schloss die Türe hinter sich.

„Deine Pflanzen sind wunderbar gediehen, auch ohne Deine Pflege", stichelte sie und zupfte währenddessen ein paar verblühte Blättchen des Fleißigen Lieschens ab.

„Suse", lachte Kiki, „ich war nur einen Tag weg, also genauer gesagt, eine Nacht und zwei Tage. Und jetzt ist es gerade mal fünf Uhr, da brauchtest Du ja nicht einmal zu gießen."

„Hab ich auch nicht", gestand Suse, „aber genau darum geht es, um die eine Nacht. Erzähl, wie war´s?"

„Du bist so eine neugierige Tante", wehrte Kiki ab, „soll ich denn jetzt jeden Satz berichten, den wir gesprochen haben oder was?

„Kiki, Du sollst mir doch keine Märchen erzählen, sondern nur berichten, wie es war. Also, Ihr wart zusammen im Bett, das sehe ich Dir an der Nasenspitze an. Mich interessiert es eben, wie Männer so sind. Ist er denn auch bei …, na Du weißt schon was, so zuvorkommend wie sonst, so überaus höflich und akkurat?"

„Akkurat, dass ich nicht lache, wie kommst Du denn jetzt darauf? Aber gut, wenn Du es unbedingt wissen willst und bevor Du vor Neugierde platzt: Ja, es war phantastisch und ich bin noch ganz happy! So und mehr wirst Du von mir nicht hören. Zumindest im Augenblick nicht."

„Hallo, die Damen!" Federle streckte nach einem kurzen Klopfen den Kopf herein. „Störe ich?"

„Auweia", ob er wohl ihr Gespräch gehört hatte? Er wollte Kiki nach Hause bringen, ihre Reisetasche sei noch in seinem Auto.

„Und mein Rad?"

„Ach was, das lässt Du hier stehen, das stiehlt hier im Hof des Präsidiums keiner!" Suse strahlte über das ganze Gesicht und lachte Federle an. Kiki war das ausgesprochen peinlich.

Wenn die weiter so grinst, dachte sie, dann merkt Friets hundertprozentig, dass wir über ihn gesprochen haben. Diese Suse! Trotzdem musste sie innerlich lachen, als sie ihren Rucksack schulterte. Eigentlich schön, dass sie so eine nette Kollegin hatte. Und ganz sicher würde sie bald mal ausführlich mit ihr über Federle quatschen.

23

„Hier wohnst Du also?" Friets betrachtete interessiert das mehrstöckige Haus, als sie Bei den Quellen angekommen waren, „auch nicht schlecht, ruhig und doch stadtnah!"
Zuvorkommend wie immer, dachte Kiki, als Federle rasch ausstieg, das Auto umrundete und ihr die Türe öffnete.

„Wie mit Chauffeur!", lachte sie.

Ihre Einladung zu einer Tasse Kaffee oder etwas anderem, schlug er aus. Er wolle endlich wieder einmal zu Hause ankommen.

Na, so lange waren sie ja nun auch nicht weg! Kiki wunderte sich schon etwas, als er sich mit einer freundlichen Umarmung und einem Kuss auf die Wange verabschiedete. Aber morgen war ja auch noch ein Tag und das Wochenende stand bevor. Noch ein kurzes Winken und schon röhrte der Porsche davon.

„Schön, dass Sie wieder da sind." Wer da wohl im ersten Stock stand, über das Treppengeländer gebeugt? Natürlich Frau Zummermann! „Wo haben Sie denn Ihr Rad gelassen?", fragte sie interessiert.

„Im Präsidium, damit ich nicht immer hier im Flur den Weg versperre."

„Ach, liebe Kiki, das ist doch das geringste Problem. Es ist ja auch mal schön, mit einem so rassigen Auto zu fahren und noch dazu mit einem so interessanten Fahrer! Aber, weil wir gerade bei Problemen sind, haben Sie denn etwas erreicht, auf Ihrer Reise?"

„Liebe Frau Zummermann, woher wissen denn Sie von meiner Dienstreise?"

„Ach wissen Sie, Kiki, das ist eine längere Geschichte. Ich komme am besten so in einer halben Stunde zu Ihnen hinunter und dann reden wir. Einverstanden?"

Eigentlich wollte Kiki ja ihren Abend alleine verbringen, wenn schon kein Friets in Sichtweite war. Aber, ob heute oder morgen, irgendwann müsste sie Frau Zummermann sowieso aufklären, sie würde ihr ohnehin keine Ruhe lassen. Wenn, dann konnte es auch jetzt gleich sein. Ihre Trainingstour konnte sie auch wieder vergessen. So ohne Rad, fiel ihr das nicht all zu schwer.

„Ich geh noch kurz etwas für uns einkaufen, mein Kühlschrank ist ziemlich leer. Dann klingle ich bei Ihnen", stimmte sie nicht gerade enthusiastisch ihrer Vermieterin zu.

Das mit dem Rad war jetzt aber ziemlich dumm gelaufen. Kiki ärgerte sich, dass sie es stehen lassen hatte. Ja, wenn Friets wenigstens noch mit hereingekommen wäre!

Aber es war ja nicht weit zur Roten Rübe und wieder einmal freute sie sich an all den frischen Biowaren, die sie in ihren Einkaufswagen legte. Sie nahm ein paar Tomaten mit, auch wenn die jetzt im Mai noch nicht aus regionaler Produktion waren. Ein paar Birnen und Äpfel mussten es auch sein und dann noch ein Kilo von den guten Saftorangen. An der Käsetheke suchte sie einige Stücke Käse und feine, schwarze

Oliven aus. Sogar Brot war zu dieser Tageszeit noch zu haben. Wie schön, dass es dieses Geschäft gab, sie kaufte einfach gerne hier ein.

Am Ende war der Einkaufswagen gut gefüllt, mit Butter und Käse und einer Flasche Rotwein. „Etwas zu viel, für mich alleine", dachte sie beim Bezahlen. Aber man konnte ja nicht wissen, ob außer Frau Zummermann nicht auch mal ein anderer Besucher hereinschneien würde. Zumindest war dies ja seit gestern durchaus möglich.

Zu Hause klingelte sie bei ihrer Vermieterin und richtete dann für sich und ihre Besucherin eine Platte mit den eingekauften Köstlichkeiten her. Etwas Rotwein war noch da und die Karaffe füllte sie einfach am Wasserhahn auf. Die Kollegen hatten ihr versichert, dass man in Ulm das Wasser bedenkenlos trinken könne. Sie selbst fand das auch, es schmeckte gut. Für sie als Radfahrerin war das eine große Erleichterung, dann brauchte sie nicht immer wieder schwere Kisten mit Wasserflaschen zu transportieren.

„Ich hab mich noch etwas schön gemacht", strahlte Frau Zummermann Kiki an, als diese ihr die Türe öffnete. Wie sah die heute wieder aus! Kiki musste lachen, als sie hinter ihrer Vermieterin ins Wohnzimmer ging. Schön war gar kein Ausdruck! Sie hatte ihre Haare zu einem Pferdeschwanz hochgebunden, sich übertrieben die Augen geschminkt, Rouge aufgetragen und dazu trug sie ein schwarzes Gorgettekleid mit einem Leopardenpelzchen am tiefen Ausschnitt. Dazu eine Perlenkette größeren Ausmaßes und heute auch passende Pumps.

„Das Fell hier ist nicht echt." Sie hatte Kikis Blicke anscheinend falsch gedeutet, denn dass es sich hierbei um einen Plastikpelz handelte, war nicht zu übersehen. Das Kleid schien sie schon einige Jahre zu tragen, denn auch dieser Besatz sah schon ziemlich abgetragen, ja geradezu räudig aus. Frau Zummermann als ein räudiger, alter Jaguar auf Pumps und mit roter Mähne! Cool, einfach cool!

„Das Kleid ist aus dem Theaterfundus, deshalb ist es nicht mehr brandneu, aber ich liebe es. Ich fühle mich darin wie eine Raubkatze!" Sie lachte ihr tiefes, dunkles Lachen.

Dann bedankte sie sich für die Einladung. Naja, die war ja erwiesenermaßen von ihr ausgegangen. Beim Essen wollte Frau Zummermann dann ganz genau wissen, wie es denn unterwegs so gewesen sei. Dass sie sich nicht direkt nach dem „attraktiven Mann" und dem Porsche erkundigte, verwunderte Kiki dann doch.

„Offenbar kann ich diese Stadt nicht für zwei Tage verlassen, ohne danach vielen interessierten Menschen einen Reisebericht abzugeben", belustigte sich Kiki.

„Sie waren eben in einer besonderen Mission unterwegs, auf Verbrecherjagd! Und die haben sie ja auch gefangen, darauf sollten wir anstoßen!" Mit diesem Trinkspruch hob sie ihr Glas. „Sie und ihr Kollege haben die beiden doch in Nordhorn aufgestöbert und in unsere Richtung getrieben. Und jetzt sind sie hier, in Ulm und jetzt wird sich alles aufklären, der Mord und das Motiv, sie werden schon sehen."

Kiki war nun doch erstaunt: „Woher haben Sie ihre Informationen, liebe Frau Zummermann, woher wissen Sie das alles?"

„Na, das Radio 4 hat doch über alles berichtet. Ihr Name wurde zwar nicht genannt, aber die Beschreibung dieser jungen, sportlichen Kriminalassistentin, die traf nun eindeutig auf Sie zu. Und dann war ich heute Nachmittag auch in der Stadt und bin kurz beim Präsidium vorbeigegangen und habe mich über den Stand der Dinge erkundigt.

„Das darf wohl nicht wahr sein", rutschte es Kiki überrascht heraus. „Mit wem haben Sie denn dort gesprochen?"

„Mit einem ganz reizenden Kollegen. Er hat mit großer Hochachtung von Ihnen geredet, geradezu geschwärmt." Sie beugte sich näher zu Kiki und flüsterte geheimnisvoll:

„Wissen Sie, i glaub, der hot sich en Sia vrguckt, also der ist in Sie verliebt!"

„Frau Zummermann, was soll denn das wieder heißen? Welchen Kollegen meinen Sie denn?"

„Jetzt hab ich den Namen ganz vergessen. Also, der war so en kleinerer, an magerer und mit Lockehoor ond mit so ma kloina Schnäuzerle auf dr Oberlipp!"

„Manni! Und der soll in mich verliebt sein!" Kiki schüttelte zweifelnd den Kopf.

„Also Frau Zummermann, da haben Sie sich aber wirklich getäuscht, der hat mich eben erst ziemlich niedergemacht."

„Ach, Sie könnet mir scho glauba, des ischt oft so. Wie hat Kleist schon gesagt: Wir töten, was wi lieben! Er wollte damit wohl sagen, dass wir nicht immer so behutsam mit dem umgehen, was uns eigentlich lieb und teuer ist."

„In diesem konkreten Fall möchte ich den Kollegen weder töten, noch ist er mir lieb und teuer. Er kann aber manchmal ganz nett sein, aber auf jeden Fall sind wir weit entfernt von Liebe!"

„Ach wisset Se, was net isch ka no werda, hoißts bei ons em Schwäbischa!"

„Also gut, ich lasse es auf mich zukommen. Und wie war das jetzt mit dem Gespräch, was hat er Ihnen denn erzählt, mein Kollege Manni?"

Dann erfuhr Kiki von einer Seite Mannis, die sie noch gar nicht kannte.
Eigentlich hatte Frau Zummermann Kiki besuchen wollen um, wie sie sagte, „ein bisschen mit ihr über unseren Fall zu reden."

„Unseren Fall", hörte Kiki sie tatsächlich schon wieder sagen, „unseren Fall"!
Immerhin habe sie Kiki ja seit vorgestern nicht mehr gesehen. Sie sei dann auch ganz erstaunt gewesen, als statt ihr plötzlich dieser Mann vor ihr auftauchte.

„Und der war ja sooo charmant!" beschrieb sie den „Kleinen, Mageren".
Er habe auch sofort gewusst, wer sie sei. Dann habe er ihr erzählt, dass Kiki mit einem Kollegen und einem roten Porsche unterwegs nach Norddeutschland sei, um die beiden Tatverdächtigen festzunehmen und zu befragen. Von ihm habe sie auch gehört, dass die beiden flüchtig seien und wohl mit Bader in geschäftlicher Beziehung gestanden hätten.

„Des hab i jo glei gsagt, wenn's oms Geld goht, no hört dia Freundschaft auf!"

Und dann habe er ihr von der missglückten Festnahme berichtet und dass sie und der Kollege schon wieder auf der Heimfahrt seien.

Sie wollte dann nicht länger stören und habe sich auf den Heimweg gemacht. Ihr Kollege habe ihr noch ganz herzlich für ihre Mithilfe bei der Aufklärung des Falles gedankt.

Sie sei dann noch in den Klosterhof auf den Freitagsmarkt gegangen, weil sie am Mittwoch nicht auf dem Münsterplatz war. Dort habe ihr dann die Verkäuferin vom Obststand gesagt, sie hätte auf SWR 4 gehört, dass die beiden gesuchten Männer bei Mannheim gefasst und auf dem Weg in die Untersuchungshaft nach Ulm seien.

„Jetzt erzählen Sie doch mal, wie war's denn dort oben wirklich? Wie ging das zu mit der Verbrecherjagd?" Frau Zummermann steckte sich ein paar Bissen in den Mund und sah erwartungsvoll auf Kiki.

Kiki wollte sie nicht enttäuschen und berichtete von ihrem Einsatz unter Gefahr des eigenen Lebens. Was sie ein wenig herunterspielte, war ihre Angst bei der ganzen Aktion und natürlich verschwieg sie auch diskret die heiße Nacht in den Armen Federles.

Frau Zummermann konnte sich kaum beruhigen. Auch von ihr kamen die „aber" und „wenn" und am Ende eben das „Glück gehabt." Die vorbehaltlose Bewunderung für ihren „heldenhaften Einsatz", die sie anschließend über Kiki ausgoss, taten ihr richtig gut. So aufregend sei jetzt das Ganze auch nicht gewesen, schwächte Kiki Frau Zummermanns Lobeshymnen etwas ab.

„Sagen Sie das nicht, manch andere hätte da sicherlich nicht so überlegt gehandelt, wie Sie! Ja, ja, selbst ist die Frau! Aber, jetzt muss ich doch noch wissen, sind die beiden denn nun unsere gesuchten Mörder?"

„Genau das kann ich Ihnen nicht sagen. Nicht dass ich nicht wollte, aber ich werde es selbst erst morgen im Laufe des Tages wissen. Hoffentlich. Wir arbeiten daran, den Fall abzuschließen und, liebe Frau Zummermann, Sie werden die erste sein, die es erfährt."

Damit hatte Kiki einen eleganten Abschluss des Gespräches gefunden und ihre Vermieterin verabschiedete sich nachdem sie noch das letzte Schlückchen Wein geschlürft und sich, wie sie sagte, noch eine Olive auf den Weg in den Mund gesteckt hatte.

Als Kiki sah, dass es erst kurz vor zehn Uhr war, beschloss sie, auf ihr Training heute doch nicht zu verzichten. Wozu hatte sie denn zwei Beine? Also zog sie den Sportanzug über, zog die Laufschuhe an, ging leise aus dem Haus und preschte los.

Söflingen lag schon im verdienten Schlummer. Die Stehcafés in den Bäckereien hatten längst ihre Türen geschlossen. Der Verkehr reduzierte sich auf ein einzelnes Auto. Nur in der Eisdiele brannte noch Licht und an einem Außentisch saßen sogar, trotz der doch kühlen Abendstunde, noch zwei Gäste. Sicher Raucherinnen. Und dies an einem Freitagabend im Mai!

Und trotzdem empfand Kiki das nicht als unangenehm. Tagsüber die Geschäftigkeit des Daseins und abends so eine Stille, das hatte durchaus etwas Beruhigendes.
Sie fühlte sich wieder einmal ganz glücklich bei ihrem raschen Lauf über den Klosterhof, den Roten Berg aufwärts, Richtung Butzental.
Zwei Stunden später wand sie sich ein Handtuch um die vom Duschen noch feuchten Haare und legte sich vollkommen zufrieden und entspannt ins Bett. Das hatte gut getan.

Diese Nacht gehörte mehreren Männern gleichzeitig. Federle und Manni bewegten sich hoch in der Luft in roten Sportwagen, kreisförmig um sie herum und zogen und zerrten an ihren Kleidern. Ein junger, ihr unbekannter Mann raste mit ungeheurer Geschwindigkeit eine Treppe abwärts auf sie zu und rief immer wieder: Hände hoch! Sie selbst fühlte sich von diesem Befehl nicht angesprochen und war sich sicher, dass sie selbst den Ruf ausgestoßen hatte. Mit einem fröhlichen und friedlichen Gesichtsausdruck mischte sich dann Wolf ins allgemeine Geschehen ein und wollte die beiden in ihren Sportwagen, die immer noch über ihr kreisten, vertreiben. Dann war Wolf plötzlich verschwunden und Manni sah sie liebevoll an und gestand ihr mit tränenerstickter Stimme, dass er sie schon immer geliebt habe.
Das wenigstens war es, was Kiki von ihren nächtlichen Träumen noch wusste als sie morgens in aller Frühe und ohne jedes Weckergepiepse die Augen aufschlug.

24

Solch wirre Träume! Aber die zweite Nacht ohne Panikattacke, genau gezählt eigentlich schon die dritte. Kiki fühlte sich wie neugeboren. Geduscht hatte sie schon am Abend, als sie schweißnass von ihrem Trainingslauf zurückgekommen war. Die Sonne schien und das Wochenende lag vor ihr. Die Vernehmungen würden nicht allzu lange dauern, hoffte sie. Heute wollte sie auf jeden Fall ausgehen, egal mit wem und wohin. Am liebsten natürlich mit Friets.
Kiki summte den Schlager, der aus dem Radio dröhnte, begeistert mit.
Dann kamen die frühen Nachrichten über dies und das, über die große, weite Welt und die kleinen Vorkommnisse während der Nacht. Die Berichte und Kommentare des Regionalsenders waren voll von Spekulationen über den Ulmer Mordfall Strudel.
Kiki war froh, dass sie wenigstens ihren Namen nicht erwähnten, es reichte auch so. Die Beschreibung dieser „fähigen Kriminalassistentin" traf im Großen und Ganzen tatsächlich auf sie zu. Der Fall sei, durch ihren beherzten Einsatz, so gut wie abgeschlossen.

„Interessant, dachte Kiki amüsiert, „vielleicht haben ihn ja die Radiomacher schon gelöst." Worin der „beherzte Einsatz" bestanden hatte, wussten die Redakteurinnen offensichtlich auch noch nicht. Zwei Ermittler aus Ulm seien im Norden auf zwei Bauunternehmer als Tatverdächtige gestoßen und hätten sie aufgestöbert. Makaber daran sei, dass diese beiden dann auch noch ausgerechnet in Richtung Ulm geflüchtet seien und auf der Autobahnstrecke bei Mannheim geschnappt wurden.

Kurz dachte sie daran, ihre Mutter in Berlin anzurufen. Aber jetzt, am Samstagmorgen um Viertel nach acht, war daran noch nicht zu denken. Zuhause schliefen sie sicher noch alle. Siria würde die Neuigkeit schon noch früh genug erfahren.

„Morgen muss ich unbedingt etwas hören lassen", nahm sie sich vor. Noah hatte auch wieder Prüfungen gehabt und sie wollte die Ergebnisse wissen. „Ja, ja, der kleine Bruder!" Der war jetzt auch schon fast mit seiner Ausbildung fertig. Schön, dass sie sich so gut verstanden, immer noch und eigentlich besser denn je.

Jetzt also raus aus den Federn und hinein in die Welt der Verbrechen! Kiki machte sich heute besonders schön zurecht. Sie würde ja wohl mit Friets zusammen die Vernehmungen führen und sie freute sich schon darauf.

Suse rief an und fragte, ob sie sie ins Präsidium mitnehmen solle. Kiki fand, dass das nicht nötig sei.

„Du kannst Dir den Umweg sparen, ich fahre lieber mit der Linie 1."

Sie musste sich beeilen, um die nächste Straßenbahn noch zu erwischen. Am Ehinger Tor stieg sie dann nicht in den Bus um, sondern fuhr bis zum Hauptbahnhof und ging von dort aus die Hirschstraße entlang, immer mit Blick auf das Münster. Das war schon ein imposantes Bauwerk, wie es da so vor ihr aufragte. Und es war schon so unvorstellbar alt. Als es gebaut wurde, hätten alle Einwohner Ulms in

das Innere der Kathedrale gepasst, hatte Manni ihr vor kurzem erklärt. Die mussten ja größenwahnsinnig gewesen sein, die damaligen Bauherren, anders konnte man sich das nicht erklären. Wer wohl das viele Geld bezahlt hatte? Ob das wohl stimmte, mit den Einwohnern? Auch Manni konnte sich irren.
Sie nahm sich vor, auf jeden Fall mal eine Stadtführung oder eine Münsterführung mitzumachen. Und auf den Turm würde sie auch steigen, sobald es etwas wärmer war. Das war bestimmt eine tolle Aussicht von da oben.

Es war ein schöner Weg durch die Fußgängerzone, die um diese Zeit noch ausgesprochen ruhig da lag. Einige wenige Lastwagen luden ihre Waren ab, die später sicherlich für den Ansturm an diesem Samstag gebraucht wurden. Kurz vor dem Münsterplatz wurde es dann lebhafter. Die Markstände waren schon aufgebaut und nicht wenige Kundinnen und Kunden füllten, noch in aller Ruhe, ihre Körbe. Nicht mehr lange und es würde auf dem Markt und in der Stadt wimmeln vor Menschen. Bei diesem schönen Wetter sowieso. Der Samstagsmarkt genoss in Ulm eine hohe Attraktivität.
Aber vielleicht ist das in allen Städten so?

„Ob sich Frau Zummermann wohl auch schon auf den Weg gemacht hatte?"
Suse war auch gerade angekommen. Sie schmiss mit lautem Knall die Autotüre zu, rannte eilig zur Eingangstüre und stürmte vor Kiki die Treppe hoch.

„He Suse, nicht so schnell, warte auf mich!" rief sie hinter ihr her und nahm zwei Stufen auf einmal.

Friets und Manni standen im Flur zusammen und unterhielten sich angeregt. An eine liebevolle Begrüßung oder gar an einen Kusswechsel mit Friets war nicht zu denken.

„Schade", dachte sie bedauernd. Ihr wurde ganz heiß bei seinem Anblick. Sie strahlte ihn an und fühlte sich durch seinen anerkennenden Blick geschmeichelt.

„Einen wunderschönen guten Morgen", Friets lächelte ihr zu und Manni ergänzte „der schönsten Frau in Ulm."

Das hatte Suse, die in ihr Zimmer stürmte, gerade noch gehört.

„Ihr zwei seid solche Ignoranten", rief sie lachend und streckte ihren Kopf noch einmal durch den Türrahmen, „was bitte bin dann ich?"

Die Kollegen sahen sich verdutzt an, stammelten dann ein wenig und man sah, dass ihnen partout keine passende Antwort einfallen wollte.

„Macht nur so weiter, dann lasse ich mich irgendwo hin versetzen, wo es keine Kiki gibt und dann könnt Ihr sehen, wo ihr bleibt, so ganz ohne mich. Dann gibt es hier eben keine Suse mehr." Bei den letzten Worten war sie in ein leichtes Schluchzen verfallen.

Sie war eben doch eine gute Schauspielerin, diese Suse, nicht umsonst sang sie in ihrem A-Capella-Chor und spielte begeistert bei einer Amateurbühne Theater.

„Bitte, bitte nicht weinen!" Manni tröstete sie und versprach, dass am Sonntag sie die schönste Frau sein werde. „Da sehen wir Dich ja nicht!"

Wie gerufen kam Dr. Roth aus seinem Büro und unterbrach das Geplänkel.

„Dann wollen wir mal", sagte er und sie zogen mit ihm ins Dienstzimmer. Die Kollegen Albers und Abele waren schon da. *Wind* ersetzte gerade die Phantombilder an der Wand durch großformatige Fotos der beiden Verdächtigen. Der Ermittlungsleiter teilte Kiki und Friets zur Befragung ein. Sie besprachen noch einmal kurz, wie sie vorgehen wollten und begaben sich dann zum Vernehmungsraum.
Hubert Zanker, der Vater, war der erste.

„Mal sehen", sagte Doktor Roth aufmunternd und schon die Klinke in der Hand, „ob wir den heute knacken."
Kiki sah einen groß gewachsenen, kräftigen Mann vor sich. Zanker war 47 Jahre alt und irgendwie passte er nicht so recht in den Anzug, den er trug. Man sah ihm an, dass er normalerweise die Tage auf seinen Baustellen verbrachte und dies wahrscheinlich in legerer Kleidung.
Trotz der frühen Jahreszeit war sein Gesicht braun gebrannt und seine Hände waren schwielig und vom Zupacken gezeichnet. Was da vor ihnen saß, war kein Schreibtischmensch. Mit seinen krausen Stirnlocken erinnerte er sie an einen Stier, den man von der Weide in einen unpassenden Raum gelockt hatte.
Aber irgendwie wirkte er friedlich. Wie kam so ein Mann nur dazu, einen anderen ins Wasser zu stoßen? Und, war er es wirklich gewesen? Jetzt und hier erhofften sie sich auf diese Frage eine Antwort.
Die Vernehmung war nicht sehr erfolgreich. Von Knacken war auch nach zwei Stunden noch keine Rede. Herr Zanker sagte nichts. Einfach nichts.

Er schweigt wie ein Grab, würde Oma Lilli sagen. Aber sie hätte hier auch keinen Erfolg gehabt. Sie versuchten alles, im Guten wie im Bösen, freundlich und heftig, mit Beschuldigungen und Vorhaltungen, mit Spekulationen und Beweisen. Es nützte alles nichts.

„Dann also der Sohn!" Dr. Roth war ziemlich genervt, als sie den Vater wieder in seine Zelle abschoben und schickte Federle ins Verhörzimmer.
Das war dann aber etwas ganz anderes.
„Aber das kann doch nicht wahr sein!" Kiki war völlig überrascht, als sie den Verhafteten hereinkommen sah. Der junge Zanker war die absolut identische, jugendliche Ausgabe des alten. Die Lockenpracht auf seinem Kopf war noch etwas fülliger und länger und die Muskelpakete wiesen auf schwere Arbeit oder den eifrigen Besuch eines Fitnessstudios hin. Wie ein kleiner Stier, saß er vor ihnen. War hier etwa eine Klonmaschine zum Einsatz gekommen oder hatten nur die Gene brav ihren Dienst verrichtet? Aber, dieser junge Mann musste doch auch eine Mutter haben. Wo war die denn verewigt?
„Kiki, hör zu was der Junge zu berichten hat", ermahnte sie sich „und lass deine ewigen Tiervergleiche!"
Und tatsächlich, der junge Mann berichtete bereitwillig. Zunächst gestand er den Überfall auf Federle in seinem Büro in Nordhorn. Es sei ein absolutes Versehen gewesen. Entschuldigend führte er an, dass er zunächst mit einem Einbrecher gerechnet habe.

„Dass ich nicht lache, ein Einbrecher der klingelt."
Federle schüttelte den Kopf über so viel Dummheit.

„Das hätte durchaus sein können", argumentierte der Verdächtige. Seit ihrer Insolvenz seien sie nicht mehr sehr angesehen und er habe in Federle einen Mitarbeiter vermutet, der sich sein Gehalt holen wollte. Diese übereilte Handlung tue ihm wirklich leid und er entschuldige sich in aller Form dafür.

Als er dann merkte, dass er den Kriminaler, wie er ihn nannte, doch nicht kannte, habe er ihn schon gefesselt gehabt und mundtot gemacht. Er habe ihn ja auch wieder laufen lassen wollen. Er wollte doch nur noch ein paar Papiere vernichten. Also, eigentlich wollte er ihn einfach dort sitzen lassen und sich so schnell es ging davon machen.

„Irgendeiner wäre dann schon gekommen und hätte ihn befreit, da bin ich mir ganz sicher."
Kiki hörte, wie Federle an ihrer Seite hörbar ausatmete. Dieser Überfall schien an ihm doch nicht ganz spurlos vorübergegangen zu sein.

„Ja, ja, man möchte halt doch immer der Held sein und ist nicht gerne der Unterlegene!" Und Angst hatte sicher auch bei Federle eine Rolle gespielt, da war sie sich ganz sicher.

Sie klärten dann noch, wie und wann die beiden Männer von der Fahndung nach ihnen erfahren hatten, wie sie die Flucht geplant hatten und was sie nach dem überstürzten Aufbruch bis zu ihrer Festnahme unternommen hatten.

Dann ging es jedoch ans Eingemachte. Zunächst wollte der junge Zanker sich nicht zu den Anschuldigungen bezüglich Baders Tod äußern. Er wollte erst etwas dazu sagen, wenn sein Rechtsanwalt aus Nordhorn, dem er vertraue, eingetroffen sei.

Er wollte sich also äußern, das war schon mehr, als sie von seinem Vater gehört hatten. Kiki und Federle waren es leid, umsonst ihren Samstag zu opfern, sie versuchten, ihn dennoch zum Reden zu bringen.

Und tatsächlich, er war keineswegs ein so harter Brocken, wie sein bulliges Äußeres vermuten ließ, er redete auch ohne Anwalt.

Langsam und zögernd gab er Auskunft auf ihre Fragen und Vorhaltungen und ganz langsam kristallisierte sich heraus, was in dieser Maiennacht am Ufer der Blau, dort in Söflingen, passiert war.

Die beiden, Vater und Sohn, waren am Sonntag, dem 1. Mai, sehr früh am Morgen in Nordhorn gestartet und kurz nach Mittag in Ulm angekommen. Sie hatten sich mit Bader verabredet, um von ihm Geld zu verlangen. Er habe ihre Rechnungen und Mahnungen ständig ignoriert und jetzt wollten sie ihn persönlich darauf ansprechen. Sie hätten den Rohbau der Halle in Nordhorn erstellt und ihre Arbeit geleistet.

„Wir brauchten das Geld dringend, wir konnten doch unsere Leute nicht mehr bezahlen!" Der junge Zanker kam jetzt endlich etwas in Fahrt.

Treffpunkt sei am Nachmittag zunächst ein Parkplatz oben an diesem Kuhberg gewesen, bei einem großen Schulzentrum. Sie hätten dort auf ihren Gläubiger gewartet. Da es der 1. Mai war, sei es dort sehr ruhig und einsam gewesen. Auch der Parkplatz war vollkommen leer, kein Auto weit und breit und nur in der Ferne einige wenige Spaziergänger. Bader sei tatsächlich erschienen und habe ihnen versprochen, wenigstens einen Teil der geforderten zweihunderttausend Euro am Abend mitzubringen. Sie seien ziemlich massiv geworden und hätten den Eindruck gehabt, dass er irgendwie schon etwas Respekt vor ihnen bekommen hätte.

„Sagen wir es doch deutlich", meinte Federle, „Sie haben den Bader massiv bedroht."

„Bedroht würde ich jetzt nicht direkt sagen", wehrte sich Zanker, „er hat uns dann hingehalten und gesagt, er müsse das Geld erst einmal besorgen, von mehreren Konten abheben und von seiner Frau und von Freunden zusammenbetteln und so weiter."

Sie beide also, er und der Vater, hätten dem Bader aber doch geglaubt, dass er seine Verpflichtungen einhalten würde. Später hätten sie dann trotz der kühlen Witterung in einem Biergarten in diesem Klosterhof in Söflingen zu Mittag gegessen. Dann seien sie auch noch am Bach entlang gegangen und hätten während dieser Zeit auf den Anruf von Bader gewartet. Später hätten sie noch einige Biere getrunken und als Bader immer noch nichts von sich hören ließ, hätten sie selbst noch einige Male bei ihm angerufen.

„Der wollte uns linken, sage ich Ihnen, der hatte gar nicht vor, uns unser Geld zu beschaffen."
Tatsächlich habe er sich, nach massiven Drohungen ihrerseits, noch einmal zu einem Treffen bereit erklärt. Als wir ihm sagten, dass wir ihn bei sich zuhause aufstöbern würden, gab er nach und sagte, er wolle noch einmal über alles mit uns reden.

Wir haben uns dann hinter dem Klosterhof getroffen, an diesem Wasserrad und sind dieses Flüsschen entlang gegangen. Hier war es ganz still und dunkel. Bader war aber wieder so arrogant und überheblich und tat unsere Forderung plötzlich als nicht gerechtfertigt ab. Die ausgeführten Arbeiten seien nicht gut genug und die Rechnungen überhöht.

„Bis dahin haben wir immer gedacht, er will nur den Betrag herunterhandeln. Aber dann merkten wir, dass er überhaupt kein Geld dabei hatte. Er wollte uns einfach linken. Mein Vater und ich, wir waren schon leicht angetrunken, durch die vielen Biere, die wir beim Warten konsumiert hatten.
Mein Vater wurde furchtbar sauer und fing an, auf Bader einzuschlagen. Ich wollte ihn zunächst zurückhalten. Dann hat aber Bader angefangen, auf meinen Vater einzudreschen und gerufen:

„Ihr blöden, norddeutschen Hammel, Ihr bekommt von mir gar kein Geld, und wenn Ihr mich totschlagt erst recht nicht!"
Da sei auch ihm der Kragen geplatzt, sagte er zögernd und er habe auch ziemlich heftig zugeschlagen. Und dann sei es passiert. Keiner habe es so gewollt.

„Plötzlich ist Bader rückwärts gefallen und hat sich wohl an einem Uferstein den Kopf aufgeschlagen."

„Wer hat denn dieses „plötzlich" verursacht? Sie oder ihr Vater?" wollte Kiki genauer wissen.

„Ich weiß es nicht mehr, wirklich nicht. Vielleicht kann mein Vater dazu etwas sagen. Wir haben ja beide auf ihn eingeschlagen. Ich habe ihn dann gerüttelt, aber er hat sich nicht mehr gerührt. Auf jeden Fall war da Blut auf der Erde und der Mann regte sich überhaupt nicht mehr. Ich habe dann vorgeschlagen, ihn in den Kofferraum zu legen und irgendwo in irgendeinem Wald zu entsorgen.

„Und dann haben Sie beide ihm die Kleider ausgezogen?" wollte Kiki wissen.

„Wir dachten doch er sei tot und man würde ihn, wenn man ihn doch irgendwann in der Eifel oder sonst irgendwo, also, wenn man ihn nach vielen Jahren findet, also, dass man ihn dann ohne Kleidung nicht mehr erkennen könnte."

„Und seine Wertsachen haben Sie dem vermeintlichen Toten dann auch noch aus den Taschen gefischt." Federles Feststellung quittierte der junge Mann mit heftigem Nicken.

Die Erinnerung, die mit seiner Aussage wieder hochkam, schien dem jungen Mann ziemlich zuzusetzen. Er sprach zögerlich und stockend und plötzlich brach er in Tränen aus. Unter heftigem Schluchzen sprach er weiter:

„Er regte sich überhaupt nicht mehr. Ich suchte noch nach einem Pulsschlag an der Hand und fand keinen. Wir dachten doch, er sei tot und als uns klar war, dass das Blut dann in unserem Kofferraum wäre und wir auch nicht wussten wohin mit ihm, haben wir ihn einfach dort ins Wasser geworfen. Es war alles so schrecklich!"

Ewald Zanker konnte gar nicht mehr aufhören zu weinen. Kiki schob ihm eine Packung Papiertaschentücher hinüber und auch Federle wartete ab, bis er sich wieder einigermaßen beruhigt hatte und sagte, bevor er ihn abführen ließ:

„Tja, Herr Zanker, das hätten Sie sich früher überlegen müssen, wohin Ihre gemeinsame gewalttätige Aktion führen könnte."

Als sich die Kollegen noch zu einer abschließenden Besprechung trafen, waren sie alle froh, dass der junge Mann geredet hatte und damit die Arbeit dieser Woche zu einem Ergebnis gekommen war.
Selbst der Staatsanwalt hatte es sich nicht nehmen lassen, kurz vorbeizuschauen. Heute wirkte er auf Kiki wie eine äußerst gepflegte Spitzmaus. Nichts stand mehr wirr um Kopf oder Mund. Die Haarsträhne lag breiter gefaltet über dem schmalen Schädel und die Schnurrhaare waren, vielleicht durch den Gebrauch einer Haarspülung, auf wunderbare Weise geglättet worden. An Wochenenden schienen auch die Falten wie durch Zauberhand verschwunden. Ob Maiser wohl zur Kosmetik ging?
Außerdem war er im Freizeitlook erschienen, das heißt, er trug über einer sommerhellen leichten Hose, einen tannengrünen Trachtenjanker mit dazu passendem Stehkragenhemd.

„Wir sind doch hier nicht in Bayern, oder doch?" dachte Kiki verwundert, musste jetzt aber zuhören, da ihr Einsatz noch einmal lobend erwähnt wurde.
Dr. Roth sprach, unter heftigem Nicken Dr. Maisers, allen seine Anerkennung aus und verlangte für den Montagvormittag ihre ausführlichen Berichte.

„Für Montagnachmittag habe ich die abschließende Pressekonferenz terminiert. Ich denke, unser Raum hier wird reichen. Das Medieninteresse ist teilweise schon gestillt und die nächste Sau wird eh schon durch den Ort getrieben, wenn ich das mal so sagen darf. Liebe Kolleginnen und Kollegen, ich freue mich, dass der Fall Strudel für uns erfolgreich abgeschlossen ist.

Da kann man mit Fug und Recht sagen: Ein Hallenkönig lag im Wasser und wir haben ihn herausgezogen, ha, ha, ha"! Wieder einmal versuchte er, die sowieso gute Stimmung noch durch ein kleines spaßhaftes Bonmot weiter zu heben.

Kiki fand es irgendwie gut, dass niemand lachte. Auch Vorgesetzte hatten keinen Anspruch auf das Lachen bei missglückten Scherzen!

Nachdem Staatsanwalt Dr. Maiser ihnen noch ein schönes, restliches Wochenende gewünscht hatte, löste er die Sitzung auf.

Suse beugte sich zu Kiki und flüsterte nur: „Männer!"

25

Kiki und Suse, Manni und Friets packten ihre Unterlagen zusammen. Kiki zögerte. Wie sollte sie es anstellen, Friets Federle vor den Kollegen zum Ausgehen zu animieren?
Auf dem Weg in ihr Büro rief sie deshalb laut:
„Samstag, Ausgehtag, ich kümmere mich noch kurz um meinen „Botanischen Garten" und dann reden wir darüber. Ich bin gleich fertig!"
Sie war in so guter Stimmung wie schon lange nicht mehr. Heute hatte aber auch alles geklappt. Sie hatten das Geständnis und würden wohl auch von Seiten des Vaters Zanker keine Schwierigkeiten mehr bekommen. Den genauen Tathergang und verschiedene andere Details waren noch zu ermitteln, aber das hatte Zeit. Jetzt war erst einmal Wochenende und Feiern angesagt.
„Wir haben es geschafft, Ihr kleinen, grünen Stängel, wir haben die Täter geschnappt", teilte sie ihren Pflanzen in strahlender Laune beim Gießen mit. „Nur ein paar Tropfen, Frau Zummermann", flüsterte sie dann schuldbewusst, als sie bemerkte, dass sie die von ihrer Vermieterin vorgeschriebene Feuchtigkeitsprüfung versäumt hatte. „Das schadet ihnen nicht."
Sie schnappte sich Jacke, Rucksack und Radhelm und stürmte zu Mannis und Suses Zimmer hinüber. Anzuklopfen brauchte sie nicht, die Türe stand weit offen.

„Wie sieht es aus, mit heute Abend, wohin gehen wir zum Feiern?" rief sie gut gelaunt.

„Was ist denn mit Dir los?", wunderte sich Manni, „du bist doch sonst nicht so eine Partymaus."

„Sonst nicht, aber heute schon! Also, wann und wo?"

„Wir könnten uns um neun Uhr treffen", schlug Suse vor, „dann etwas gepflegt essen, im Restaurant Schönblick und dann weiter ins Müllers am Lautenberg und den Abend etwas discomäßig ausklingen lassen. Was meint Ihr?"

„Mir ist alles recht", stimmte Kiki zu, „ich frage mal beim Kollegen Federle nach, ob er mit uns feiert", und wie ein Wirbelwind war sie aus der Türe. Manni und Suse sahen sich überrascht an.

„Was ist denn mit der los?", wunderte sich Manni. So kannten sie ihre Kollegin gar nicht. So überschäumend unternehmungslustig. Suse hätte natürlich schon etwas zur Aufklärung beitragen können, aber Manni würde noch früh genug merken, was sich da auf einer Dienstfahrt angebahnt hatte.

„Ich muss noch einkaufen gehen, bis heute Abend dann, acht Uhr, Manni, im Schönblick." Sie schnappte sich Jacke und Tasche und ging los. Eben verließ auch Kiki zwei Türen weiter Federles Büro.

„Und, kommt er mit, heute Abend?" Suse platzte fast vor Neugierde.

„Weiß ich nicht." Kiki stand etwas ratlos da und schaute betreten drein. „Er ist nicht mehr in seinem Büro. Seine Jacke und die Tasche auch nicht. Hat er sich denn von Euch verabschiedet?"

„Noi, i woiß von nix." Suse war mehr als überrascht. „Komisch, der isch doch sonst net so mullig."

„Was heißt das schon wieder?", wollte Kiki wissen.

„Na, mullig eben, das heißt, wenn jemand abweisend, schlecht gelaunt oder so was ist."

„Wieso sollte er schlecht gelaunt sein? Ist doch alles prima gelaufen." Während die beiden Kolleginnen sich jetzt der Treppe zuwandten, beschloss Kiki, Friets anzurufen und einfach zu fragen, ob er mit ihr und den anderen beiden ausgehen möchte.

„Der kommt schon mit, er hat schon ein paar Mal erwähnt, dass Samstag sein Ausgehtag ist. Das würde mich jetzt doch wundern, wenn er ausgerechnet heute, wo Du einmal mitgehst, daheim hocken möchte".
Beim Hinausgehen, schon die Türe in der Hand, fragte Suse dann zögernd, „Hend Ihr Euch etwa scho gstritta?"

„Ach was", wehrte Kiki vehement ab, „wie sollten wir uns streiten, wir sind ja noch nicht einmal richtig zusammen."

„Ob richtig oder nicht, zum Streiten muss man nicht einmal zusammen sein", bemerkte Suse mit süffisantem Lächeln, „des goht au so!"

Kiki wollte nicht weiter diskutieren. Sie verabredete sich auf alle Fälle für acht Uhr mit Suse.
Etwas säuerlich war sie schon. Was dachte der sich eigentlich, sich einfach so ohne ein Wort davon zu machen? Sie konnte das überhaupt nicht einordnen.

Aber ob Friets nun mitkommen würde oder nicht, sie jedenfalls würde heute mal wieder so richtig einen drauf machen. Was sagte ihre Oma Lilli immer: „Das Leben ist so kurz, dass man es genießen muss!" Genau das hatte Kiki vor, obwohl schon ein kleiner Stachel in ihr bohrte, als sie endlich wieder auf ihrem geliebten Fahrrad Richtung Söflingen strampelte. Irgendetwas wurmte sie doch ziemlich.

Am Supermarkt düste sie heute vorbei, die restlichen Lebensmittel mussten übers Wochenende reichen. Heute Abend hatten sie ja ohnehin ein gepflegtes Essen vor sich.
Im Vorgarten war Frau Zummermann am Schnippeln. Sie hatte sich einen Gärtnerinnenlook zugelegt und war mit grüner Schürze, Sonnenhut und Heckenschere dabei, die ersten, möglichen Blüten abzuschneiden.

„Ich mache Ihnen auch einen Strauß, Frau Kiki."
Sie schnitt mehrere bunte Tulpen ab und ergänzte sie durch ein wenig grün vom Fliederstrauch.

„Schade", bedauerte sie, „dass der Fliederbusch noch nicht blüht. Aber jetzt ist es ja schon ziemlich warm und es wird nicht mehr lange dauern. Das ist ein gefüllter Flieder in altlila, eine wunderschöne Farbe. Und wie der dann duftet. Herrlich, das dringt bis zu Ihnen in die Wohnung hinein."

Kiki versorgte ihr Rad, das heißt, sie schloss es im Treppenhaus, vor Frau Zummermanns Augen, am Kellergeländer an. Gespannt wartete sie darauf, dass ihre Vermieterin sich dazu äußern würde, aber es kam nichts.

„Was gibt es Neues?" fragte die Vermieterin begierig, als sie Kiki die Blumen in die Hand drückte, „Sie kommen doch aus dem Präsidium?"

Kiki versorgte zuerst in der Küche den duftenden Frühlingsstrauß und setzte sich dann mit Frau Zummermann auf die Terrasse in die Sonne. Die zwei alten Gartenstühle, die Suse ihr überlassen hatte, waren nicht die bequemsten, aber allzu lange sollte das Gespräch auch nicht dauern. Kaffee hatte sie heute schon mehr als genug getrunken und auch Frau Zummermann lehnte dankend ab.

Gegen ein kleines Gläschen Wein hatte sie allerdings nichts einzuwenden.

„In meinem Alter ist so ein Tröpfchen wie Medizin." Sie schlürfte genüsslich den feinen Roten und wartete gespannt auf Kikis Bericht.

Da wurde dann alles noch einmal lebendig. Die Fahrt in den Norden, das erste Treffen mit den Kollegen dort, die Suche nach den beiden Tatverdächtigen, der Alleingang Federles, ihre wagemutige oder wahrscheinlich eher gefährliche „Helden-Tat", Federles Rettung, am nächsten Morgen die Rückfahrt nach Ulm, die Vernehmung und das Geständnis.

„Irgendwie meine ich, haben sie etwas übersprungen", meinte Frau Zummermann, „fehlt da nicht eine ganze Zeitspanne in ihrem Bericht? Kiki, Kiki, Sie kommen mir sowieso so verändert vor." Frau Zummermann nippte an ihrem Glas und lächelte verschmitzt vor sich hin.

Kiki versuchte zuerst zu protestieren, gab aber dann doch nach:

„Also, wenn es Sie so interessiert, liebe Frau Zummermann, dann kann ich es Ihnen ja sagen, der mit dem roten Sportwagen ist es."

„Das hätten Sie mir gar nicht zu sagen brauchen, das habe ich sofort gesehen. In meinem Alter, liebe Kiki und mit meiner Erfahrung, da macht mir niemand etwas vor."

„Na ja", Kiki seufzte, „ich weiß aber noch nicht, ob es etwas wird. Heute hat er sich ohne ein Wort des Abschieds verzogen und dabei wollten wir doch unseren Erfolg feiern."

„Seien Sie nur vorsichtig, Kindchen! Solche Männer sind mal hier mal dort. Sie sind eine so attraktive junge Frau, sie sind unabhängig und beruflich erfolgreich. Sie haben es wirklich nicht nötig, hinter so einem herzulaufen. Warten Sie mal ab, bis er sich wieder meldet." Mit diesem weisen Rat drückte sie Kiki das leere Glas in die Hand.

„Danke für ihren ausführlichen Bericht", beendete sie die Unterhaltung und stand auf.

„Die Informationen in den Zeitungen sind einfach zu ungenau, aber so aus erster Hand alles ganz genau zu erfahren, das hat schon was."

„Wisset Sia", verfiel sie dann auch noch in ihren Dialekt, „bei ons em Schwäbische seit ma, „No en nix nei komma". Semmer doch froh ond dankbar, dass dia Mördr net aus onserem schena Söflenge send. No isch jetzt onser Fall Strudl also gelöst", strahlte sie zufrieden, als sie mit dem grünen Strohhut auf dem hochgezwirbelten Haar und mit der Gartenschere winkend die Wohnungstüre hinter sich zuzog.

26

Es war dann doch schon nach 18 Uhr, als Frau Zummermann in ihre Wohnung in den ersten Stock emporstieg.
Kiki nahm das Buch vom Tischchen, in das sie die ganze Zeit schon hineinschauen wollte. Leider kam sie nicht über die erste Seite hinaus. Ihre Gedanken schweiften immer wieder ab. Dieser Sonnentag war einfach zu schön. Und auch wenn es jetzt gegen Abend doch etwas kühler wurde, lehnte sie ihren Kopf zufrieden an die Hausmauer und genoss die Wärme.

„Ach, Federle", dachte sie sehnsüchtig, „hoffentlich sehe ich Dich heute Abend."
Dann fiel ihr ein, dass sie ihn noch nicht angerufen hatte. Sollte sie tatsächlich Frau Zummermanns Rat befolgen und darauf warten, dass er sich meldete? Eigentlich hatte ihre Miss Marple ja Recht.

„Er hätte wirklich etwas hören lassen können", dachte sie, als sie dann doch seine Nummer wählte.
Tatsächlich, er war zu Hause und nahm ab. Es war ein kurzes Gespräch und er hatte sich ziemlich kühl angehört.
Kiki legte enttäuscht das Handy beiseite. Er würde nicht mitkommen, hatte er gesagt, es tue ihm sehr leid, aber er müsse dringend Einiges erledigen.

Am Samstagabend? Etwas erledigen? Du meine Güte, was denn nur? Wo dies doch angeblich sein Ausgehtag war!

Wenn Kiki ehrlich sein sollte, war sie ziemlich sauer. Warum hatte sie ihn eigentlich nicht gefragt, was er denn so Dringendes am Samstagabend zu erledigen hatte.
Langsam wurde ihr bewusst, dass er auch für den morgigen Tag, also den Sonntag kein Treffen vorgeschlagen hatte. Sie war über seine Arbeitswut zu perplex gewesen, dass sie selbst auch nicht daran gedacht hatte. Wahrscheinlicher war allerdings, dass sie sich bloß keine weitere Abfuhr holen wollte.
Sie fand das Ganze wirklich ziemlich merkwürdig. Da war sie mit diesem Mann vor zwei Tagen so vergnügt und leidenschaftlich zusammen gewesen und jetzt tat er so, als würde er sie nicht mehr kennen. Sie hatten sich seither weder gestritten noch irgendwelche Meinungsverschiedenheiten gehabt. Sie konnte sich sein Verhalten beim besten Willen nicht erklären.

Ach, sie wollte sich ihre gute Laune nicht ganz vermiesen lassen. Jetzt ging sie eben mit Suse und Manni aus und der Abend würde sicher sehr schön werden.

„Wer weiß, wer mir über den Weg läuft und mit wem ich heute noch ein Gläschen trinke", dachte sie trotzig als sie sich in Schale schmiss.

Auch Suse hatte sich „aufgebrezelt", wie sie Kiki stolz kundtat, als sie sich trafen. Sie standen im Eingangsbereich des Lokals und warteten auf Manni. Eigentlich sollten sie nach oben fahren und nach einem freien Tisch Ausschau halten, aber im Augenblick begutachteten sie noch gegenseitig ihr Äußeres.

„Du siehst aber auch umwerfend aus", meinte Suse anerkennend, „wenn ich nicht schon vergeben wäre...!"

„Ich bin heute mit der Straßenbahn gefahren", erklärte Kiki ihr ziemlich offenherziges und für die Jahreszeit eigentlich etwas zu luftiges Outfit. Auf Kikis Frage, warum Suse an einem Samstagabend alleine ausging, erzählte sie, dass ihr Lover im Augenblick Urlaub mache in der Karibik. Sie wäre ja so gerne mitgeflogen. „Aber Du weißt ja selbst, wir müssen doch immer länger planen und es war ein Last-minute-Flug, supergünstig."

„Und da lässt Du ihn einfach so fliegen?"

„Warum nicht, er muss ja auf jeden Fall wieder zu mir zurück und glaub mir, das will er auch." Na ja, Suse war sich da offensichtlich sehr sicher, aber sie musste es ja wissen.

Nachdem Manni wie immer mit „Schmackes" durch die Türe gefegt kam, fuhren sie nach oben. Das Essen war „übersichtlich", wie Suse lachend bemerkte, „à la Loriot, würde ich sagen."

Aber so seien sie für ihre weiteren Unternehmungen nicht zu sehr mit Verdauen beschäftigt, war ihre einhellige Meinung.

„Ein voller Bauch tanzt nicht gern!" wusste Manni noch beizusteuern, indem er den Teller mit dem letzten Brotrest akribisch auswischte.

Gesprächsthemen waren die verschiedenen Stationen des Söflinger Falles. Sie gingen alles noch einmal durch. Kiki hatte keine Mühe, den Herrn Apotheker zu karikieren und sie lachten sich über seine giftigen

Aussprüche halb tot. Auch die verschiedenen Exfreundinnen des Toten wurden noch einmal durchgehechelt und als sie bei der Sängerin angekommen waren, mussten sie Suse daran hindern, ihrerseits ein Gesangssolo hinzulegen.

„Das Theater ist eine Schlangengrube", hat meine Vermieterin gesagt und ich glaube, es stimmt.

„Hör Du mir bloß auf mit Deiner Miss Marple", protestierte Manni heftig, „die war ja so was von wunderfitzig. Kommt aus reiner Neugierde einfach so ins Präsidium geschneit, einfach weil sie gemerkt hat, dass Du eine Nacht außer Haus geschlafen hast. Mit wem", fügte er noch süffisant hinzu, „tut ja nichts zur Sache. Obwohl es mir das Herz bricht."
Auch über den Donaustelendirektor und seine musische Frau wurde noch einmal tüchtig gelästert. Interessant für Kiki war es, Einiges mehr über die Verflechtungen der „Ulm-Society", wie Manni sie nannte, zu hören. Er und Suse wussten da einen ganzen Sack voll mehr als die „reingeschmeckte Kiki" und sie rührten genüsslich in der Gerüchteküche.

„Von wegen „reingeschmeckte Kiki"!" Kiki protestierte vehement, als die beiden Kolleginnen dann auch noch behaupteten, ihr Name würde so nach Pippi Langstrumpf klingen.

„Tut Euch nur zusammen, Ihr Schwobe und Schwäbinnen, Ihr mit Eurem unverständlichen Dialekt. Aber das sage ich Euch, das haben meine Eltern in Berlin sicher nicht im Sinn gehabt. Kiki ist Kiki."
Gegen das „reingeschmeckt" könne sie allerdings nicht viel einwenden, das sei ja nicht zu überhören.

Suse meinte dann noch etwas anzüglich, es sei nicht verwunderlich, dass ein so distinguierter Mann beziehungsweise Herr, wie Friets Federle, mit „ie" wohlgemerkt, nicht mit einer Dame namens Kiki, alias Pippi ausgehen möchte.
Warum Federle nicht zum Feiern mitgekommen war, blieb den Dreien ein Rätsel. Immerhin hätten sie den Fall Strudel doch abgeschlossen und das war doch ein guter Grund zusammen zu sitzen und sich einen vergnügten Abend zu machen.
„Finde ich auch und ich habe ihn auch noch extra eingeladen", meinte Kiki enttäuscht.
Manni kannte den Kollegen ja schon länger und fand, dass er hin und wieder ziemlich launisch sein konnte.
„Er hatte einfach keine Lust", stellte er fest, worauf Suse Kiki bedeutungsvoll zuzwinkerte.
„Ja, die Lust, wenn die fehlt, dann ist es schlecht!"

Lust hin oder her, die drei beschlossen, jetzt den Abend so richtig ins Laufen zu bringen und vorerst ins Müllers am Lautenberg zu ziehen. Schon auf der Straße standen die Leute dicht gedrängt vor der Disco. Kiki bemerkte beim Hindurchzwängen, dass das wohl die Raucherclique war, die ja erfreulicherweise die Innenräume nicht mehr verpestete. Da ließ es sich ganz anders tanzen, ohne eingequalmt zu werden.
Sie fanden sogar auf einer seitlichen Bank Platz und wippten schon im Sitzen zur Musik. An ein Gespräch war jetzt nicht mehr zu denken, jetzt wollten sie tanzen. Noch ein bisschen an ihrem Whiskey-Cola genippt, dann konnte es los gehen.

Zwei Durchgänge hatten sie schon getanzt, als Kiki plötzlich aufgeregt von der Toilette zum Tisch zurückkam.

„Ich fasse es nicht!" Mit diesem Ausruf ließ sie sich neben Suse, die etwas ausruhen wollte, auf die Bank fallen. „Was glaubst Du, wer da hinten in der Ecke sitzt?"

Suse sah Kiki verwundert an.

„Na, wer denn?" schrie sie ihr ins Ohr.

„Federle. Unser Friets Federle. Macht da mit einer Tussi rum, sag ich Dir. Und wenn ich mich nicht täusche, ist es auch noch unsere Zeugin, diese Frau Tarik, Baders verflossene Geliebte. Das ist doch nicht zu glauben."

„Das glaube ich tatsächlich nicht, Du täuscht Dich!" Als Kiki mit versteinertem Gesicht da saß und ihr nicht antwortete, stand sie auf.

„Das will ich selber sehen." Suse drängte sich suchend durch die Tanzenden.

„Tatsächlich, er ist es", bestätigte sie Kiki, als sie zurückkam. Suse hatte die beiden im Hintergrund auf einer Bank erspäht und war empört.

„Nicht nur, dass er Dich so hängen lässt, er lügt ja auch uns an. Das ist nicht die feine Art, die dieser Herr sonst immer zur Schau trägt."

„So ein Schwein", murmelte Kiki durch die Zähne. Sie fühlte eine ungeheure Wut in sich aufsteigen. „Was glaubt der eigentlich! Vorgestern mir im Bett das Blaue vom Himmel herunter versprechen und dann einen Tag später schon mit einer anderen herummachen. Und mir dann auch noch solche Ausflüchte aufzutischen! Nicht mit mir!"

Mit diesem Ausruf sprang sie auf und drängte sich durch die Tanzenden. Suses Befehl: „Bleib hier!" nahm sie schon nicht mehr wahr.
Federle blickte überrascht hoch, als Kiki sich plötzlich vor ihm aufbaute. Auch die junge Frau an seiner Seite wusste nicht, wie ihr geschah, als Federle mit einem Ruck den Arm von ihrer Schulter zog und aufsprang.

„So ist das also", sagte Kiki mit eisiger Stimme, sie schrie es geradezu heraus. Sie schob ihr Gesicht dicht an das seine heran und bohrte ihren Blick heftig atmend in seine Augen.

„So ist das also", wiederholte sie noch einmal ganz leise und mit gefährlich klingendem Ton, „man hat also noch sooo viel zu erledigen, man muss noch sooo viele Dinge aufholen. Man war ja sooo lange weg, auf Dienstreise. Was man da getrieben hat, hat man ja schon sooo lange vergessen!"

Kiki fühlte, wie sie mit jedem Satz wütender wurde. Was glaubte der eigentlich, wer er war. Was erlaubte der sich! Wie konnte der sich unterstehen, sie so anzulügen, erst in Nordhorn und heute wieder!
Und dann tat Kiki in ihrer ungeheuren Wut und Enttäuschung etwas, was sie noch nie in ihrem Leben getan hatte, sie holte aus und knallte Federle eine. Das heißt, sie gab ihm eine saftige Ohrfeige.

„Fritz", zischte sie, mit deutlicher Betonung auf das kurze i und das tz, „Fritz, jetzt sind wir quitt!"

Die Gäste auf den Bänken in der Nähe hatten aufmerksam auf die kleine Auseinandersetzung geachtet und waren bei dem Schlag ins Gesicht zusammengezuckt. Die Frau neben Federle war mit offenem Mund aufgesprungen. Suse, die hinter Kiki stand, fasste sie am Arm und wollte sie wegziehen. Federle fasste sich an die Wange und sah Kiki fassungslos an.

Kiki schüttelte Suses Hand ab und drängte sich durch die tanzende Menge hinaus in die Maiennacht. Sie rannte den kleinen Hang abwärts, über die Brücke hinüber und setzte sich auf die Steintreppe, die zum Wasser hinunter führte. Tränen der Wut stiegen ihr in die Augen. Das war es also gewesen, mit ihrer neuen Liebe. Sie hätte es sich ja denken können. Ein Casanova! Sie war auf einen Casanova hereingefallen! Hatte sie das nicht einige Male gehört. Federle ein Casanova. Sie hatte es ja nicht wahrhaben wollen!

Es dauerte einige Zeit bis sie sich etwas beruhigt hatte. Sie ärgerte sich furchtbar darüber, dass sie sich so hatte gehen lassen, dass sie so ausgerastet war. Doch langsam verging ihre Wut und wandelte sich in Enttäuschung.
Traurig starrte sie ins vorüberfließende Wasser. Wieder die Hoffnung auf eine längere, gute Beziehung zunichte. Da flossen sie dahin, die Wünsche und Träume. Das Wasser nahm alles mit sich.
Aber, das war doch die Blau, aus diesem Flüsschen hatten sie vor sechs Tagen in Söflingen den toten Bader gefischt. Wie kam denn das Wasser von Söflingen hierher? Es interessierte sie plötzlich und sie nahm sich vor, nachzuforschen. Wahrscheinlich er-

goss die Blau sich am Ende nicht weit von hier in die Donau. Die Richtung zumindest stimmte.

Mit diesem Abend war der Fall Strudel für Kiki endgültig abgeschlossen. Den König hatten sie aus dem Wasser gezogen und seinen Tod aufgeklärt.

Das mit Federle war schief gegangen. Wie hatte ihre Oma Lilli immer gesagt: „Wer weiß, wofür es gut ist!" Kiki schluchzte noch einige Male tief auf.

Vor ihrem inneren Auge erschien plötzlich statt des attraktiven Federle eine zerzauste Zahnbürste. Zahnbürsten sind auch wichtig im Leben, dachte sie trotzig, am Montag hole ich mir eine neue.

Danke

Hinter jeder schreibenden Frau steht ein hilfreicher Mann. In diesem Falle bedanke ich mich bei meinem Mann für die köstlichen Gerichte, mit denen er mir meine Schreibfähigkeit über die Monate erhalten hat.

Ich möchte mich bedanken bei meinem Sohn, Michael Winter, der als erster gelacht hat.

Ein weiterer Dank geht an meine Freundin, Isabel Martinez, in Berlin, die mir wichtige Anregungen zur Verständlichkeit und Genauigkeit des Textes gegeben hat.

Ein ganz großes Dankeschön geht allerdings an meinen Freund und Lektor Manfred Enderle. Er hat in geduldiger Arbeit viele große und kleine Ungereimtheiten beseitigt und ist mit verantwortlich dafür, dass dieses Buch eine runde Sache geworden ist.

Allen UnterstützerInnen ein herzliches Dankeschön!